GEORGE LAZĂR

GEORGE LAZĂR

PANGLICA TIMPULUI

Timișoara, 2018

Descrierea CIP a Bibliotecii Naţionale a României
LAZĂR, GEORGE
    Panglica timpului / George Lazăr. - Timişoara
Stylished, 2018
    ISBN 978-606-94670-9-1

821.135.1

Editura STYLISHED
Timişoara, Judeţul Timiş
Calea Martirilor 1989, nr. 51/27
Tel.: (+40)727.07.49.48
www.stylishedbooks.ro

PANGLICA TIMPULUI

CAPITOLUL 1

„Aspirantul se căţăra încet, chibzuindu-şi atent fiecare mişcare pe care o făcea atunci când îşi strecura mâinile şi picioarele în crăpăturile stâncii calcaroase, roşiatice, aproape verticale, cu suprafaţa crăpată, măcinată de milenii, frământată de ploi şi îngheţuri, care semăna mai degrabă cu un perete de piatră. Cu toate că era tânăr, o barbă lungă şi deasă îi ascundea obrajii scofâlciţi de posturile şi privaţiunile care însă nu-i stinseseră scânteia credinţei din ochi. Ajunsese deja la vreo cincizeci de metri înălţime când s-a oprit puţin, lipindu-se de stana rece ca să-şi tragă sufletul."

Panglica timpului

O ferestruică aflată în partea de jos a ecranului laptopului a clipit de câteva ori, semnalând primirea unui mesaj nou. Din difuzor a ieşit un sunet ca un clinchet de clopoţel, anunţând acelaşi lucru, pentru a se transforma apoi într-un sunet gros, care avertiza că bateria era pe terminate.

Laptopul cu carcasa cam jerpelită s-a închis, nu înainte însă ca Vlad Pintea să fie smuls din visul pe care avea impresia că îl avea mereu, de cel puţin douăzeci de ani, dar pe care nu şi-l putea niciodată aminti altfel decât ca pe o succesiune de emoţii puternice. Încă buimac de somn, tânărul a reuşit totuşi să deschidă ochii suficient de repede cât să reţină mesajul.

Adormise în pat, cu doar câteva ore înainte, spre dimineață, cu avatarul rătăcit în MMORPG-ul *Underworld*, în al cărui univers, în ultimele două săptămâni, își crease o existență virtuală. Jocul îl captivase, mai ales că devenea din ce în ce mai clar că avea să fie cam singura distracție a vacanței de vară. Motivul principal era lipsa banilor. Mama sa abia dacă reușea să adune cât să îl țină în facultate, și asta cu sacrificii pe care el doar le intuia, pentru că ea în niciun caz nu vrusese vreodată să i le povestească. De aceea nu avea niciun chef să își aminteas-că măcar lacrimile pe care mama le vărsase când, în urmă cu vreo patru ani, aflase că fiul ei fusese exma-triculat de la Facultatea de Automatică și Calculatoa-re din București din cauza absențelor.

În acel an muncise pe brânci în capitală. Făcu-se de toate: instalase programe și reparase rețele de calculatoare, trudise ca electrician pe un șantier, li-vrase chiar și pizza, economisind fiecare bănuț pen-tru a reduce cât de cât presiunea pusă de întreține-rea lui pe salariul modest al mamei.

Însă devenise evident, mai ales după ce fusese dat afară din căminul studențesc în care fusese cazat împreună cu bobocii anului întâi, că din ceea ce câș-tiga, șansele de a se întreține și totodată de a urma facultatea în București erau aproape nule.

Se întorsese umilit acasă și îi promisese mamei că va termina facultatea. Asta și făcuse, chiar dacă, a doua oară, se înscrisese la Iași. Urmau doi ani de masterat, iar acum se afla în ultima lui vacanță de student, pentru că era hotărât să-și găsească o sluj-bă de programator odată cu venirea toamnei, chiar și una cu jumătate de normă care să-i permită să-și continue studiile. Dar avea mare nevoie de bani, deşi în niciun caz nu avea de gând să-i ceară mamei.

Poate şi din acest motiv mesajul de pe laptop îi trezise instantaneu interesul: „Nu vrei să faci ceva cash?". Propunerea venise de la prietenul său din liceu, Ştefan Dănuţa, care devenise student la Medicină după ce dăduse admitere doi ani la rând, consemnat acasă pentru că avea cel puţin trei restanţe pentru care dăduse vina pe o relaţie amoroasă încheiată tumultuos. Părinţii lui Ştefan nu aveau probleme cu banii, căci erau întreprinzători prosperi, fiind, printre altele, proprietarii celui mai bun restaurant din oraş, ai hotelului Tex şi ai unui centru medical. Dar cum restanţele fiului atârnau greu în balanţa sistemului lor de valori, hotărâseră că este mai bine pentru acesta să-şi dedice vara studiului, şi nu distracţiei.

Vlad a bâjbâit după mobilul său care căzuse sub pat. Era un model simplu de la Nokia, al cărui singur avantaj era bateria, ce rezista şi câte o săptămână.

— Ce spuneai de cash? intră el direct în subiect, imediat ce prietenul său îi răspunse.

— În cât timp poţi s-ajungi la mine? Pun de cafea şi-ţi explic.

Trecuse mai puţin de o jumătate de oră când Vlad a sunat la poarta impozantei vile ce se afla în selectul cartier rezidenţial al orăşelului în care locuia Ştefan. I-a deschis Laura, sora cu un an mai mică a acestuia, studentă la Cibernetică, în Londra.

Spre deosebire de fratele ei, fetei îi plăcea să studieze. Câştigase premii la mai multe olimpiade şcolare, iar părinţii socotiseră că efortul financiar, deloc neglijabil, necesar studiilor în Anglia la prestigiosul London College, se justifica întru totul.

— Tot cu relicva asta umbli? îl luă ea în răspăr imediat ce îl văzu.

Laura era înaltă şi subţirică, şi deseori era confundată cu o adolescentă. Însă cei ce o cunoşteau ştiau că este un ghem de energie pură care abia aşteaptă să se dezlănţuie. Vlad se pregăti să-i dea o replică acidă, însă reuşi să se abţină. Mai greu se abţinu însă să nu se holbeze la picioarele ei lungi şi bronzate ce ieşeau de sub perechea de pantaloni scurţi, roşi şi rupţi, în stilul *grunge* despre care auzise că era din nou în vogă printre studenţii din Anglia. Adolescenta băieţoasă, cu care făcuse echipă şi studiase limbajele de programare în orele de pregătire suplimentară pentru concursurile ştiinţifice ale elevilor, cu care schimbase impresii despre cărţi şi filme, cu care fusese, împreună cu mulţi alţii de vârsta lor, la picnicuri sau în excursii de o zi, se transformase într-o femeie pe care, spre surprinderea lui, o găsea foarte atrăgătoare.

Fuseseră cu toţii colegi de liceu. Laura era cu un an mai mică, iar cu Ştefan împărţise aceeaşi bancă. După ce Vlad terminase liceul şi plecase primul din oraş, se mai văzuseră doar accidental, în vacanţe. Se despărţiseră chiar înainte de a se înfiripa ceva între ei. Cu toate acestea, păstraseră legătura şi după ce Laura plecase la studii la Londra, scriindu-şi din când în când scurte mesaje haioase pe Facebook.

Vlad venise cu o bicicletă Tohan comunistă, străveche, rămasă de la tatăl său care era foarte grea şi avea doar o singură viteză, dar pe care o folosea încă din liceu. Se încăpăţâna să o repare cu piese improvizate, întrucât originale nu se mai fabricau de mult. Şi-a sprijinit bicicleta de gardul casei, încercând să o ignore pe fată, ceea ce, desigur, era imposibil.

— Aşa, carevasăzică, o să vă transformaţi în recuperatori. În sfârşit, ceva ce vi se potriveşte! Poate o să faceţi o carieră din asta, continuă ea sarcastic, dar Vlad o privi nedumerit. Cum, nu ţi-a spus încă?

Chiar dacă nu se mai văzuseră de ceva vreme, agresivitatea verbală a Laurei nu îl luă prin surprindere. Regăsi în ea felul familiar în care se tachinau aproape tot timpul pe vremea liceului.

— Vino în spate, pe terasă, se auzi din casă, prin uşa de la intrare rămasă larg deschisă, vocea lui Ştefan. Laura, condu-l tu, te rog!

— Mă bucur că mai înţelegi încă limba băştinaşilor, încercă Vlad să riposteze în timp ce dădeau ocol casei, călcând direct pe gazonul proaspăt tuns. Se vede că îţi prieşte Albionul, dar era cât pe ce să cred că te-ai transformat într-o adevărată lady. Ai venit de mult?

— Alaltăieri, da' n-am de gând să rămân prea mult prin oraş, spre deosebire de voi. Aud că şi tu o să-ţi petreci vacanţa pe aici, i-o întoarse ea zâmbind cu maliţiozitate. Spune, ai mâncat ceva?

Vlad a zâmbit, la rândul lui, şi a răsuflat uşurat. În pofida înfăţişării de tânără rebelă, Laura rămăsese aceeaşi: sufletistă, cu inima mai mare decât gura, deşi aparenţele în niciun caz nu arătau asta.

— Mulţumesc, nu mi-e foame, poate o cafea. Să ştii că arăţi bine, ai deja un aer occidental, concluzionă el, gânditor.

Ajunseră la terasă şi se aşezară pe două fotolii de răchită împletită. Apăru imediat şi Ştefan, aducând o tavă cu trei ceşti şi un ibric din care ieşea aromă de cafea proaspătă. Turnă în căni şi le puse în dreptul fiecăruia.

— Fără zahăr, ca de-obicei, spuse Ştefan încă înainte să se aşeze. Aşa... Bătrânul mi-a făcut rost de-un pont. Electrocontact, de fapt, o subsidiară care se cheamă Electromining sau aşa ceva, urmează să-i fie vândută lui Real, cred. Nu toată compania, numai clădirea. Conţinutul nu îi interesează, dimpotrivă, îi încurcă şi vor să scape de el cât mai repede. Tot ce putem căra până luni este al nostru şi-l putem vinde la Remat. Facem rost de ceva bani.

Vlad se fripse cu cafeaua. Înghiţi cu greu.

— Dar lucrurile alea nu-s ale cuiva? Nu putem să le luăm pur şi simplu. Asta înseamnă furt.

— Care lucruri? De fapt, e vorba de fostul lor Centru de Calcul, cel din perioada comunistă. Dac-avem noroc, o să găsim ceva maculatură şi niscai metal de la echipamentele alea. Sunt chestii vechi de decenii. Nu mai au nicio valoare. Tot ce-a fost de vândut s-a vândut de mult, ce-ţi închipuiai? Nu ne face nimeni nicio favoare. Cumpărătorul trebuie să dea bani buni pentru a face curăţenie, plătesc la tona de deşeu debarasat care îi costă oricum mai mult decât ar putea obţine dac-ar vinde. Înţelegi? De fapt, noi suntem cei care dăm o mână de ajutor.

— Cavalerul cinstei şi corectitudinii, murmură Laura, suficient de tare ca să se facă auzită. Nu avem de unde şti ce putem scoate de acolo. Poate ceva hârtie, din vechile lor arhive. Poate găsim şi piese defecte de motoare, de pe care putem recupera cuprul. Sau table, axe, roţi dinţate. Fier vechi. Lichidatorul care i-a dat pontul lui tata a făcut rost şi de permisiune pentru noi, adăugă ea. Au lucrat împreună la Electrocontact pe vremuri.

Vlad oftă. Şi tatăl lui lucrase la Electrocontact, ca inginer. Era unul dintre puţinele lucruri pe care le ştia despre el.

— Da' tu ce treabă ai cu asta? se pomeni întrebând. Îţi mai aminteşti de chestii de-astea, tehnice? Credeam că, de când cu actoria, ai dat deoparte acest capitol din viaţa ta. Parcă era vorba că e de lucru pentru noi doi, bărbaţii.

Ştefan îşi plecă, vinovat, capul. Laura îl fulgeră cu privirea. Înainte de London College, fata îşi petrecuse un an studiind actoria la *Royal Central School of Speech and Drama*. Se dovedise un capriciu trecător, după care se înscrisese şi se dedicase adevăratei sale vocaţii. În schimb, în acel an, apăruseră o mulţime de zvonuri despre ea: că fusese dată afară pentru că lua droguri, că rămăsese însărcinată cu un coleg mai vârstnic, negru sau arab bogat, sau că se mutase într-un ashram din Himalaya, într-un loc cu un nume imposibil de pronunţat. Zvonuri cu care şi Vlad era la curent. Deşi bănuia că nu sunt adevărate, pe undeva tot îi mai rămăsese un sâmbure de îndoială.

— Şi cine ai vrea să conducă, deşteptule? El? întrebă tânăra arătând spre fratele ei. Păi, isteţul ăsta poate să se mai apropie de volan abia peste-o lună, cel mai devreme, şi asta dacă dă iar examen şi învaţă că în localitate nu se merge cu o sută şaisprezece kilometri la oră. Sau poate tu, dac-ai şi un alt permis decât cel de mers pe bicicletă.

— Am permis de conducere, protestă vag Vlad, conştient că nu mai condusese o maşină de când terminase şcoala de şoferi, adică de peste doi ani.

— Trebuie să cărăm cu ceva ceea ce adunăm, se justifică Ştefan. Bătrânul ne-a împrumutat Dacia papuc. E prima lor maşină cu care cărau marfă pe vremuri. Oricum, vrea s-o dea la reciclat după ce se întorc din vacanţă, ca să ia tichete Rabla. Domnişoara a fost de acord să ne ajute, mai ales că la facultatea ei din Londra, când va raporta că peste vară a ajutat la reciclarea de deşeuri, va primi nişte credite în plus. Aşa-i pe-acolo.

— Sper că n-o să vrea să împărţim cu ea şi prada, rosti Vlad, surâzător.

— Ba bine că nu, sări ca arsă Laura. Ce, crezi că banii adunaţi de voi din fier vechi îmi strică? Îmi pretind partea.

— Săraca fată bogată, o consolă ironic Vlad.

Ştefan urmări zâmbind schimbul rapid de replici.

— Hei, voi doi, am putea totuşi să mergem la treabă dacă aţi terminat să vă împărtăşiţi bucuria revederii.

— Oricum, trebuie să stau cu ochii pe voi, să nu faceţi vreo tâmpenie, adăugă fata. Aveţi numai două zile, că sâmbătă şi duminică Rematul e-nchis. Aşa c-aţi face bine să vă grăbiţi.

* * *

Până la depozitul părinţilor merseră cu jeepul Wrangler al lui Ştefan, condus însă de Laura. Au primit cheile Daciei de la un administrator posomorât care abia dacă a scos două vorbe când i-a văzut. Maşina avea pete mari de rugină pe aripi, iar pe parbriz se iţea o crăpătură mare, ce se întindea dintr-o parte în alta. Cheile s-au dovedit inutile, întrucât portiera dinspre şofer nu avea încuietoare, iar butucul de contact atârna prins în câteva fire, sub volan. Motorul a pornit cu mare greutate, numai după ce băieţii au împins-o din răsputeri, iar fata, aflată la volan, a băgat de câteva ori, brusc, în viteză.

Cum scaunul din dreapta şoferului fusese luat de mult, cei doi tineri s-au aplecat şi-au urcat în duba din spate, împărţind roata de rezervă drept scaun. Tuşind din cauza fumului scos de toba de eşapament spartă care intra şi în dubă, Ştefan medită cu voce tare despre cât este de schimbătoare viaţa care, iată, i-a luat din confortul maşinii de ultimă generaţie pentru a-i aşeza într-un hârb ce abia se mişca. Înjurând gospodăreşte în engleză, Laura reuşi să schimbe, hurducăind, vitezele bătrânei Dacii. Au ajuns după vreo douăzeci de minute, ce au trecut foarte greu, în faţa porţii fabricii.

Au oprit cu scârţâit prelung de frâne şi, dintr-o gheretă, le-a ieşit repede în întâmpinare un portar bătrân, dar vioi. S-au prezentat, iar acesta, după ce a aflat ce doresc, a telefonat undeva de pe telefonul lui mobil şi a purtat o scurtă conversaţie care a părut să-l lămurească. Apoi i-a îndrumat spre o altă poartă, aflată tot la strada principală, dar la vreo două sute de metri de cea în faţa căreia opriseră.

— Împingeţi poarta şi intraţi, e legată cu sârmă şi aşa s-o lăsaţi după ce plecaţi. Acolo o să vă aştepte administratorul, le strigă zâmbitor portarul, arătându-le direcţia cu mâna.

— Cât putem rămâne? se interesă Ştefan, iar omul ridică din umeri.

— Din partea mea, puteţi rămâne cât doriţi. Numai să vă primească cei de la Remat. Am auzit că închid pe la cinci.

Laura chinui inutil demarorul străvechii Dacii pentru că motorul, după ce slobozi o trâmbă de fum negru, refuză să mai pornească. Cei doi tineri hotărâră să împingă vehiculul pentru a cruța ceea ce mai rămăsese din baterie. Le luă vreun sfert de oră ca să ajungă, transpirați și răsuflând din greu, la cealaltă poartă. În curtea mare a fostei întreprinderi nu era nicio mișcare.

Așezară Dacia pe o pantă ușoară, din dreptul porții, pentru a le fi mai ușor la plecare. Administratorul, care îi aștepta, se dovedi a fi tot portarul care îi îndrumase. În mână ținea o sacoșă de pânză burdușită.

— Sunteți surprinși? îi întrebă pe un ton ghiduș. Acum sunt și portar, și administrator, și cine mai știe câte. Nea Ilie în sus, nea Ilie în jos, toți vor ceva de la mine și asta chiar de când s-a construit fabrica, că-s aici de la-nceput. Numai că acu', din nici două sute de oameni care mai vin la lucru, de unde să mai fie și bani pentru salariile personalului auxiliar? Ehei, când fabrica asta avea peste cinci mii de angajați, dintre care unul din zece avea facultate, era loc pentru toată lumea.

— Nu credeam că fabrica a fost așa de mare, spuse Ștefan, ștergându-și sudoarea de pe frunte cu dosul palmei.

— Vremurile s-au schimbat, oftă nea Ilie. Urmați-mă!

Urcă trei trepte și scoase, asemenea unui temnicer, o legătură de chei. Alese una și deschise ușa masivă din metal, vopsită în albastru.

— A fost chiar foarte mare, continuă să turuie bătrânul. Toată industria mineritului se aproviziona cu aparate antigrizutoase de la noi. Din alea care nu lăsau minele să facă explozie dacă dădeau de gaze naturale. Mai mult, aici s-a lucrat și echipament pentru centralele nucleare. S-au montat la Grupul I de la Cernavodă. Uite, aici a fost Proiectarea. Erau birouri de sus până jos, pline cu ingineri. Acu', abia dacă mai au unul, prizărit în corpul principal, acela cu parcarea mare din față, unde ați oprit prima dată.

Traversară un coridor larg, cu pereții cândva vopsiți în verde, scorojiți de tot.

— Și tatăl lui Vlad a lucrat aici, spuse Ștefan, iar Laura se încruntă la ceea ce considera a fi o remarcă lipsită de delicatețe.

— Chiar așa? se minună nea Ilie. Cum ziceai că-l chema?

Se opri în dreptul unei uși metalice duble, verzi, încuiate cu un lanț ale cărui capete erau unite cu un lacăt și scoase din nou mănunchiul de chei. Ștefan îi spuse numele de familie al lui Vlad, iar bătrânul se scărpină, preocupat, în cap:

— Inginerul Pintea, mda, îmi aduc aminte. Dan Pintea, parcă. A lucrat aici, să tot fie mai bine de douăzeci de ani de-atunci. Era stagiar. Primise de la Politehnică repartiție la Centrul de Calcul.

Vlad a simțit că îi îngheață inima în piept, dar a izbutit totuși să articuleze:

— L-ați cunoscut pe tata?

Nea Ilie aprobă din cap.

— Îhî. L-am cunoscut într-o noapte când i-a venit rândul să facă pe Ajutorul Ofițerului de Serviciu pe unitate, și s-a întâmplat ca eu să fiu Ofițerul de Serviciu, așa cum era regula atunci. Cred că era în primul an de stagiatură, dacă țin bine minte, pe ei îi puneau să facă pe ajutoarele Ofițerului. Nu avea idee cum merg lucrurile pe-aici, așa că i-am mai povestit eu una, alta. După noaptea aia ne făcuserăm un obicei din a sta, din când în când, de vorbă. Îmi plăcea mult să-l ascult. Doamne, câte mai avea-n cap! Uneori, când era ocupat, mă lăsa să joc *Tetris* pe TPD-uri, astea erau un soi de calculatoare mai mici de la centrul de calcul.

— Ia te uită ce coincidență! se minună Ștefan. Și tatăl tău a fost programator ca tine. Ați fost prieteni?

— E mult zis, dar cred că am fi putut fi. Am mers împreună de câteva ori și la câte o bere, după program, asta înainte să-nceapă să lucreze vârtos, fără să mai țină seama de cât era ora. Chiar plănuiserăm să ne vizităm, îl invitasem să vină cu mama ta de Crăciun pe la noi, pe atunci trăia și Lenuța mea, Dumnezeu s-o odihnească! Dar chiar nu mai țin minte ce-a apărut de n-au mai putut să vină. A dispărut după puțin timp, era ianuarie parcă, cred că în anul de dinaintea căderii comunismului. Atunci a apărut mama ta pe-aici, pe la fabrică. Era gravidă cu tine, tinere. Încerca să afle unde i-a dispărut soțul, mi-a fost atât de milă de ea, sărmana, mai ales că tatăl tău îmi povestise de ea, de mai multe ori. Dar cine știa, ca să-i spună? Dispariția inginerului Pintea a stârnit mare vâlvă prin fabrică, a trebuit să dăm declarații, mai întâi, milițienilor veniți să ancheteze și, pe urmă, securiștilor.

— Securiști? se miră Laura. Ăștia nu erau cei care spionau disidenții și protejau regimul comunist? Ce treabă ar fi putut să aibă un inginer cu ei? Îmi închipui că nu făcea parte din vreo mișcare de rezistență clandestină.

Bătrânul ridică din umeri. Alese o cheie din legătură, dar aceasta nu se potrivi cu încuietoarea lacătului. Mai încercă una şi încă una, până când, în sfârşit, o găsi pe cea potrivită.

— Niciodată nu le nimeresc. Sunt atât de multe! oftă el cu năduf. Pe vremea mea, toate uşile astea erau deschise, iar aici lucrau muncitorii în câte două şi trei schimburi. Acum n-a mai rămas nimic. Nu ştiu ce treabă a avut Securitatea cu tatăl lui. Oricum, nu ne spuneau nouă. De altfel, nici nu e treaba mea. Nici atunci n-a fost.

Puse sacoşa jos, ca să desfacă lacătul şi să tragă lanţul din inelele sudate pe uşile metalice.

— De fapt, chiar la Centrul de Calcul aveţi voie, aşa mi s-a spus.

Împinse uşile mari, de tablă, bâjbâi pe un perete lateral până găsi un întrerupător electric şi aprinse lumina. Câteva neoane prăfuite clipiră, parcă nemulţumite pentru că fuseseră deranjate. Le făcu semn să intre.

— Asta-i, spuse oftând, făcând un gest larg cu mâna. La vremea lui, a fost cel mai avansat Centru de Calcul din Moldova. Poate chiar din România. Aici au avut printre primele calculatoare Felix 3000 puse în funcţiune în ţară. Cică al doilea după cel care a fost livrat pentru Casa Poporului, aia de-au rebotezat-o acu' Palatul Parlamentului. Azi, probabil că şi telefonul pe care îl aveţi în buzunar are o putere de calcul mai mare. Luaţi tot ce credeţi de cuviinţă. Dar să nu vă faceţi mari speranţe, s-a recuperat de mult tot ceea ce avea cât de cât valoare. Eu o să rămân totuşi cu voi, că aşa mi s-a spus.

Porni târându-şi greoi paşii pe podeaua acope-

rită cu mormane din carcase de aparate butucănoa-
se, necunoscute, teancuri mototolite de listinguri,
plăci cu circuite electronice, cutii cu cartele perfora-
te, unele sparte, al căror conţinut era împrăştiat pe
jos. Se opri într-un colţ şi se aşeză pe un scaun rota-
tiv cu spătarul rupt. Scormoni prin buzunare, scoase
un pachet de ţigări, extrase una şi o aprinse, pufăind
mulţumit.

— Şi cam ce-ţi închipui tu c-o să recuperăm din
această harababură? se răsti Laura arătând cu mâna
spre obiectele din încăpere. Ne pierdem vremea.

— Are dreptate, oftă Vlad. Nea Ilie ne-a preve-
nit. Tot ce s-a putut recupera s-a recuperat.

Ştefan a început să cerceteze, frenetic, printre
mormane.

— Nici gând. Eu, unul, rămân. Dar, dacă voi
aveţi altceva mai bun de făcut, n-aveţi decât să ple-
caţi. În mod evident, se pot recupera metalul şi hâr-
tia. E posibil să se găsească şi cabluri. Iar cabluri şi
cablaje înseamnă cupru, care se plăteşte bine. Sper
să primească cei de la Remat şi plăcile electronice.
Uite, cine-a mai văzut memorii de un K.O.? Placa asta
mare cât un batic e plină cu astfel de chestii. Nici nu
ştiu sigur dacă aşa se pronunţă ce scrie pe ele. În
mod sigur nu înseamnă *Knock Out*.

— Kilooctet, interveni Vlad. E de o mie de ori
mai mic decât un megaoctet.

— Vasăzică, hard diskul laptopului meu de câte
mii de ori? De milioane de ori? Mai mare... Am văzut
pe Discovery că se poate recupera aurul din compo-
nente, spuse el, fluturând cu ambele mâini o placă
ticsită cu circuite integrate, frumos aliniate.

— Numai tu puteai veni cu idei de-astea! mormăi Laura, încruntându-se. Ne pierdem vremea.

— Încercaţi, mai întâi, cu carcasele de metal, îi sfătui nea Ilie. N-au fost luate pentru că-s uşoare, dar voluminoase, deci greu de transportat. Dar pentru voi, poate că merită să faceţi efortul. Uite, luaţi astea să nu vă murdăriţi prea tare.

Le arătă sacoşa pe care o adusese.

Tinerii îmbrăcară salopetele cam soioase, îşi puseră mănuşi groase din piele şi se apucară de treabă doar pe jumătate convinşi, adunând în saci mari de gunoi hârtiile şi cartonul. Metalul recuperabil îl strânseră într-un morman, în mijlocul încăperii. Lăsară, pentru moment, plăcile cu circuite, dar îşi propuseră să întrebe la Remat, odată cu primul transport, dacă primeau şi aşa ceva. Din când în când, Vlad, care îşi recăpătase buna dispoziţie, scotea exclamaţii de uimire, arătându-le ce mai descoperise.

— Parc-am fi într-un muzeu! Uite, asta a fost o imprimantă cu ciocănele! Ştiaţi că încă sunt considerate cele mai rapide? Ciocănelele sunt asemănătoare cu cele ale unui pian. Prin dreptul lor trece o bandă metalică pe care sunt ştanţate câteva seturi de caractere. Un ciocănel se activează când caracterul ce trebuie imprimat ajunge în dreptul lui. Tare, nu? Cică existau şi imprimante-„margaretă", cu caracterele plasate pe-un soi de lamele care semănau cu petalele florii.

— Eu zic s-o luaţi, că-i grea şi scoateţi un ban pe ea. Electronicele astea erau foarte scumpe, şi de ele nu s-a atins nimeni mulţi ani. De-asta a şi rezistat tot ce mai e pe-aici. Pe imprimantele cu ciocănele se listau statele de plată a salariilor, îşi aminti nea Ilie, scoțând altă țigară. Păcăneau câte o zi-ntreagă. Mda, a avut mulți angajați fabrica asta, n-o să mai existe prea curând așa ceva. Începeau cu muncitorii și abia la sfârșit se listau lefurile pentru personalul tehnic. Așa era politica partidului. Muncitorii primeau salariu întreg, iar cei de la TESA, de regulă, doar pe jumătate, pentru că erau socotiți vinovați de nerealizarea planului, care oricum nu se făcea aproape niciodată. De fapt, pe atunci salariul se chema „retribuție".

— Dumneata unde-ai lucrat? întrebă Laura alungând cu mâna un fir invizibil de fum de țigară care îi ajunsese, chipurile, la nas, dar bătrânul nu se sinchisi.

— Păi, cam peste tot. Am început ca ucenic la atelierul mecanic, când am terminat Profesionala, apoi am făcut liceu' la seral și, mai apoi, am studiat Finanțele la Iași, la fără frecvență. O vreme am lucrat și eu aici, la Centrul de Calcul. Știu fabrica asta ca pe propriul buzunar. Aici l-am cunoscut ceva mai bine pe tatăl tău, băiete. Era foarte talentat, așa se vorbea. Îi amenajaseră cămăruța aia, ca un fel de laborator special pentru el, pe care-l ținea tot timpul încuiat. Lucra mai mult noaptea, când nu era nimeni prin preajmă. Se spunea că era păzit de securiști.

— Unde, acolo? întrebă Vlad cu vocea sugrumată, arătând cu mâna spre un șir de dreptunghiuri negre, cu marginile zdrențuite, decupate în perete.

Nea Ilie dădu aprobator din cap, apoi își stinse țigara de ecranul verzui, crăpat, al unui monitor cu tub cinescopic. Vlad fu cuprins de o emoție profundă. Avea senzația că se află mai aproape ca niciodată de tatăl său. Aproape că îi simți mirosul și îi zări umbra, ca și cum ar fi coborât din obișnuitul său vis nocturn. Părintele lui trecuse pe acolo, lucrase, călcase pe aceeaşi pardoseală din mozaic, împinsese aceleaşi uşi, respirase, vorbise şi râsese în acelaşi spaţiu, în urmă cu un sfert de secol.

— În încăperi ca alea se păstrau benzile şi discurile magnetice. Îi uniseră două astfel de odăi, ca să-ncapă cu sculele lui. Îşi construise ceva special, îmi amintesc că arăta ca un dulap mare şi negru din care ieşeau o grămadă de fire. Dăduse o gaură în perete ca să treacă firele până alături, unde era secţia de acoperiri metalice, până la un bazin de clătire cu apă. După ce a dispărut, securiştii au luat dulapul şi au pus sigilii pe laboratorul lui. O vreme nimeni nu a avut voie să se apropie. Însă, după Revoluţie, au intrat toţi cei care-au vrut, dar n-au mai găsit mare lucru.

Îi asurzi un huruit puternic. Ştefan apăru, gâfâind, de după o îngrăditură închisă cu nişte cartoane agăţate pe o plasă de sârmă înşirată între doi stâlpi de beton. Împingea o maşinărie metalică gri, de mărimea unui birou.

— Cred c-am adunat de-un transport, dacă putem să ducem aşa ceva la Dacie. Sunt încă trei chestii de-astea.

— Perforatoare de cartele, rosti nostalgic nea Ilie. Instrucţiunile erau transpuse pe dreptunghiuri de carton, în care se perforau găuri. O cartelă însemna o instrucţiune.

— Sunt descrise în cursul de Tehnologia Informaţiei, spuse Vlad. Dar nu am mai văzut până acum aşa ceva decât în poze. Pe vremuri, se inventau aparate foarte ingenioase, care compensau în bună măsură ceea ce oferă tehnologiile de azi.

— O să vă aduc un transpalet, să cărați totul până la mașină. Va trebui să v-ajut, că nu știți voi să folosiți așa ceva, le strigă nea Ilie, ieșind pe o altă ușă.

Apăru după câteva minute, trăgând după el, de un mâner ca o țeavă metalică, o platformă ce se deplasa pe niște roți minuscule, învelite în cauciuc. Strecură platforma sub perforatorul de cartele, meșteri ceva pe la mâner, împingându-l fără mare efort de câteva ori în sus și în jos, ca pe un cric. Perforatorul se ridică odată cu platforma. Nea Ilie îi puse pe băieți de o parte și de cealaltă a transpaletului, instruindu-i să țină încărcătura în echilibru. Laura se oferi să ajute, dar nea Ilie o refuză politicos.

— Dumneata, domnișoară, cred c-ai face mai bine să ne aștepți aici, spuse el. Mă descurc eu cu flăcăii ăstia. N-ar trebui să dureze mai mult de-un sfert de oră până încărcăm. În mașina cu care ați venit, nu cred să puteți lua încă unul. O să umpleți restul cu mărunțișuri din ce mai găsiți pe aici. Au umplut patru cutii cu resturi metalice și le-au așezat cu băgare de seamă pe transpalet, în fața și în spatele perforatorului de cartele.

— Dar cine o să conducă Dacia? întrebă Laura. Și așa nu pornește...

— O să merg eu de data asta, spuse nea Ilie. Mai cunosc pe acolo, pe la Remat, pe unu'-altu', poate merge treaba mai repede. Iar Daciii tot conduc de când eram de-o seamă cu voi. Nu-ți face griji, dacă n-o pornesc eu, n-o mai pornește nimeni.

Se îndepărtară încet, ca un trio de acrobați atenți să nu își greșească numărul. Nea Ilie împinse transpaletul, iar cei doi tineri îl flancară din părți, sprijinind încărcătura. Laura îi auzi deschizând uşi şi huruind încă multă vreme după ce îi pierdu din vedere.

CAPITOLUL 2

„Aspirantul măsură dispreţuitor cu privirea masa compactă a spectatorilor adunaţi la baza muntelui, după care admiră – pentru prima oară în viaţă – de sus, clădirile mănăstirii. Nu reuşi să zărească, însă, capătul cozii prelungi, pe mai multe rânduri, ce se pierdea la orizont, a celor care aşteptau să intre pentru a fi supuşi încercărilor ce le puteau aduce mult râvnita rasă de călugăr al timpului şi, odată cu ea, nemurirea. Cei mai mulţi nu treceau nici măcar de primele încercări şi ieşeau, umiliţi, pe uşile laterale, cu capetele plecate; înainte de a se întoarce de unde veniseră, se alăturau pentru o vreme spectatorilor, simţindu-se astfel, poate, ceva mai aproape de nemurirea pe care nu izbutiseră să o obţină. Mulţi alţii, dintre cei care treceau de primele încercări, se prăpădeau la următoarele şi nu mai ieşeau niciodată, lăsându-şi oasele să se albească în criptele subterane ale mănăstirii."

Panglica Timpului

Se întoarseră abia după vreo oră, transpiraţi şi obosiţi. Nu păreau prea încântaţi. Laura se instalase în dreptul unui alt perforator de cartele, aflat în centrul încăperii principale, pe care îl transformase în birou. Stătea pe scaunul mobil cu tapiseria din buret desfundată, pe care îl folosise nea Ilie. Studia atentă un teanc de listing îngălbenit pe care îl lăsă din mâini când apărură ei.

— Ne-au plătit douăzeci şi doi de lei, spuse cu năduf Ştefan.

— Cu banii ăştia nu poţi să bei nici măcar o cafea în City, îi răspunse fata, absentă. De fapt, nici măcar în campus. Ar ajunge totuşi pentru o călătorie cu metroul.

— Dacă tot am venit, eu zic să continuăm, oftă Vlad. Măcar ne-alegem cu puţină mişcare.

— Aş fi preferat să adun nişte bani, în loc să fac muşchi, îl contră Ştefan, dând un şut într-o cutie veche de plastic cu urme de unsoare.

— V-am spus eu că n-o să vă-mbogăţiţi, rosti nea Ilie din urma lor, aprinzându-şi tacticos o ţigară.

Fumul albăstrui provocă imediat o grimasă pe faţa fetei care tare ar mai fi vrut să protesteze. Însă spuse altceva:

— Uite ce-am găsit, rosti lăsând jos foaia pe care o studia. E incredibil! Pe spatele listingului cineva a desenat o schemă logică a unor algoritmi neurali. Au fost scrişi în Fortran! Nu credeam că se studiau acum un sfert de secol, pe când funcţiona fabrica asta. Mai ales la un Centru de Calcul intern, care rula pe echipamentele din acea vreme. La Universitate am avut un curs în acest an, am dat şi examen.

— Ce fel de algoritmi? întrebă Ştefan.

— Algoritmi neurali, răspunse Vlad încruntându-se. Am făcut şi noi, la Teoria Sistemelor. Sunt metode prin care se încearcă reproducerea funcţiilor creierului uman. Au fost teoretizaţi pe la începutul secolului trecut, dacă ţin bine minte.

— Aplicaţiile şi aparatul matematic au apărut pe la jumătatea secolului trecut, adăugă zâmbind Laura. Vasăzică, se face ceva carte şi-n România.

Ştefan rânji strâmb. Spre deosebire de sora sa, lui nu-i plăcuse niciodată matematica.

— Şi de unde ştii tu Fortran? interveni Vlad. Nu mi-am imaginat că studiaţi aşa ceva în Anglia.

— Avem un curs opţional de limbaje vechi de programare la care m-am înscris, răspunse Laura. Cobol, pentru baze de date, Basic, pentru chestiuni ceva mai simple şi Pascal. Se scriau programe de calculator complexe şi acum patruzeci de ani, cam la fel cum facem noi în C Sharp. Atâta doar că erau mult mai atenţi cu resursele. Dispuneau de spaţii limitate de stocare şi de putere de calcul relativ modestă. Astfel am studiat şi Fortran 77, care se folosea încă înainte ca noi să ne naştem.

— V-am spus că Felix-ul nostru era cel mai tare ordinator din Moldova, se băgă în vorbă nea Ilie. Bătea tot. Veneau studenţi sau profesori de la Iaşi să lucreze pe el. Întotdeauna îl căutau pe tatăl tău, Vlad. Stăteau şi nopţile, ca liliecii. De fapt, dacă stau să mă gândesc, nici nu cred că mai plecau, uneori, cu zilele. Aranjau la cantină să le lase câte ceva de mâncare şi lucrau ca nebunii, iar asta a durat vreo două luni bune.

Cei trei tineri se întoarseră aproape simultan spre el. Sub privirile lor, nea Ilie ridică din umeri.

— Nu ştiu la ce lucrau, le răspunse la întrebarea nerostită. În ultimul an, înainte ca tatăl tău să dispară, n-au mai apărut. De fapt, cred că n-au mai fost primiţi pentru că atunci s-au înfiinţat „băieţii cu ochi albaştri", cum li se spunea securiştilor.

— Eu zic să nu uităm pentru ce-am venit, interveni pragmatic Ştefan, în tăcerea care se lăsase. Încă mai putem aduna câte ceva.

Intră într-una dintre încăperile ce se deschideau spre sala principală, făcând zgomot în vreme ce scormonea printre echipamentele vechi.

— Cred c-am câştiga mai bine dac-am vinde ziare, mormăi Vlad pornind totuşi după prietenul său.

— Ziare? Cine mai citeşte din astea? i-o întoarse Ştefan peste umăr.

Fata le aruncă o privire scurtă şi reveni asupra listingului. Îl întorcea din când în când, încercând să coreleze schema logică şi formulele schiţate pe verso cu liniile de program. Nea Ilie ridică din umeri, se sprijini de un perete şi îşi aprinse o altă ţigară. Soarele de după-amiază scălda într-o lumină aurie încăperea, provocând sclipiri în firele de praf ce pluteau în aer, asemenea unor licurici minusculi. După vreo jumătate de oră, cei doi tineri ieşiră împingând câte două cutii mari de carton, pline cu resturi de carcase, mănunchiuri groase de fire la capetele cărora atârnau mufe mari, plăci cu circuite electronice şi piese din material plastic. Le aşezară, asudaţi, în mijlocul încăperii principale, lângă Laura, care urmărea cu un pix ros la un capăt rândurile scrise pe listing, subliniind când şi când câte ceva sau făcând mici însemnări.

— Te crezi la vreun seminar sau aşa ceva? se răsti fratele ei, dar fata nu îl băgă în seamă.

Un al doilea teanc de foi listate se strânsese la picioarele sale. Nea Ilie fredona încetişor un cântec de muzică populară în timp ce privea visător afară, spre stradă, printr-un geam prăfuit.

— Ce credeţi că-i asta?

Ştefan scoase dintr-o cutie aflată într-un morman de resturi de carcase metalice amestecate cu

nişte cârpe şi benzi magnetice un costum ca de sca-
fandru, ţinându-l cu două degete. Îl scăpă însă când
îl ridicase abia pe jumătate.

— E greu, spuse, ştergându-şi câteva broboane
de transpiraţie.

Mănuşile îi lăsară urme de praf pe frunte şi pe
obraji. Vlad sări să îl ajute. Laura ridică privirea din
foile sale, privind gânditoare costumul. Şi nea Ilie se
întoarse, curios. Încetă să mai fluiere.

— Asta nu are ce căuta într-un Centru de Cal-
cul, concluzionă Ştefan după ce depuse costumul în
mijlocul încăperii, aproape de biroul improvizat al
Laurei.

— Are servomotoare, cabluri de legătură şi
mufe, observă Vlad. Sunt peste tot. Şi-o mulţime de
electromagneţi, cred. E tapisat cu minielectromag-
neţi. Cred că-l înţeapă pe cel ce îmbracă chestia asta
atunci când se activează. Iar cerculeţele astea de lân-
gă ei sunt mărci tensometrice.

Laura aruncă o privire, amuzată.

— Au şi marcaje vopsite, sunt diferite pentru fi-
ecare, par să fie un cod de identificare. Îmi aminteşte
de Fecioara de Fier, dispozitivul medieval de tortură,
pe care l-am văzut în cartea de istorie. Poate c-am
descoperit un instrument de tortură al Securităţii?

— Într-un Centru de Calcul al unei foste fabrici
socialiste! Hai să fim serioşi! râse Ştefan. Sunt însă
de acord că este ceva ciudat. N-am mai văzut una ca
asta.

— Cred că este un stimulator, rosti apăsat Vlad.
Electromagneţii ar putea transmite persoanei ca-
re-ar îmbrăca acest costum impulsuri, sugerând
anumite acţiuni. Invers, mărcile tensometrice detec-

tează mişcarea muşchilor şi o transmit computeru-
lui. Bucle de feedback.

— Ar fi, oare, posibil s-aibă legătură cu ceea ce
scrie aici? îi întrebă Laura, bătând cu palma în tean-
cul de listing. Adică programul ăsta să fie cel care
transmite?

— Ce să transmită? întrebă Ştefan, sceptic.

— Habar n-am, răspunse Laura. Orice. O să aflu
mai multe după ce parcurg schema logică şi înţeleg
tot programul. Ceea ce am aici e doar o părticică din
el. Cred c-am nimerit peste o subrutină care baleiază
senzorii. Îi citeşte şi apoi transmite starea lor într-o
bază de date. Pe atunci nu lucrau la nivel de obiect şi
nu se foloseau de funcţii, aşa cum se face în progra-
marea modernă.

— Dacă e simulator, nu ar trebui să aibă şi-o
cască? întrebă Vlad. Şi nişte mănuşi? Avem în labo-
ratorul de Automatică industrială de la facultate o
asemenea mănuşă care transmite mişcările mâinii
către un manipulator robot.

— Ştiu eu pe unde sunt, spuse nea Ilie. Mi le-a
dat să le strâng inginerul Pintea, tatăl tău. A adus la
magazia pe care o inventariam vreo câteva cutii cu
cartele şi mi-a cerut să le pun bine. Cred că folosea
costumul de scafandru ca să se bage în bazinul cu
apă din secţia de acoperiri metalice. E drept, nu l-a
văzut nimeni bălăcindu-se. Probabil că făcea asta
numai în schimbul trei, când în secţie nu era nimeni.
Pe atunci ne-au făcut revizori, pentru o perioadă, pe
aproape toţi cei de la Centrul de Calcul. Se fura pe
capete, în special profile de aluminiu din care oa-
menii confecţionau antene TV ca să prindă posturi-
le moldoveneşti şi ucrainene de peste Prut. Aşa că

ne-au pus să inventariem magaziile. Mi-au dat şi mie una. Dar am făcut apendicită, m-am operat şi-am lipsit vreo două–trei săptămâni. Acum mi-am amintit: de-asta n-am putut petrece Crăciunul împreună, aşa cum plănuiserăm. Când m-am întors, tatăl tău dispăruse. Colegii mi-au spus că nişte tipi de la Securitate au scotocit peste tot, chiar şi-n magazia mea. Îi conducea unu', Vârtejan, care era maior pe vremea aia şi mai era şi tare al dracului. L-am întâlnit de câteva ori după Revoluţie, că mai trăieşte şi astăzi, viermele, ba se şi laudă că ia o pensie frumuşică. Dar n-avea cum să găsească ceea ce pitisem eu.

— Unde sunt? exclamară cei trei tineri, aproape în cor.

Nimănui nu îi mai ardea de materiale reciclabile. Nea Ilie îi privi pe toţi, pe rând. Privirea îi zăbovi ceva mai mult asupra lui Vlad.

— Fiind vorba de tatăl tău, o să ţi le dau ţie. Tu hotărăşti mai departe ce vrei să faci cu ele. Din punctul meu de vedere, sunt tot nişte deşeuri. Însă cred că este normal să ajungă la tine. Urmaţi-mă! Luaţi şi transpaletul, o s-aveţi nevoie de el. Dacă-mi amintesc bine, cartelele cântăresc destul de mult.

Ştefan răsturnă cutiile de carton într-un colţ, formând o grămadă multicoloră de resturi ale vechilor echipamente. Înghesuiră costumul într-una dintre cutii, iar fata puse deasupra teancul de foi listate. Urcară cutiile pe transpalet şi porniră după nea Ilie.

Niciunul dintre cei trei tineri nu ar fi putut spune cât au mers, dar, în mod sigur, s-ar fi rătăcit fără ghidul lor. Nea Ilie a deschis şi a închis în urma lor mai multe uşi, au traversat secţii mari, dintre care unele mai aveau încă utilaje, între care păianjenii ţesuseră pânze uriaşe. Au trecut chiar pe lângă doi muncitori care lucrau, stingheri, într-o hală imensă, aproape pustie, la o maşinărie care făcea mult zgomot în timp ce decupa dintr-o fâşie de alamă piese mici, cu forme complicate. Era doar fantoma fabricii de pe vremuri, când muncitorii şi inginerii forfoteau peste tot, agitându-se pentru a duce la bun sfârşit planul de producţie stabilit de economia planificată.

Au clipit cu toţii, dând cu ochii de lumina încă puternică a soarelui după-amiezii, atunci când nea Ilie a deschis o uşă ce dădea în curtea interioară şi pustie a fabricii. Un drum lat, mărginit de bălării ce crescuseră în voie, ducea la un şir de mai multe clădiri părăsite, cu geamuri sparte. Rolele transpaletului au protestat zgomotos când au trecut peste asfaltul crăpat, iar cutiile de carton s-au clătinat, periculos.

S-au oprit în dreptul uşilor duble ale unei clădiri făcute din panouri de tablă ondulată, asemănătoare cu un cub înalt de vreo zece metri. Din legătura de chei, nea Ilie a ales trei cu care a descuiat o yală şi două lacăte mari, încuiate peste zalele unui lanţ gros, ruginit, înfăşurat prin mânerele uşilor.

— E una dintre magaziile abandonate, a oftat bătrânul, trăgând cu greu lanţul. Aşa c-aici am mai păstrat şi eu câte ceva, de care poate că va mai fi nevoie vreodată. Apoi a deschis pe jumătate o uşă ale cărei balamale au scârţâit ascuţit şi le-a făcut semn să intre. S-au strecurat pe rând, trăgând înăuntru şi transpaletul. Nea Ilie a aruncat o ultimă privire afară şi a închis uşa. Înăuntru lumina pătrundea prin câteva ferestre foarte murdare, ascunse după gratii, dar ochii li s-au obişnuit repede cu semiîntunericul. Magazia era diferită de restul halelor abandonate, căci era plină cu rafturi goale, înalte până în tavan. Fluierând încetișor, nea Ilie a tras un heblu electric din stânga intrării și a aprins un bec cu vapori de mercur, aflat foarte sus și care aruncă o lumină gălbuie, fantomatică, în jur. A dispărut mai apoi în labirintul din rafturi goale. S-a întors cățărat pe o platformă elevatoare cu care s-a înălțat până spre tavan. Pe urmă a strecurat furcile platformei sub un container de tablă, invizibil de jos, și a coborât țanțoș, ca un personaj din *Star Wars*.

— Ăsta-i, copii, spuse bătând cu palma în container. Aici e tot ce mi-a lăsat tatăl tău. Și mai sunt câteva chestii, dar alea-mi aparțin și-o să le pun la loc după ce terminăm. Luați cutiile cu cartele. Și mănușile. Și casca.

Aceasta din urmă se dovedi cea mai interesantă piesă din echipament. Inițial, fusese o cască de motociclist din material acrilic, însă fusese găurită peste tot și înțesată cu o puzderie de senzori asemănători cu cei de pe costum. În dreptul urechilor, fuseseră fixate două galene telefonice. În dreptul ochilor atârnau, printr-un sistem ingenios de suporți din sârmă, două tuburi catodice miniaturale, asemănătoare cu cele utilizate la osciloscoape. Cabluri multicolore conectau senzorii, difuzoarele și tuburile cinescop la cinci mufe mari, ale căror picioruțe din cupru se oxidaseră. Pe alocuri se vedeau pete de mucegai.

Ștefan luă casca într-o mână și o ridică teatral.

— *To be or not to be...* Seamănă c-o piesă de recuzită dintr-un film SF de pe vremea primelor călătorii pe Lună. Una nu prea grozavă, adăugă și o lăsă să cadă într-una dintre cutiile de carton de pe transpalet.

Aceeaşi cale o luară şi mănuşile şi, mai apoi, cutiile cu cartele pe care cei doi tineri le ridicară icnind.

— Ah, uitasem, spuse nea Ilie. Mi-a lăsat şi astea.

Scoase din container trei cilindri metalici din tablă de cupru zincată, de vreo patruzeci de centimetri în diametru, groşi de alţi zece centimetri, după care îşi luă containerul, urcă pe platforma elevatoare şi îl ascunse la loc, în rafturile de lângă perete.

— Ce-s astea? întrebă Ştefan, luând un cilindru în mâini.

Înăuntru zdrăngăni ceva greu. În unele locuri, zincul plesnise şi sărise de pe tablă, fiind înlocuit cu pete verzui de oxid.

— Cred că sunt benzi magnetice, îi răspunse Vlad. Erau folosite pentru a stoca volume mari de date.

— Exista aşa ceva pe atunci? se minună Ştefan. Credeam că foloseau calculatoare cu lămpi electronice şi relee, printre care mişunau tehnicieni în halate albe.

Sora sa îi aruncă o privire dispreţuitoare.

— Şi tot pe atunci, medicii, în rândul cărora te pregăteşti să intri, dădeau drept anestezic pacienţilor, în timp ce-i operau, o duşcă de tărie şi-o bucăţică de lemn, s-o ţină strâns între dinţi, nu-i aşa? Cât despre volumele mari, spuse ea întorcându-se spre Vlad, ei bine, cred că pe tot ce avem aici abia dacă-ncape un film, înregistrat în format comprimat DivX, remarcă pe care tânărul o aprobă dând din cap.

— Ar mai fi ceva, adăugă nea Ilie care coborâse neauzit cu platforma lui elevatoare. Sper că veţi fi foarte discreți. Niciunul dintre noi nu vrea să aibă necazuri. Cred că și alții ar putea să dorească tot ceea ce v-am dat. Așadar... și își puse degetul arătător peste buze, făcând semnul universal care îndemna la păstrarea tăcerii.

Au luat tot ce primiseră. Conduși de bătrân, au ajuns la vechea Dacie pe un alt traseu, mai puțin întortocheat și ceva mai scurt, prin exteriorul clădirilor.

— Asta-i tot pentru astăzi, cred că cei de la Remat au închis deja, le spuse bătrânul după ce își transferară încărcătura în mașină. De fapt, și eu ar cam trebui să plec. Să mă anunțați dacă vreți să veniți și mâine.

Scoase un carnețel soios din buzunarul de la piept al salopetei și un pix galben, care făcea reclamă unui partid politic. Rupse o foaie, își scrise numele și un număr de telefon, apoi i-o întinse lui Ștefan. Acesta rămase cu ea în mână până când nu se mai auzi huruitul roților transpaletului, după care o împături și o strecură în buzunarul de la spate al blugilor.

— Și cu toate astea ce facem? întrebă Ștefan după ce porniră, reușind să se facă auzit peste zgomotul vehiculului. La ce ne folosesc?

— Nu te-ai prins? îi răspunse entuziasmată sora lui. Este posibil să descoperim elemente de inteligență artificială de acum un sfert de secol! Asta schimbă mult lucrurile. E ca și cum, spre exemplu, când au venit romanii aici, ar fi descoperit că dacii aveau deja autostrăzi!

Laura frână violent când un câine vagabond îi sări în față. Vlad și Ștefan se loviră de peretele din tablă care despărțea duba de cabină. Cutiile cu cartele

se clătinară zdravăn, iar cilindrii cu benzile magne-
tice se rostogoliră zdrăngănind pe podeaua spartă.

— Au! strigă Ştefan prin ferestruica lipsită de
geam care dădea în cabină. Vrei să ne amesteci îm-
preună cu cartelele?

— Poate că exemplul cu autostrăzile nu a fost
chiar cel mai nimerit, comentă Vlad. Dar cred că în-
ţeleg unde baţi. Totuşi, nu pricep cum ai de gând să
dovedeşti asta. Ai numai un capăt de listing cu in-
strucţiuni într-un limbaj de programare arhaic, pe
spatele căruia cineva, despre care presupunem că a
fost tatăl meu, a desenat o schemă logică şi a înşirat
nişte formule. Dar cum vei citi cartelele? Poate c-ar fi
trebuit să luăm şi un lector de cartele perforate, deşi
nici nu-mi pot închipui cum să-l punem în funcţiune
şi nici cum să-l interfaţăm. Cât despre benzile mag-
netice, după atâţia ani, cu siguranţă nu s-a mai păs-
trat nimic din înregistrările iniţiale. Probabil s-au
demagnetizat de mult.

O vreme se auzi doar păcănitul neuniform al
motorului.

— Vom încerca totuşi să le dăm de cap. Sunt si-
gură că listingul are legătură cu acel costum ciudat.
Simt eu că programul a fost scris de tatăl tău, Vlad,
spuse Laura, aruncând o privire scurtă în spate. Poa-
te vom afla mai multe despre el şi dispariţia lui.

Dar Vlad întoarse tăcut capul spre uşa din spa-
te. Nici Laura, aflată la volan, şi nici prietenul său,
aflat alături de el, în dubă, nu văzură cum două la-
crimi fierbinţi îi apăruseră în colţul ochilor.

CAPITOLUL 3

„Cel aflat pe stâncă zâmbi visător, amintindu-şi cum şi el aşteptase, alături de nenumăraţi alţii, săptămâni în şir. Bău o gură de apă din plosca de piele tăbăcită, pe care o ţinea atârnată de curmeiul ce-i slujea drept cingătoare şi care era, de altfel, singurul lui bagaj. Urcă încet, trecând pe lângă grotele săpate în stâncă, ocupate de alţi Aspiranţi aflaţi la încercarea finală. Unele dintre ele aveau uşi din lemn şi geamuri de sticlă prăfuită, ridicate nu se ştie cum, în timpuri vechi, când cel ce se căţăra acum pe lângă ele încă nu se născuse. Niciunul dintre ocupanţii acelor grote nu ieşi să îl încurajeze. Nici nu se aştepta la aşa ceva. Aspiranţii, dacă mai trăiau, aveau alte treburi de făcut, iar legătura lor cu lumea profană încetase odată ce fuseseră primiţi de mănăstire."

Panglica Timpului

A doua zi, pe la nouă dimineaţa, Vlad a sunat la poarta familiei Dănuţa. După un minut, Laura a deschis uşa casei. A văzut cine este, şi-a înăbuşit un căscat şi a apăsat pe butonul interfonului care descuia poarta.

Îi făcu loc să intre în casă, frecându-şi somnoroasă ochii.

— Nu vrei o cafea? îl întrebă, dar nu mai aşteptă răspunsul şi porni spre bucătărie, lipăind pe podea cu picioarele goale.

Era îmbrăcată cu o pijama ca o rochiţă subţire,

pe care erau imprimate flori de mac mari. Părul îi stătea vâlvoi, dovedind că abia se trezise şi nu reuşise încă să se aranjeze. Vlad simţi o împunsătură în inimă. Se cunoşteau de când erau copii şi era surprins că se gândeşte la ea ca la o femeie. Îşi şterse cuviincios tălpile sandalelor pe preşul de la intrare şi o urmă. Trecând pe lângă un dormitor, auzi prin uşa întredeschisă sforăitul inconfundabil al lui Ştefan.

— Am ştiut de la început că e ceva-n neregulă cu cartelele alea, îi spuse fata peste umăr. Sunt aproape unsprezece mii, câte o mie în fiecare cutie, puse pe două rânduri. Ultima cutie nu este completă. În mod normal, ar fi trebuit să scrie pe fiecare, în partea de sus, semnificaţia perforaţiilor. Or, acest lucru nu s-a întâmplat...

— Poate lipsesc doar la câteva sau li s-o fi terminat banda tuşată... o întrerupse timid Vlad, simţindu-se ca şi când i-ar fi luat apărarea tatălui său care omisese acest amănunt.

— ... La niciuna, continuă fata apăsat. Am răsfoit prin cutii şi la toate este la fel. Cred că a fost oprit capul de imprimare în mod intenţionat, nu există nici măcar urme pe cartele. Totuşi, fiecare are un set de şaisprezece miniperforaţii. De fapt, nici măcar n-au perforat cartonul, sunt mai mult un fel de mici împunsături. Presupun că se puteau face setări pentru asta.

— Şi ai aflat ce sunt? Laura intră în bucătărie, iar băiatul o urmă.

— Ia şi tu un scaun, îi spuse, tot fără să-l privească. Bineînţeles că am aflat. Reprezintă numere de ordine scrise în binar. Fără ele, ar fi greu să aflăm secvenţa în care trebuie citite cartelele, care, apropo, sunt amestecate. Presupun că şi asta a fost făcut în mod intenţionat. Am lucrat amândoi până spre dimineaţă să le scanăm. Merge greu, abia am terminat o cutie şi ceva, cam vreo mie. O să dureze. Poate nici n-am fi reuşit să scanăm atâtea, dacă nu mi-ar fi venit ideea să pun câte trei în scaner. Încap lejer. Mă rog, nu e chiar scaner, e un multifuncţional, tata-l ţine mereu deschis pe fax, ca să primească facturi de la furnizori. Chiar aşa, nici nu am apucat să vorbesc cu ai mei, spuse Laura făcându-şi de lucru pe lângă filtrul de cafea.

Îşi împărţiseră de cu seară cele adunate de la fabrică. Vlad oprise benzile magnetice, costumul cel ciudat, masca şi mănuşile, iar la ceilalţi rămăsese restul. Nu reuşise să vorbească deloc cu mama sa, care venise târziu de la Spitalul Judeţean unde lucra ca asistentă şi care nu mai intrase în camera lui, închipuindu-şi probabil că fiul ei dormea. De obicei, era epuizată. Făcea mereu ore suplimentare, fie ţinând locul colegelor, fie suplinind, alături de alţii, lipsa de personal devenită cronică şi în spitalul ei, odată cu migrarea masivă a cadrelor medicale spre Occident. Nu îşi luase niciodată concediu şi nici nu se plânsese că i-ar fi lipsit, de când îşi amintea Vlad. El protestase de nenumărate ori, chiar încercase, în anul de după liceu, să se angajeze, ceea ce o îndurerase profund. După aceea, lucrurile se reaşezaseră în ordinea pe care mama o socotea firească. Vlad redevenise student, iar ea se lupta cu îndârjire să câştige cât mai mulţi bani, obsedată de dorinţa de a-i asigura fiului ei o studenţie frumoasă.

Vlad se aşeză pe un scaun, la masa din bucătărie, urmărind-o pe Laura. Îşi plecă jenat capul când fata trecu prin dreptul ferestrei şi, pentru o clipă, în lumina soarelui puternic al dimineţii, rochiţa-pija-ma deveni aproape transparentă.

— ... Iar după ce le scanăm, citim găurelele car-telelor scanate cu o aplicaţie pe care a scris-o soră-mea şi obţinem codurile, se auzi din spatele lor. Îmi dă şi mie cineva o cafea?

Ştefan apăruse, nevăzut, în spatele lor, îmbră-cat doar în perechea de bermude în care dormise. Se întinse, ridicând braţele, apoi se aşeză şi el pe un scaun, la masă, alături de Vlad.

— Ia-ţi singur, îi spuse Laura, punând ibricul de sticlă pe masă. E scris în Fortran, asta am putut să îmi dau seama încă de ieri. Însă va fi nevoie de o analiză serioasă ca să înţeleg ce-a vrut să facă. Bine c-a lăsat schiţat câte ceva din algoritm pe spatele lis-tingului.

— Ideea cu scanarea cartelelor e bună, spu-se Vlad. Numai că aţi fi putut folosi DSLR-ul, ca să meargă mai repede. Parc-aveţi un Canon, nu-i aşa?

— Ce-i cu Canon-ul? întrebă Laura, dându-i o cană aburindă de cafea. Ce vrei să spui?

Vlad îşi apropie buzele de lichidul fierbinte şi aromat. Nu avea zahăr pentru că aşa, amară, le plă-cea lor cafeaua.

— Aţi putea aranja cartelele pe vreun metru pătrat sau chiar doi, faceţi de sus o fotografie a an-samblului, apoi le decupaţi pe fiecare în parte cu un program de editare a imaginilor. Sau le-aţi putea lipi de un perete, depinde cum ar fi mai eficient. Aşa pu-teţi introduce cel puţin o sută o dată. Rezoluţia ar trebui să fie suficient de bună ca să poată fi detecta-te găurile din imaginile cu cartele, ba chiar şi nume-rele de ordine.

Ştefan schimbă o privire lungă cu sora sa. Sorbi din cana lui de cafea, dar se opări şi tuşi până îi dădură lacrimile. Laura se lovi uşor cu palma peste cap.

— Bravo, aşa cred că putem termina până diseară. Sau poate chiar mai repede. Cum de nu ne-a venit şi nouă ideea?

— Dar tu ce-ai făcut cu benzile alea magnetice? întrebă Ştefan după ce îşi recăpătă respiraţia.

Vlad scoase un stick de memorie din buzunarul de la piept al cămăşii şi îl puse pe masă.

— Sunt toate aici.

Laura privi neîncrezătoare stick-ul, de parcă n-ar mai fi văzut niciodată aşa ceva.

— Cum adică sunt aici? Glumeşti. Nu cred că ai vreun cititor de bandă magnetică pe acasă. Sau ai?

— Nu, nu am, clătină din cap Vlad. Dar am un prieten la Computer House.

— Care are un magnetofon, completă Ştefan. Un aparat din ăla cu ajutorul căruia povestea tata că dădea sâmbăta discotecă pe vremea când era la liceu.

— Nu, benzile de calculator sunt cu mult mai late. Dar prietenul meu are hard diskuri cu sectoarele de boot defecte, care nu mai pot fi reparate pentru că acolo se păstrează sistemul de operare al PC-urilor. A fost chiar bucuros să-l scap de câteva. Le-am desfăcut, am luat capetele magnetice şi am improvizat un cititor de benzi.

— Frumos, spuse Laura. Adică ai pus opt capete de citire împreună şi ai lecturat benzile.

— Nouă capete, o corectă Vlad. Mai e şi bitul de control, cel egal cu suma tuturor celorlalţi, ştii, pentru corecția erorilor. A trebuit să le adaptez controlerele să lucreze împreună și am preluat datele printr-un clasic port SATA.

— Nu se demagnetizaseră? insistă fata.

— Benzile erau demagnetizate și mă îndoiesc că, având chiar un cititor de bandă funcțional din epoca când au fost scrise, s-ar mai fi putut citi ceva. Dar capetele de lectură ale hardurilor sunt foarte sensibile și au detectat cu ușurință nivelele de zero și unu. A fost chiar mai bine că benzile erau aproape demagnetizate, altminteri cred că ar fi intrat în saturație. Este totul aici, mai spuse, arătând cu bărbia spre stick.

— Profesorii ar fi mândri de tine, îl lăudă Ștefan. Și ce scrie pe benzi?

Vlad ridică din umeri.

— Nu știu. Pe stick sunt trei fișiere cu secvențe binare, exact așa cum le-am descărcat de pe benzi, câte unul pentru fiecare dintre ele. Nu am reușit să fac mai mult deocamdată.

— Este foarte bine și atât, spuse cu hotărâre Laura, ieșind ca o vijelie din bucătărie.

— N-a fost chiar atât de complicat, mărturisi cu modestie în urma ei.

De fapt, fusese. Lucrase și el până spre dimineață. Conectarea controlerelor luate de la hard diskuri la interfața SATA fusese o operațiune relativ simplă, căci mai făcuse deja asta la un laborator de studiu al echipamentelor periferice, la facultate. Dar citirea benzilor îi pusese serios imaginația la încercare. Improvizase o rolă goală din două farfurii de plastic prinse în centru cu holșuruburi de un capăt de coadă de mătură, înfășurat în scotch, drept ax, tăiat la puțin peste doisprezece milimetri, adică jumătate de inch, lățimea benzii. Făcuse apoi doi suporți de sârmă în formă de cârlig pe care îi plasase pe lungime, la capetele mesei ce îi folosea drept birou; de unul atârnase rola cu bandă magnetică, iar de celălalt, rola improvizată. Ca să preseze banda magnetică de ansamblul capetelor de citire luate de la hard diskuri, folosise drept greutate un album greu de artă cu tablourile de la Luvru, pe care îl primise cadou când împlinise optsprezece ani. Mai dăduse apoi nouă găuri aliniate pe o bucată de carton gros, care servise drept suport capetelor magnetice recuperate de la hard diskuri.

Cel mai dificil fusese să determine viteza cu care să învârtă rola improvizată pentru ca citirea benzii să se facă în mod corect și fără să o zgârie. Încercase de zeci de ori până să reușească să dobândească, oarecum, ceva din îndemânarea operatorilor de film din urmă cu o sută de ani, care derulau uniform bobinele de celuloid zeci de minute, fără oprire. Din fericire, biții fuseseră înscriși pe bandă, utilizând suprafețe care, pentru metodele din prezent, erau de-a dreptul uriașe. În final, reușise să îmbine cele două tehnologii aflate la distanță de un sfert de secol una de alta, folosind o improvizație care semăna izbitor cu o capcană din desenele animate cu Tom și Jerry.

Fata reveni cu un laptop având carcasa roz, cam uzată. Își schimbase pijamaua cu perechea ei favorită de pantaloni scurți și un tricou lălâu, iar părul și-l strânsese la spate, în coadă de cal. Porni laptopul și înfipse hotărâtă stick-ul într-unul dintre porturile USB. Alese cu pad-ul o aplicație, copie conținutul stick-ului și începu să bată cu viteză în tastatura acestuia.

— Cât încerc eu să decodific, n-ar fi rău să v-apucați de treabă, le spuse fără să aibă ochi pentru nimic altceva decât pentru ecranul laptopului. Poate vrei să pui în practică ideea ta cu fotografiatul cartelelor, Vlad. Iar tu, Ștefan, ai face bine să-l ajuți.

Băieții se mutară din bucătărie. Lipiră cu bucățele de scotch cartelele pe un perete al livingului după ce făcuseră loc pe acesta, coborând un tablou de mari dimensiuni și alte două mai mici, care îl încadrau. Fotografiară montajul cu Canon-ul fixat pe trepied, după care le dezlipiră și le reașezară cu grijă îndărăt, în cutie.

— N-or să se supere ai voștri că facem atâta deranj? îndrăzni Vlad, dar Laura dădu nepăsătoare din mână.

— Nu vin acasă până la sfârșitul săptămânii, și-au luat un weekend prelungit la Barcelona, îi explică Ștefan. Ne-au dat în grijă doar să punem totul în ordine după ce facem petrecerile pe care își închipuie că le vom face în timp ce ei vizitează casele și catedrala lui Gaudí.

Lucrară, fără să se oprească, ore în șir, până dobândiră automatisme. Ștefan înșira pe perete cartelele noi și le strângea pe cele vechi. Când montajul era gata, Vlad încadra fotografia și descărca fișierul rezultat în laptopul lui Ștefan. Apoi separa cu Photoshop imaginea celor o sută de cartele în o sută de imagini ale fiecărei cartele în parte. Se specializară și încercară să crească treptat numărul de cartele lipite pe perete. Schimbară obiectivul cu unul superangular și ajunseră la limita maximă de două sute douăzeci și patru de cartele la o singură fotografiere, păstrând claritatea.

— Cred c-aş putea să fac şi eu decupajele pe care le faci tu. Nu pare prea greu. Până la urmă, ce-i cu găurelele astea? întrebă Ştefan după ce dăduse jos de pe perete un montaj cu cartele.

Venise neauzit în spatele lui şi îl urmărea cu mare atenţie cum lucra în Photoshop.

— Găurile reprezintă coduri, iar cartela conţine o linie de program, mormăi Vlad, atent numai pe jumătate. Optzeci de coloane şi zece linii. Colţul din stânga sus este tăiat, ca să indice sensul în care trebuie citite. Prin cartele transmiţi calculatorului ce vrei să facă. Pe vremea aia era mai complicat. Codurile trebuiau compilate, adică traduse în limbaj binar, singurul pe care calculatorul îl înţelege. După aceea se rula un editor de legături multiple, pentru adresele de salt în cadrul programului, inclusiv subrutinele, înţelegi? De fapt, cam aşa e şi acum, doar că toate etapele se desfăşoară automat.

— Las-o baltă, spuse Ştefan şi dădu a lehamite din mână, după care începu să aranjeze un nou tapet de cartele perforate.

După-amiază, Laura ieşi pentru câteva minute din bucătărie, aruncă o privire către cei doi şi aprobă, clătinând din cap, mulţumită. Le lăsă o carafă cu limonadă cu gheaţă şi două pahare. Aduse apoi o farfurie cu sendvişuri, pe care cei doi le înghiţiră pe nemestecate, fără să se oprească din lucru.

Se înserase bine când fata năvăli peste ei cu laptopul sub braţ.

— Am reuşit! strigă ridicându-şi triumfătoare mâinile. Am găsit codul. Ura!

Cei doi o priviră surprinşi, cu feţele trase de oboseală şi concentrare.

— Atunci, mai bine-ai veni să dai o mână de ajutor aici, la munca de jos, mormăi Ştefan adunând cartelele fotografiate de pe perete.

Dar Laura era exuberantă.

— Nu vreţi să ştiţi ce-i pe benzi? Chiar nu sunteţi curioşi?

— Ba da, ce-i pe ele? întrebă Vlad fără să îşi ia ochii de la ecranul laptopului.

— De la început am bănuit că nu-s instrucţiuni, ci date. Sau, mai bine zis, şi date. Dar am crezut că sunt coduri ASCII. Semănau foarte mult. Le-am transformat în caractere şi am obţinut şiruri neinteligibile. Oh, am încercat în fel şi chip! Mi-am imaginat că tatăl tău a folosit un sistem de criptare şi-am trecut şirurile prin toţi algoritmii pe care îi aveam, fără să obţin nimic altceva decât tot nişte şiruri fără noimă. Şi toate astea mi-au luat o groază de timp, nici idee n-aveţi câte resurse mănâncă din calculator, chiar dacă Mac-ul meu este destul de nou. Chiar am fost pe punctul de a trimite şirurile online către Laboratorul de Programare Avansată al Universităţii, la Londra, dar deocamdată nu a fost cazul. Acolo au un IBM, o variantă a lui Roadrunner, donat de americani.

Vlad făcu ochii mari.

— Aveţi un supercomputer la facultate!

— Mda, avem. Iar ca student, am drept de user.

— Dacă tot ai dat buzna, n-ai vrea să ne spui ce-ai găsit? încercă Ştefan.

Dar Laura era de neoprit.

— Uite-aşa am pierdut ziua de azi. Am crezut că sunt instrucţiuni. Pe urmă, mi-am zis că sunt date. Până când m-am prins că sunt şi din unele, şi din altele. Dar şi aici am încurcat-o la început, pentru că nu-s codate în banalul, clasicul ASCII care are şapte biţi pentru un caracter. Iar mie mi-a luat destul de mult până să-mi dea prin cap să-ncerc şi-un cod pe opt biţi. Ei, şi aici s-au schimbat lucrurile! Şirurile reprezintă secvenţe de cod EBCDIC.

— Ce? rostiră în cor cei doi, oprindu-se din lucru.

— Extended Binary Coded Decimal Interchange Code, rosti fără să respire fata. EBCDIC.

— EBCDIC, repetă apăsat Vlad. Un cod străvechi pe opt biţi, cred că are pe puţin o jumătate de secol vechime.

— Ceva mai mult. Numai c-au circulat cel puţin cinci versiuni, incompatibile. Am găsit pe internet şi-o poantă: cică un student este întrebat de profesor ce codificare ar trebui să adopte ambasadele aflate în străinătate. Iar studentul a răspuns, desigur...

— EBCDIC, strigă Ştefan. Totuşi, ai de gând să ne spui azi ce-ai găsit pe benzile alea?

Laura se prefăcu că nu aude.

— Voi cum staţi? Mai aveţi mult?

— Ar mai fi aproape două cutii, însă am preluat suficient ca să putem începe, răspunse Vlad uitându-se la ceasul de la mână. Dacă ne ajuţi şi tu, terminăm înainte de miezul nopţii. Dar, serios, ce-i pe benzi?

Laura ridică din umeri.

— Nu ştiu.

— Dar ai spus... începu Ştefan.

— Da, ştiu ce am spus, i-o tăie fata. Cred c-am găsit versiunea corectă de EBCDIC şi am scris un programel de decodare. Nici măcar n-a fost chiar o

decodare adevărată. Pur şi simplu, am atribuit sec-
venţelor binare codurile corespunzătoare literelor,
cifrelor şi semnelor de punctuaţie.

— Aha, prin urmare, acum încă mai lucrează, se
lumină Ştefan arătând spre laptopul pe care fata îl
aşezase pe masă. Încă n-a terminat prelucrarea.

— Îţi baţi joc de mine? se încruntă Laura. Ai
cumva impresia că laptopul meu e făcut cu roţi din-
ţate? Ce vrei să lucreze, decodarea s-a făcut aproape
instantaneu. Tu pe ce lume trăieşti? Îmi aminteşti de
un coleg, student arab, pe care l-am avut în primul
an. La un seminar ne-a luminat pe toţi spunându-ne
că un calculator este alcătuit din hard, soft şi binar.
Eşti cam la fel de tare. În sfârşit, am trimis la listat
prin *wireless* la multifuncţionalul din biroul lui tata.
Apoi am închis fişierul.

— Şi ce s-a întâmplat cu el?

— Am aşteptat să terminaţi şi voi, ca să putem
citi toţi odată, deşteptule! Ai priceput? Am intrat îm-
preună în treaba asta, aşa c-o vom desluşi tot împre-
ună. Dă-mi şi mie o poză din alea, s-o decupez, parcă
tot spuneaţi că vă trebuie ajutor.

— Şi cu studentul arab ce s-a întâmplat? între-
bă neconvingător Ştefan, dar sora lui nu-l învrednici
nici măcar cu o privire.

CAPITOLUL 4

„Trecuse de limita celor o sută de metri de urcuş bătătorit de nenumăraţi Aspiranţi. Traseul acesta se putea vedea desluşit cu ocheanele şi chiar fusese studiat în detaliu, atât de căţărători cât şi de spectatori. Urma un mic platou, ca o treaptă, pe care abia dacă încăpea un om culcat, care bloca vederea privitorilor către următoarea parte a stâncii, ce devenea chiar şi mai abruptă. Acest loc mai marca şi punctul din care întoarcerea nu mai era posibilă, din cauza unei buze de piatră. Cu un oftat de uşurare, Aspirantul se agăţă cu o mână de marginea buzei, apoi cu cealaltă, rămânând pentru câteva clipe suspendat în aer. Se săltă peste obstacol, îşi trecu corpul şi apoi picioarele pe platou, dar alunecă şi căzu."

Panglica Timpului

În trei, şi tot mai curioşi să afle ce conţineau benzile magnetice, treaba parcă prinse aripi. Terminară de fotografiat cartelele şi de separat imaginile în mai puţin de două ore. Nici atunci Laura nu se îndură să le arate listările. Insistă să treacă toate imaginile cartelelor printr-o aplicaţie scrisă de ea la repezeală, pentru a obţine ordinea de citire şi instrucţiunile.

Cei doi tineri se înghesuiră în spatele ei când ecranul laptopului i se umplu de linii. Fata îşi dădu după ureche o şuviţă de păr rebelă. Pe ecran trecură cu mare viteză imaginile cartelelor, lăsând în urma lor şiruri de litere şi cifre. Uneori, imaginea câte unei cartele îngheţa pe ecran, dar Laura îi ajusta tonurile de gri până când găurile deveneau clar vizibile şi procesul se relua. În nici jumătate de oră contorul aplicaţiei se opri la zece mii opt sute douăzeci şi patru, indicând numărul total de cartele analizate.

— Aha, este, în mod evident, programul al cărui fragment l-am găsit pe listing, aşa cum am bănuit. Iar acum o să-ncercăm să aflăm schema logică, pentru că vreau să pricep şi eu câte ceva, spuse ea încet, în vreme ce degetele îi alergau cu mare viteză când pe pad, când pe tastatura laptopului. După aceea, convertim totul în C Sharp.

Ecranul se umplu cu un desen complicat, făcut din cerculeţe, triunghiuri şi dreptunghiuri legate între ele de un păienjeniş de săgeţi colorate. Laura derulă de câteva ori schema logică, oprindu-se în locurile unde săgeţile clipeau, semnalând conflicte logice. Le analiză în grabă şi le rezolvă pe fiecare în parte, consultând frecvent părţile din algoritmul desenat pe spatele listingului. Uneori, soluţiile ei provocau alte conflicte, iar problema trebuia reluată. Termină, după care încarcă un alt program cu care converti schema logică din nou în linii de program.

— Sunt mult mai puţine, spuse Laura, frecându-şi mulţumită mâinile. Au mai rămas cam un sfert. Mă aşteptam la asta, desigur. C Sharp este mult mai sofisticat, iar programarea modernă comprimă secvenţele de instrucţiuni ale bătrânului Fortran...

— O să ne ia ceva vreme să-nţelegem ce-a vrut să facă, murmură Vlad, apropiindu-şi obrazul de cel al fetei.

Amândoi priviră concentraţi ecranul.

— Şi acum putem afla şi noi ce scrie pe benzile alea? izbucni nerăbdător Ştefan.

Cei doi tresăriră. Laura respiră adânc, iar Vlad îşi ridică privirile spre el.

— Da, spuse fata. Cred că da.

Intră în birou şi se întoarse imediat cu un teanc de foi listate. Le îndoi şi i le întinse lui Vlad.

— Astea-s pentru tine, spuse cu seriozitate. Sunt de la tatăl tău. Şi-s sigură că el ar fi dorit să le ai. Vreau ca tu să decizi dacă ai chef să împarţi cu noi ceea ce scrie pe ele.

Vlad luă în mod reflex foile. Ţinu teancul ca pe un corp străin, privindu-l fără să îl vadă. Paginile conţineau un mesaj din trecut, de la tatăl său. Până nu de mult ar fi dat orice ca să afle indiferent ce despre părintele pe care nu îl cunoscuse. Mama sa refuzase cu încăpăţânare să îi spună ceva despre acel bărbat, iar fotografii cu el sau scrisori de la el nu găsise. Amintirile anilor în care crescuse fără tată îi zburară cu mare viteză în minte.

Umbra tatălui îl urmărise mereu, din momentul în care pricepuse că fiecare copil are doi părinţi şi nu doar mamă, aşa ca el. Tatăl său lipsise de la încăierarea în care se alesese cu un ochi umflat de alţi doi ţânci, ceva mai mari, care îi porecliseră mama cu pe atunci neînţelesul, dar, fără îndoială, jignitorul cuvânt „vădană". Nu venise cu el nici când plecase pentru prima oară la şcoală, în clasa întâi şi nici nu se bucuraseră împreună de premiile luate la fiecare sfârşit de an. Lipsise şi când ar fi avut mare nevoie de sfaturi despre fete şi lumea complicată a acestora şi nu fusese de găsit nici măcar atunci când renunţase la Automatică şi la Bucureşti, pentru că încercase mai întâi să-şi câştige singur banii, cu gândul ascuns de a deveni inginer, asemenea părintelui mereu absent.

Cu toate că părintele lipsise fizic, nu încetase să şi-l închipuie ca pe un om cu privirea blândă şi inteligentă, cu vorba răspicată, mereu serios când dădea câte un sfat sau zâmbind larg atunci când el, Vlad, fiul lui, făcea vreo poznă nevinovată. Acel tată, care avea avantajul de a nu fi îmbătrânit nici măcar o clipă, se transformase, odată cu trecerea anilor, într-un prieten imaginar foarte bun, chiar dacă, în ultima perioadă se gândise la el ceva mai rar, prins cu examenele şi tumultul vieţii de student din Iaşi, având printre profesori şi foşti colegi ai părintelui dispărut. Tatăl său, despre care nu ştia dacă mai trăieşte sau nu, îi lăsase ceva, iar el a simţit aproape dureros că acolo, ascunsă între acele cutii cu cartele şi benzi magnetice vechi, se află dezlegarea misterului.

Până şi Ştefan înţelese gravitatea momentului şi păstră, respectuos, tăcerea.

— Vom citi astea împreună, zise Vlad cu hotărâre, ridicând privirea. Am muncit împreună, aşa că v-o datorez. Foile am să le păstrez eu. Dar fişierul îl putem vizualiza pe televizor, nu-i aşa?

Puse teancul de foi pe măsuţa de cafea, fără să le fi aruncat nici măcar o privire. Fata respiră adânc şi încuviinţă din cap. Îl privi într-un fel aparte, cu admiraţie amestecată cu înţelegere.

— Da, desigur, spuse visătoare şi apăsă butoanele telecomenzii televizorului cu ecran plat, de mari dimensiuni, ce trona în living. Transfer acum prima pagină.

Ecranul televizorului se umplu imediat cu şiruri de caractere:

ĐĎŕˇ±á > tˇ e gt¨¨ b c d ¨ĕĄÁ € đż = bjbjˊVˊV
.^ Ö< Ö< 5¨¨¤ ¨¨¤ ¨¨¤ • Ś Ŝ Ó Ó Ó Ó Ó µ ¨¨¨¨ ç ç ç ç Ä «
L ç Ď, ř ÷ + ÷ + ÷ Ňµ Ňµ „+ „— SUBJECT #1 „+ „+ „+
$ Ç— ˇ i0 Đ FILL REG. A8¨+ á Ó ¤ Ňµ Ňµ ¤ ¤ ¨+ Ó Ó ÷
÷ Ű ‰, ,(,(,(¤ : Ó ÷ Ó ÷ ,+ ,(¤ ,+ ,(,(,(÷ ¨¨¨¨ €iĽń –Ë
ç GOTO 23775 T đ ,(n+ µ ź, 0 Ď, ,(912 Î% Z 004 ,(
778 Ó ,(ĕ Ňµ : ŕ ,(ĕ ´ START REC. &&& Ňµ Ňµ Ňµ ¨+
¨+ (ˊ Z Ňµ Ňµ Ňµ Ď, ¤ ¤ ¤ ¤ ¨¨¨¨¨ ¨¨¨¨ ¨¨¨ ¨¨¨ ¨¨¨ ¨¨¨ ¨¨¨
¨¨¨ ¨¨¨ ¨¨¨ ¨¨¨ 92 Ňµ Ňµ Ňµ Ňµ Ňµ Ňµ Ňµ Ňµ Ňµ Ś
™ : RUN BT1024 Ňµ ,+ „+ ....

— Nu e chiar ce m-aş fi aşteptat, comentă Şte-
fan după ce se plictisi să se holbeze la ecran, încer-
când să priceapă câte ceva. Totuşi, e drept, scrie şi
câte ceva inteligibil.

— Un moment, îi răspunse Laura, iar degetele
începură din nou să-i alerge pe pad-ul şi pe tastatura
laptopului. În primul rând, trebuie să separ instruc-
ţiunile de text. Ar trebui să fie simplu, sunt şiruri re-
lativ scurte de caractere, urmate de cifre, date sau
adrese de salt. Aşa, acum textul... Cred că ştiu ce s-a
întâmplat. Există o supracodare. Adică s-a folosit de
o cheie de cifrare ca să se încripteze atât fişierul text,
cât şi partea de instrucţiuni.

— Parcă spuneai c-ai rezolvat problema de co-
dificare... începu Ştefan, iar Laura dădu din mână
enervată, ca şi cum ar fi alungat o muscă sâcâitoare.

— Dacă ţi-ai ţine gura, ar merge mai repede.
Am nevoie de puţin timp.

Vlad îl atinse pe umăr pe Ştefan.

— Hai, îi şopti. S-o lăsăm să lucreze.

Ieşiră împreună pe terasă, trăgând uşa în urma

lor. Se întinseră pe şezlongurile aflate lângă piscină. Un sistem automat aprinsese luminile subacvatice, iar apa începu să sclipească în irizaţii argintii. Cerul senin era spuzit de stele.

— Până la urmă, ce naiba crezi că e? începu Ştefan. Lucrăm ca nebunii de ieri, de când am dat peste vechiturile alea şi pân-acum am bătut pasul pe loc. Oricum, am impresia că a trecut o lună întreagă.

— Ba am aflat foarte multe, îi răspunse Vlad. Şi, cu ajutorul Laurei, vom afla şi restul. Am reuşit să înţelegem tehnologia calculatoarelor construite înainte ca noi să ne fi născut. Ţi se pare puţin? Mie nu.

— Vrei să spui că suntem asemeni lui Champollion, cel care a înţeles scrierea hieroglifă a egiptenilor, spuse Ştefan.

— Nu chiar, nici pe departe, râse Vlad şi se ridică de pe şezlong.

— Problema e ca Laura să găsească piatra din Rosetta, oftă Ştefan, căscând prelung. Poate n-ar fi rău să mai lăsăm şi pe mâine câte ceva. De fapt, cred că e deja mâine. Pic de somn.

— Avem de-a face cu nişte coduri vechi. Până la urmă, întreaga ştiinţă a calculatoarelor, moderne sau primitive, are la bază aceleaşi principii şi aceiaşi doi operatori: zero şi unu, fals sau adevărat. Iar Laura este foarte bună în ceea ce face. Stăpâneşte programarea la un nivel înalt. Este foarte talentată.

— Cine este foarte talentată?

Laura ieşise şi ea pe terasă, deschizând neauzită uşa. Trecu pe lângă fratele ei, aproape adormit pe şezlong, aşezându-şi în treacăt, uşor, pentru o clipă, palma pe umărul lui Vlad. Acesta se înfioră, surprins.

— Am terminat separarea. Am reuşit măcar să

sparg codul și să extrag materialul text. O să văd mai târziu ce-i cu restul, cred că e o bază de date, cel puțin structura găsită asta îmi sugerează. Mai greu a fost în privința cartelelor, convertorul schemei logice mi-a lăsat totuși o mulțime de conflicte minore. Unele poate nici nu sunt conflicte, ci interpretări de conversie eronate, provenind de la secvențe feedback, încă nu sunt sigură. Trebuie să mai analizez. Tatăl tău stăpânea calculatoarele vremii în cel mai profund mod. Codul mașină...

— Da, știu, e predecesorul limbajelor evoluate de programare. Contrează calculatorul în mod direct, la nivelul registrelor, porturilor, magistralelor, al accesului la memorie, al stivelor, perifericelor, al tuturor componentelor, practic.

— Și limbajele evoluate fac asta, dar cu mare risipă de resurse. Pe atunci, limitați fiind de hardware, utilizau la maximum orice octet disponibil. Nu ca acum, când procesoarele și capacitățile de memorare au atins culmi încă neangajate de software. Atunci se făcea programare adevărată. Tatăl tău vorbea limba calculatoarelor, Vlad. Le vorbea pe limba lor, întări ea cu seriozitate.

Tânărul trase adânc aer în piept. Prezența fetei îl tulbura mai mult decât era dispus să recunoască, iar faptul că Ștefan adormise pe șezlong îi dădea un sentiment de intimitate pe care îl împărțea doar cu Laura. Iar ceea ce îi spunea despre tatăl lui îi mergea drept la inimă. Părea că, într-un anume fel, îi înțelesese sufletul și rostea doar cuvinte cu care rezona, exact așa cum numai cei care se cunosc profund pot să o facă. Poate că la fel procedase și cu fișierele de pe benzile magnetice care, până la urmă, ascundeau

tot munca unui suflet, cel al părintelui care dispăru-
se înconjurat de mister.

— Și ce-ai găsit? reuși să întrebe. Ce a ieșit din
separare?

— Ah, să nu uit, erau criptate. Dacă îți poți în-
chipui, folosea un cod de 64 de biți! Probabil că, pe
vremea când au fost scrise benzile, ar fi durat ceva
vreme ca să decripteze așa ceva.

— Dar pentru tine n-a durat nici măcar o jumă-
tate oră, remarcă Vlad.

Fata clătină din cap.

— Nici măcar atât, deși cred c-aș fi putut să
sparg cifrul și cu laptopul. Numai că n-am vrut să
mai pierd timp și le-am trimis online IBM-ului de la
facultate, la Londra. Acolo există deja software spe-
cializat pentru decodări. A durat mai puțin de un
minut.

Fata respiră și ea adânc. Un câine lătră la câteva
case depărtare când pe stradă trecu o mașină, apoi
se făcu din nou liniște. O pală fină de vânt stârni mici
valuri în apa piscinei, iar imaginea Lunii se undui
jucăușă, împreună cu luminile subacvatice. O vreme
ascultară țârâitul greierilor. Numai că Vlad era mult
prea curios, așa că destrămă momentul magic.

— Și ce-a ieșit?

— Nu mare lucru. Fișierele pe care le-ai adus
au cam aceeași structură. Asta e tot ce-am scos deo-
camdată, adăugă și-i întinse o foaie listată la impri-
mantă. Le-am trimis și pe celelalte, dar stau la coadă
în așteptare. Vreun isteț a încărcat o aplicație care
exploatează la maximum capacitățile computerului.
S-ar putea la fel de bine să încerce să afle numere-
le care ar putea ieși la loterie săptămâna asta sau,

poate, vreo prognoză meteo. O să primesc rezulta-
tele ceva mai târziu. Dar primul fișier pe care l-am
decodat se referă la un eveniment trecut în cartea de
istorie, care s-a petrecut înainte ca noi să ne naștem.
Tatăl tău a fost contemporan cu el. Nu știu ce semni-
ficație poate să aibă. Probabil că ție îți va spune mai
multe.

— Cred că ajunge pentru azi, spuse el hotărât,
luând foaia de hârtie cu o mână care tremura. Ne ve-
dem mâine.

— Este trecut de miezul nopții așa că, dacă vrei,
pot să-ți pregătesc camera de oaspeți, spuse fata,
însă Vlad clatină din cap. Dacă mai aștepți puțin, vin
și celelalte fișiere, încercă ea să-l oprească.

Intră iar în casă, puse foaia primită peste cele
criptate rămase pe măsuță, le luă și le împături. Ză-
bovi în holul de la intrare doar cât să comande pe
interfon deschiderea porții, după care împinse ușa
și porni aproape în fugă. Plecă, fără să privească îna-
poi. Laura îl urmări cum închide poarta, cu teancul
de foi băgat în sân, sub tricou. Zâmbi întunericului,
fiindcă se gândi că pentru Vlad era ca și cum și-ar
fi îmbrățișat tatăl. Rămase gânditoare în ușă, ascul-
tând minute în șir zgomotele nopții, chiar și după ce
scârțâitul bicicletei lui Vlad încetă să se mai audă.
Oftă, întinse o pătură subțire peste fratele ei, își tur-
nă restul de cafea rece rămasă în cana de sticlă și,
înainte de a sorbi prima înghițitură, deja trecuse în
lumea programării computerelor, concentrându-se
asupra codurilor scrise în Fortran, recuperate de pe
cartelele perforate.

CAPITOLUL 5

„Mulţimea de jos scoase o imensă exclamaţie colectivă, de mirare, de îngrijorare, dar şi de uşurare pentru că, iată, încă un pretendent la nemurire îşi găsea sfârşitul, ceea ce îi făcea şi pe ei, cei de jos, egalii aleşilor, chiar dacă mănăstirea îi respinsese. Numai că, în ultima clipă, Aspirantul se agăţă cu mâna dreaptă de o proeminenţă ascuţită a buzei de piatră şi, cu toate că se tăie rău, reuşi să-şi oprească prăbuşirea. Privitorii oftară, uşuraţi şi totodată dezamăgiţi, strâmbându-şi tare gâturile pentru a putea vedea mai bine cum călugărul se prinde şi cu cealaltă mână de stâncă şi, fără să bage în seamă durerea şi nici sângele care îi curgea abundent din palma sfâşiată, se ridică doar prin forţa muşchilor, asemenea unui atlet, şi se lasă să cadă pe platou."

Panglica Timpului

Trecuse bine de miezul nopţii când Vlad şi-a legat cu un lanţ bicicleta de balustrada scărilor blocului simplu de la periferie unde, la etajul patru, locuia în timpul vacanţelor de vară în apartamentul modest, cu trei camere, pe care îl împărţea cu mama sa.

După ce plecase de la cei doi fraţi, nu rezistase tentaţiei. Se oprise în dreptul primului stâlp de iluminat public să citească ultima foaie de hârtie dată de Laura. Iar cele scrise acolo îi sporiseră şi mai mult nedumerirea. Fata avusese dreptate: era menţionat un eveniment consemnat în istoria recentă.

Aşa că, imediat ce intră în apartament, o întrebă abrupt pe mama lui care pregătea o cină foarte târzie:

— Tata a fost cumva în Ucraina?

— Bună seara şi ţie, îi răspunse femeia care trebăluia pe lângă aragaz.

Se întorsese spre el, afişând un zâmbet obosit. Ieşise din gardă de la secţia de Urgenţe a Spitalului Judeţean şi era mai epuizată decât de obicei.

— Serios, mamă, a fost vreodată tata în Ucraina?

Femeia săltă capacul de pe oala aflată pe aragaz şi amestecă repede cu o lingură. Din oală ieşiră arome îmbietoare. Sufrageria şi bucătăria formau o singură încăpere, separată simbolic printr-un dulap jos, plin de sertare, ca o insulă.

Apartamentul încă putea fi considerat modern. Îl renovaseră împreună, în urmă cu opt ani, muncind cot la cot. Învăţaseră amândoi cum trebuie lipită gresia şi montat parchetul lamelar, apoi cum să văruiască şi să dozeze culorile, după care montaseră, tot singuri, prize şi aplice. Vlad păstrase amintirea unei veri foarte frumoase, cu toate că mama lui fusese nevoită să împrumute de la bancă bani pe care cu greu îi putuse rambursa, după creşterea dobânzilor din anii de început ai noului secol.

— Vlad, chiar crezi că-mi arde de asta? întrebă femeia şi se opri din lucru, privind în gol. Am avut o zi infernală. A fost un accident de circulaţie, s-a răsturnat un microbuz pe undeva, prin judeţ. Cred c-au dat şi la ştiri, la televizor, c-au venit şi la noi nişte reporteri cu camere de filmat să pună întrebări.

— Accident? Ce accident?

— Unul destul de grav, mă mir că n-ai aflat. Ambulanţele au sosit încontinuu, nici nu mai ştiu câţi pacienţi am tratat, mai spuse şi aşeză o altă oală pe unul dintre ochiurile aragazului. Ce-ţi veni să mă întrebi asta? Mai bine spune-mi pe unde ai umblat azi. De fapt, nici ieri nu te-am prea văzut.

— Am fost cu Laura şi Ştefan. Ieri... în sfârşit, alaltăieri, că-i deja trecut de doişpe, am mers toţi trei la Electrocontact, ştii, fabrica unde a lucrat tata. De fapt, am găsit pe cineva, un domn în vârstă, care şi-a amintit de el. Mai mult, ne-a dat nişte lucruri lăsate de tata. Nu-i aşa că-i extraordinar?

Femeia păru că nu auzise nimic din cele spuse de Vlad. O vreme, nu făcu altceva decât să mărunţească, preocupată, zarzavatul. Sunetul cuţitului care se lovea de tocător aproape că acoperea vocile de la televizor, unde un post de ştiri organizase dezbaterea cine ştie cărui eveniment politic, cu mai mulţi invitaţi care vociferau în cor.

— Ei, a fost sau nu a fost în Ucraina? întrebă nerăbdător Vlad. De ce nu vrei să-mi spui? De ce eviţi întotdeauna să-mi vorbeşti despre tata? Nu crezi c-a sosit timpul să ştiu şi eu mai multe?

Femeia lăsă deoparte cuţitul şi bocănitul încetă. Se prinse cu ambele mâini de muchia blatului de lucru şi, după un timp, ridică fruntea, nu înainte de a-şi trece mâneca prin dreptul ochilor.

— Nu este nimic de spus. Prima dată m-ai întrebat de el pe când aveai şapte ani şi te-ai încăierat c-un băieţel de vârsta ta la şcoală. Ai întrebat din nou la zece şi la paisprezece, şi la optsprezece ani. De fiecare dată ţi-am răspuns aşa cum o să-ţi răspund şi acum: a dispărut când eram însărcinată cu tine în luna a patra şi de atunci nu l-am mai văzut şi nici nu am mai primit vreo veste de la el.

— Dar ce fel de om era? mai încercă Vlad.

— Un om care şi-a lăsat soţia gravidă şi a dispărut, îi răspunse mama lui, apoi îşi smulse şorţul de bucătărie, îl aruncă într-un colţ şi fugi în dormitorul ei, plângând în hohote.

Vlad lovi de câteva ori, uşor, cu pumnul în masa din bucătărie. Ar fi dat mult mai tare şi, dacă ar fi putut, ar fi spart podeaua şi pereţii, numai să nu fi ajuns iar cu discuţia în acest punct. De fiecare dată după asemenea întrebări, ochii mamei lui înotau în lacrimi. Apoi se cufunda într-o muţenie aproape totală şi comunicau doar monosilabic, uneori şi câte o săptămână.

Nu era deloc ceea ce-şi dorise. Fixă cu privirea crăpătura din faianţa de deasupra chiuvetei, care data de aproape şase ani, adică de la ultima oară când insistase să afle mai multe despre tatăl său. Atunci, mama se enervase atât de tare, încât aruncase în perete cu mixerul care se făcuse ţăndări.

Se înfurie pe sine. Umbra tatălui său nu-i dădea pace, iar el nu învăţase să se ferească de ea. Când era copil şi întrebase unde îi era tatăl, îşi mai amintea încă, bătuse din picior şi urlase enervat, fără să reuşească să scoată nimic în plus de la mama lui decât un zâmbet îngheţat. De când crescuse, rolurile se inversaseră şi mama era cea care făcea crize de furie.

Intră în camera lui, trântind uşa. Pe masa pe care îşi improvizase biroul se aflau încă toate cele trei benzi magnetice pe care le decodase în noaptea trecută, alături de o amestecătură de module electronice, fire, un letcon, diverşi conectori, afişaje cu

leduri, un monitor desfăcut și două PC-uri fără car-
case, conectate între ele.

Cochetă o clipă cu gândul de a se năpusti asu-
pra lor ca să le smulgă de pe role, transformându-le
în ghemuri încâlcite de celuloid, iar apoi să le de-
cupeze cu foarfeca în mii de fragmente, pentru a le
alunga din viața lui la fel de brusc cum pătrunseseră.

Dar, desigur, nu făcu nimic din toate astea. Dim-
potrivă, le așeză cu grijă înapoi în cutiile lor origina-
le. Porni PC-urile, apăsând o clapă a unei tastaturi
modificate și lipsite, de asemenea, de carcasă, căreia
îi atașase noi macrofuncții.

Odată ce sistemul se inițializă, îi luă doar o clipă
să scrie, iar motorului de căutare cu mult mai puțin
ca să-i aducă referințe pentru evenimentul mențio-
nat în foaia primită de la Laura.

Citi de pe Wikipedia cu sufletul la gură:

„Sâmbătă, pe 26 aprilie 1986, la ora locală 1.23,
reactorul patru al centralei nucleare de la Cernobîl a
suferit o explozie catastrofală a cazanelor sub presiu-
ne de abur din componența acesteia, care a declanșat
un incendiu, o serie de explozii adiționale și fluidiza-
re nucleară. Cu o zi înainte, pe 25 aprilie 1986, re-
actorul numărul 4 a fost programat pentru închidere,
pentru întreținere. S-a decis cu acest prilej și testa-
rea capacității generatorului turbinei de a produce
putere electrică suficientă pentru alimentarea sis-
temelor de siguranță ale reactorului (mai ales pom-
pele de apă) în cazul pierderii puterii externe. Tipul
RMBK, de 1 GW, al fiecărui reactor nuclear sovie-
tic are nevoie de apă care să circule încontinuu prin
centru, când este încărcat cu combustibil nuclear."

Vlad se lăsă pe spătarul scaunului, fără să înțe-leagă ce legătură putea avea tatăl său cu acest eveni-ment grav. Știa câte ceva despre reactoarele nuclea-re, însă avea doar noțiuni de bază, studiate la orele de fizică predate la facultate.

Auzise și el, desigur, de dezastrul de la Cernobîl, considerat cel mai mare dezastru nuclear din istorie, cel puțin până la mai recentul accident petrecut la centrala nucleară japoneză de la Fukushima. Deschi-se o altă fereastră pe monitor și căuta imagini. De-scrierea nenorocirii continua astfel în enciclopedie:

„Cele trei reactoare operaționale de la Cernobîl (unul fusese închis în 1977, iar alte două se aflau pe atunci în construcție) au avut fiecare și câte un ge-nerator diesel de 5,5 MW ca rezervă, dar acestea nu porneau în 15 secunde, așa cum au fost proiectate, ci după 60-75 de secunde. Pentru a rezolva acest decalaj de circa un minut, considerat un factor de risc inac-ceptabil pentru siguranța centralei, s-a teoretizat că, datorită inerției turbinei, câtă vreme aceasta s-ar mai roti, ajutată și de presiunea aburului rezidual, ar mai putea produce suficientă energie pentru alimentarea pompelor de răcire și ar acoperi astfel intervalul de 45-60 de secunde necesare pentru pornirea generatoare-lor diesel în caz de avarie. Același test fusese făcut fără succes de mai multe ori: în 1982, în 1984 și în 1985, la alte reactoare, care însă aveau toate sistemele de sigu-ranță activate. Atunci turbinele nu au generat, în tim-pul opririi, puterea necesară pompelor de răcire. După ce au fost aduse îmbunătățiri acestui sistem de avarie, a fost programat un alt test, cel de la reactorul 4. Tes-tul nu a obținut toate aprobările necesare, respectiv, pe al directorului ştiinţific, al proiectantului centralei sau al Autorităţii Sovietice pentru Energie Nucleară. Cu toate acestea, condiţiile pentru începerea testului au fost programate ziua, la data de 25 aprilie, când producţia de energie a reactorului a fost redusă spre 50%. Însă coordonatorul reţelei electrice a Kievului a cerut o amânare, pentru acoperirea vârfului de consum al serii în reţeaua naţională de electricitate. Directorul centralei de la Cernobîl a consimţit şi a amânat testul de siguranţă până la schimbul de noapte, când, din nefericire, a sosit o echipă neexperimentată."

Cele mai recente imagini cu Cernobîlul de pe internet înfăţişau doar lideri politici din prezent, surprinşi când cuvântau cu prilejul împlinirii a douăzeci şi şase de ani de la tragedie. Era înfăţişat însă şi preşedintele din 1986 al URSS, Mihail Gorbaciov, care tunase şi fulgerase împotriva birocraţilor sovietici conservatori care încercaseră să muşamalizeze incidentul, blocându-i accesul la informaţii şi întârziind astfel reacţia oficială.

A mai găsit şi fotografii alb-negru, scanate, ale sarcofagului din beton în care fusese închis reactorul 4 şi ale acoperişului reactorului perforat de explozie.

Cutremurătoare erau însă imaginile cu copiii cu malformaţii şi cu oraşele părăsite, Cernobîl, care înseamnă Pelin Negru în ucraineană, şi Prâpiaţi, care fuseseră abandonate, primul, de cei 14 000, iar al doilea, de toţi cei 50 000 de locuitori ai săi abia pe 27 aprilie 1986, când sosise ordinul oficial, după ce oamenii petrecuseră mai mult de o zi expuşi la niveluri de radiaţii cu mult peste dozele admise. Pe net

erau disponibile, de asemenea, și numeroase repre-
zentări grafice care arătau cum avusese loc explozia.
Iar firul evenimentelor era descris astfel:

„La 11.00 noaptea, pe 25 aprilie, se permite în-
chiderea reactorului pentru continuarea testului. S-a
prevăzut ca din nominalul de 1 GW al reactorului să
se ajungă treptat la 0,7 GW, cu scopul de a efectua tes-
tul la cel mai jos nivel de putere recomandat. În acea
situație, reactorul a produs mult Xenon-135, un gaz
absorbant de neutroni. Fenomenul, cunoscut drept
«otrăvirea reactorului», a scăzut și mai mult puterea
(spre 30 MW — aproximativ 5% din valoarea consi-
derată ca sigură pentru testare). Operatorii au crezut
că scăderea rapidă a fost cauzată de vreun defect la
unul dintre regulatorii de putere, scăpând din vede-
re contaminarea reactorului cu Xenon-135. Pentru a
spori reactivitatea și a crește cât mai repede nivelul
de putere, au fost trase barele din grafit (celulele de
control) aflate în reactor care controlau reacția nucle-
ară, în ciuda faptului că acest lucru este permis numai
cu respectarea unor reguli stricte de siguranță. Chiar
și așa, puterea reactorului nu a crescut decât până la
aproximativ 200 MW, ceea ce reprezenta mai puțin de
o treime din minimul necesar pentru efectuarea testu-
lui în condiții de siguranță."

O ipoteză tulburătoare își făcu loc în mintea lui
Vlad. Dacă, prin cine știe ce împrejurări, tatăl lui fu-
sese la Cernobîl? În definitiv, nea Ilie, care îi însoțise
în Electrocontact, spusese că în fabrica lor se produ-
sese și echipament nuclear. Cum tatăl lui era inginer,
nu era absurd să presupună că însoțise o delegație

pentru a vinde sau a prezenta produsele fabricii la care lucra, mai ales că ucrainenii construiau la Cernobîl încă alte două reactoare. A continuat să citească:

„Chiar înainte de acea oră fatidică, s-au activat numeroase alarme ale sistemelor automate de avertizare, dar Alexandru Akimov, şeful turei de noapte, şi Leonid Toptunov, un tânăr inginer care era operatorul responsabil cu regimul reactorului, inclusiv cu controlul barelor de grafit, au ales să le ignore. Aşa că, la 1.05 a.m., când au fost pornite pompele de apă acţionate de turbina generatorului, fluxul lichidului de răcire a depăşit specificaţiile de siguranţă. Fluxul de apă creşte spre ora 1.19 a.m. (în tot acest timp apa, la fel ca şi Xenonul 135, continuând să absoarbă neutroni), ceea ce scade şi mai mult puterea reactorului. Pentru a o creşte, operatorii au decis scoaterea manuală a barelor de grafit, oprind astfel sistemul automat care a reacţionat corect, încercând să controleze reacţia nucleară. S-a ajuns astfel la o funcţionare foarte instabilă, pentru că apa şi compusul Xenon-135 au substituit rolul barelor de grafit din reactor. Cu toate acestea, echipa a decis continuarea experimentului. Explozia s-a produs când a fost apăsat, fie pentru că experimentul se încheiase, fie ca o măsură de urgenţă, butonul de avarie EPS5 al sistemului de protecţie al reactorului, acţiune care a condus la introducerea imediată a tuturor barelor de grafit, inclusiv a celor scoase manual, în scopul de a încetini reacţia nucleară. Numai că temperatura înaltă existentă în reactor a fracturat şi blocat barele de grafit, iar puterea acestuia a crescut necontrolat, ajungând până la de zece ori puterea nominală. Aşa a avut loc prima explozie care a dus la distrugerea sistemelor de alimentare cu apă de răcire. Fără acestea, reactorul a generat și mai multă putere și atunci a avut loc cea de-a doua explozie, probabil a hidrogenului acumulat, mult mai puternică, urmată de o a treia, care a dispersat în atmosferă tone de material radioactiv. Pulberile au fost purtate de curenții atmosferici peste întreaga Europă, ajungând până în America de Nord și până departe, în Asia."

Absorbit de cele scrise pe ecran, nici nu a simțit prezența mamei lui care intrase pe neauzite în cameră, până când aceasta n-a rostit:

— Nu am reușit să aflu nimic, oricât am încercat, spuse ea. Miliția din acele vremuri m-a trimis la Securitate, iar de acolo am aflat că s-ar fi putut să fi trecut Dunărea, în Iugoslavia. Așa mi-a spus unul, Vârtejan, că el se ocupa de caz, după ce m-a tot interogat o zi și-o noapte, până s-a convins că nu știu unde dispăruse. Asta-i tot. El nu mi-a spus nimic despre faptul că voia să fugă în străinătate, dacă asta a făcut. Și nici n-a dat vreun semn de viață prin Crucea Roșie, cum au făcut alții care au reușit să fugă din țară. După vreo trei ani, s-au stins și părinții lui de durere și de cât i-a tot interogat Securitatea. Erai prea mic să-ți amintești.

Vlad își roti scaunul, abandonând ecranul și povestea tragediei de la Cernobîl, pentru a o asculta pe mama lui care dezlegase băierile unei alte povești, al cărei dramatism îl știau doar ei doi. Femeia se așeză pe pat și își strânse mâinile în poală.

— O vreme am crezut că s-a întâmplat ce-i mai rău, că murise pe undeva, continuă ea, privind în podea. Dar nimeni nu a găsit nicio urmă, cu toate că în acele vremuri Miliția și Securitatea știau absolut tot. Pur și simplu, a plecat dimineața la serviciu, a stat de vorbă cu colegii săi, ba chiar a fost văzut de o mulțime de oameni, a lucrat la el în laborator, apoi a dispărut ca și cum n-ar fi existat. Paznicii nu-și aminteau să-l fi văzut ieșind, ceea ce nici nu era de mirare, pentru că în fabrica aia munceau mii de oameni. Cum el stătea mult după program, n-a plecat împreună cu colegii. A fost ca și cum s-ar fi volatilizat. Dar toate astea le-am aflat mult mai târziu, după ce-am reușit să stau de vorbă cu cei din Electrocontact care-l cunoscuseră. A durat vreun an, cred că mă socoteau nebună. La un moment dat, directorului de acolo i s-a făcut milă de mine și a aranjat să mă-ntâlnesc într-o sală de ședințe cu mai mulți odată. Dar n-am aflat nimic în plus.

Vocea mamei se transformase în șoaptă. Îi dădură iar lacrimile.

Vlad luă un șervețel din cutia pe care o avea pe masă și i-l întinse. Femeia își șterse grăbită ochii și își suflă nasul. Mototoli șervețelul și-l ascunse în pumn.

— M-ai întrebat cum era, reluă ridicând privirea. Ei bine, află că era un om bun. Mă iubea foarte mult și cred că te-ar fi iubit și pe tine. Abia aștepta să vii pe lume. Ne-am cunoscut foarte repede, după ce am intrat și eu la facultate, la cenaclul de poezie al centrului de la Casa de Cultură a Studenților. Să știi că el chiar era un poet înnăscut. Cochetam și eu cu poezia. Terminasem liceul și credeam sincer în romantism și în dragostea la prima vedere. Ne-am căsătorit la aproape doi ani după ce el a terminat facultatea. Primise repartiție la Electrocontact, într-un orășel aflat la o sută și ceva de kilometri de Iași. Am fost la Starea Civilă în zi de lucru; eu mă aflam în vacanţă, iar tatăl tău obţinuse o zi liberă. Prietenii ne-au spus că-i semn bun c-o luăm chiar de luni.

Se opri pentru a-şi şterge iar ochii înlăcrimaţi. Vlad dădu fuga până la bucătărie de unde se întoarse cu un pahar cu apă. Mama lui luă o înghiţitură şi-l privi recunoscătoare.

— Fabrica îi dăduse o garsonieră micuţă, dar pentru noi era mai mult decât suficient. Veneam aproape în fiecare sâmbătă să-l vizitez. Apoi, în toamnă, după ce începuseră cursurile, am avut primele greţuri. Rămăsesem însărcinată cu tine şi mă gândeam chiar să-mi amân anul de studiu. Ştii, am făcut şi eu patru ani de Medicină, dar, după ce tatăl tău a dispărut, n-am mai putut continua şi a trebuit să mă angajez la spital, ca asistentă. Din câte am aflat de la cei cu care-am vorbit, era un inginer foarte bun şi apreciat, iar profesorii lui de la facultate — c-am vorbit şi cu ei — mi-au spus că făcea parte din acea minoritate, poate unul dintr-o sută, care au talent şi datorită cărora progresul tehnic mai face câte un pas înainte. Da, chiar aşa mi-a spus unul dintre ei.

Clătină din cap de câteva ori, ca pentru a întări afirmaţia făcută cu peste un sfert de secol în urmă de acel universitar. Se ridică brusc de pe pat şi îşi aranjă şorţul de bucătărie, pe care şi-l prinsese din nou pe talie. Strecură şerveţelul folosit într-un buzunar. Vlad rămăsese în continuare mut în faţa avalanşei de dezvăluiri; pe cele mai importante le simţise dincolo de cuvinte.

— Nu ştiu de ce şi nici unde-a dispărut, îi spuse cu hotărâre mama, îndreptându-se grăbită spre uşă. Dar, pentru că a făcut-o, sunt convinsă c-a avut un motiv foarte serios.

Privirea i se fixase pe un punct nedefinit, unde doar ea putea să zărească evenimentele de atunci. Vlad aproape că nu îndrăzni să respire.

— Mai vrei să ştii şi altceva? întrebă, dar nu mai aşteptă răspunsul şi dădu să iasă.

Tânărul era gata să nege. Îi provocase prea multă suferinţă mamei, răscolindu-i amintirile.

— Ah, exclamă ea şi se întoarse, nu a fost niciodată în Ucraina. De fapt, n-a călătorit nicăieri în afara ţării. Şi nici nu poate avea vreo legătură cu Cernobîlul, continuă arătând spre ecran. El a dispărut la doi ani şi cinci luni după ce ne-am căsătorit, pe 2 ianuarie 1988, era într-o sâmbătă, imediat după Revelion, când lumea încă mai chefuia. Anul Nou picase în mijlocul săptămânii, eu eram în vacanţă, dar sâmbăta se lucra, deşi nimeni nu prea se omora cu munca în acea zi. Tu aveai doar patru luni de când fuseseşi conceput. Sau, mai bine zis, sarcina mea ajunsese la patru luni.

Ieşi, lăsându-şi fiul şi mai nedumerit şi închizând cu grijă uşa în urma sa, aşa cum făcea de obicei, ca să nu îl deranjeze.

Vlad mai citi o dată foaia primită de la Laura. Erau doar câteva propoziţii împrăştiate pe rânduri, ca versurile unei poezii:

Avertizare #53/17 oct. 1985
Cernobîl — Ucraina.
Data estimată: 26 aprilie 1986.
Ora estimată: 1,23 sau 1,33.
Reactorul #4.
Test de siguranţă sau experiment esuat.
Explozie reactor.
Accident nuclear.
Contaminare radioactivă extinsă.
Afectează si România."

Ele rezumau tot ceea ce se petrecuse atunci. Scutură din cap, nedumerit, lăsă foaia şi se pregăti să-şi petreacă noaptea încercând să afle secretele costumului, căştii şi mănuşilor, toate ticsite cu senzori, construite cu peste un sfert de secol în urmă de tatăl său.

CAPITOLUL 6

„Cu spatele lipit de stâncă, aflat într-un unghi
care nu le permitea celor de jos să îl vadă, Aspiran-
tul, încercând să ignore durerea, bău puțină apă din
ploscă, își spălă mâna cu ceea ce mai rămăsese, după
care o înfășură într-o bucată de pânză ruptă cu ușu-
rință din poala destrămată a rasei decolorate cu care
era îmbrăcat. Se ridică ușor în picioare și aruncă o
privire în jos. Masa de privitori se transformase într-o
pată neagră, compactă. Înălțimea era amețitoare.
Foarte puțini ajungeau atât de sus. Și poate doar unul
într-un secol era menit să devină slujitor al timpului,
devenind astfel nemuritor."

Panglica Timpului

Vlad a avut sentimentul că abia adormise când
i-a sunat telefonul, întrerupându-i din nou visul.
Era sigur că își visase tatăl care încercase să-i spu-
nă ceva. Strânse pleoapele, străduindu-se să igno-
re soneria în speranța că, poate, va reuși să afle ce
anume voia să-i transmită părintele dispărut, dar vi-
sul dispăruse ca un fuior de fum. Oftă adânc și puse
visul pe seama ultimelor întâmplări și descoperiri.
Încă somnoros, se blestemă în gând că nu trecuse
telefonul pe modul silențios, dar la ora matinală la
care ajunsese în pat, numai de asta nu avusese grijă.
Dibui pe bâjbâite aparatul, îl înșfăcă și apăsă, după
câteva încercări, cu ochii încă pe jumătate închiși,
butonul care prelua convorbirea.

— Să știi că am deja o ipoteză, trâmbiță victo-rioasă Laura. Cred că știu ce-i cu programul în For-tran. Am dezvoltat o simulare și a rezultat o mașină virtuală echivalentă.

— Mda? se prefăcu el interesat, deși, în realita-te, încă nu se lămurise dacă se trezise de-a binelea.

A pierdut o parte din monologul fetei pentru că a adormit la loc. S-a trezit însă când aceasta aproape că a strigat, surescitată:

— ... De fapt, am confirmarea din rulare! Mă aș-teptam să fii curios ce era și în celelalte fișiere. Ne vedem în jumătate de oră la Dolce Vita. Vorbim, pa!

Resimțea cu tot corpul nevoia de somn. Aruncă o privire încețoșată pe ecranul telefonului mobil și află că era ora nouă dimineața, ceea ce însemna că mai mult ațipise vreme de trei ore jumătate. Era a doua noapte în care nu dormise suficient. Desigur, mama plecase demult la lucru – nici nu-și putea ima-gina măcar când anume se odihnea ea. Scutură din cap și-și trecu degetele prin părul vâlvoi. Se ridică greoi, îmbrăcat doar în boxerii cu care dormise, și își târșâi pașii până la baie unde își aruncă apă rece pe față și se mai învioră puțin. Apoi trecu prin bucătă-rie, deschise frigiderul, luă o cutie de lapte desfăcută și bău din ea cu sete. Se întoarse apoi în dormitor, lăsă cutia de lapte pe un colț al mesei supraîncărcate și aruncă mulțumit o privire căștii și mănușilor, pe care deja le conectase la computer printr-o sumede-nie de fire. Și el avea propriile concluzii.

Adulmecă tricoul purtat cu o zi în urmă și ajun-se la concluzia că trebuie să-l schimbe. Merse în sufragerie și scormoni prin șifonierul de modă ve-che în care mama lui ținea cearceafuri, perdele de schimb, perne, pături şi pilote. Aici îşi făcuse şi el loc pe un raft unde să-şi pună câteva haine de vară care nu mai încăpuseră în dulapul mărunt pe care îl avea în camera lui. Trase neatent un tricou din teancul ordonat în care acestea fuseseră stivuite. Mişcarea antrenă şi alte haine şi, în încercarea de a le aranja, le răvăşi şi mai mult. Încă pe jumătate adormit, tentativa sa dezechilibră şi mai mult echilibrul fragil al teancurilor de albituri care se înclinară primejdios. Aşa că, pur şi simplu, când încercă să dreagă situaţia, răsturnă, neîndemânatic, raftul cu totul, împrăştiind şi amestecându-şi tricourile şi boxerii cu feţele de pernă şi prosoapele.

Se dădu un pas înapoi, îşi duse mâinile la cap şi contemplă năuc dezastrul, evaluând cum ar putea să repună lucrurile în ordine. Începu să sorteze şi să aşeze rufele la loc în şifonier, netezindu-le şi îndesându-le, ca să le facă să intre. Evident, întâlnirea cu Laura era ratată. Îşi propuse chiar să o sune şi să-i spună că nu poate să ajungă, când privirea îi fu atrasă de o cutie de carton roşie, decolorată de ani, cam de mărimea a două topuri de hârtie puse unul peste altul, legată cu o panglică de elastic şi care căzuse împreună cu albiturile. O privi fascinat şi uimit că în toţi anii în care locuise în apartament n-o văzuse şi bănui pe dată ce putea să conţină. Era aproape sigur că nu fusese acolo înainte. Umblase de multe ori în dulap şi ar fi trebuit să o fi descoperit.

Câmpul vizual i se îngustă brusc, până la dimensiunile cutiei, la fel ca al unui vânător care îşi fixează prada. Cunoştea de undeva obiectul, îl mai văzuse cândva, într-un trecut greu de identificat. O culese înfrigurat dintre haine, înlătură elasticul şi îi scoase capacul.

Aşa cum intuise, înăuntru erau scrisori şi fotografii, majoritatea alb-negru. Îşi plimbă cu delicateţe degetele peste o grămăjoară de plicuri roz şi bleu, fără să îndrăznească să scoată scrisorile şi să le citească. Ştiuse dintotdeauna că trebuiau să fi fost pe undeva. Avea, la rândul său, o astfel de cutie, numai că era virtuală şi se găsea într-un server pus la dispoziţie gratuit de Yahoo. Avea acolo agende cu numere de telefon, jocuri cu grafica depăşită, toate e-mailurile trimise şi primite vreodată, cu excepţia spamurilor, desigur, filme şi fotografii ale colegilor de liceu şi de facultate. Toată lumea îşi păstra cumva amintirile, iar mama lui nu putea să facă excepţie.

Constată cu uimire că şi ea fusese odată adolescentă. Cu un zâmbet întipărit pe faţă, luă un caiet subţire, cu coperta protejată de învelitori din vinilin albastru. În locul prevăzut pentru etichetă, fusese strecurat un dreptunghi alb de carton pe care scria „Jurnal". Răsfoi paginile caietului, fără să le citească. Erau scrise cu pixul, dar aveau şi multe desene făcute cu carioci colorate. Într-un loc găsi o frunză uscată, iar în altul, o floare de muşeţel presată. Aşeză grijuliu caietul la loc în cutie şi luă setul de fotografii, strânse laolaltă cu o panglică. Le înşiră pe blatul insulei ce făcea legătura dintre bucătărie şi sufragerie, încercând să le găsească ordinea cronologică. Trecu repede peste cele care o înfăţişau pe mama lui surprinsă în diverse ipostaze, cu colegi sau singură. Una dintre ele înfăţişa o adolescentă subţirică şi zâmbitoare, îmbrăcată în uniforma şcolară a epocii, cu părul prins într-o coadă lungă, care îi ajungea aproape până la brâu. În fundal, se vedea Liceul „Mihai Eminescu" unde studiase şi el. Pe vremea mamei însă, clădirea nu-şi avea încă acoperişul din ţiglă şi nici statuia poetului nu fusese instalată în faţă.

Cu mâinile tremurându-i de nerăbdare, a ajuns şi la fotografiile care o înfăţişau pe mama lui împreună cu un bărbat, la fel de tânăr, pe care îl îmbrăţişa drăgăstoasă, cu o mână pe talie, în vreme ce în cealaltă strângea un bucheţel. El, mai înalt cu o jumătate de cap, o ţinea protector pe după umeri. Mama era îmbrăcată într-o rochie albă, iar bărbatul, într-un sacou parcă prea scurt, cu petice din piele pe coate, dintre reverele căruia răsărea o cravată subţire, după moda de atunci. Pe spate, fotografia avea ştampila atelierului unde fusese făcută şi imprimată data: 3 august 1987. Tot acolo cineva scrisese cu pixul: „Căsătoria civilă". Era pentru prima dată când vedea chipul tatălui său.

Constată că semănau destul de bine, deşi bărbatul din fotografie avea părul lung, mult peste urechi, perciuni şi mustaţă stufoasă, în vreme ce el îşi purta părul tuns foarte scurt şi se bărbierea în fiecare dimineaţă. Exceptând buzele pline, moştenite de la mama lui, fruntea, ochii şi forma nasului nu lăsau nicio umbră de îndoială că erau tată şi fiu.

Înşiră fotografiile direct pe covor, ca pe un puzzle, încercând să reconstruiască cronologic existenţa părinţilor lui din acea vreme. Îi găsi încremeniţi în fotografii la mare, pe o plajă pustie, la munte, în faţa unui cort sau zâmbind, cu rucsacurile în spate. Pierdut în reverie, aproape că nu observă peticul de hârtie de imprimantă cu găurele pe laterale şi îngălbenită de timp aşezat între ultima poză din pacheţel şi o altă foaie împăturită în patru, de hârtie, odinioară albă. Presupuse că sunt bileţele de dragoste şi aproape că renunţă să le desfacă. Dar curiozitatea fu mai puternică, aşa că îl despături pe cel din urmă.

Era o copie la indigo, cu scrisul de un albastru şters, pe alocuri ilizibil şi începea cu:

Declaraţie
Subsemnata, Pintea Doina, fiica lui Gheorghe şi
a Aglaiei, născută la...

Era scrisul mamei lui. Pentru că timpul ştersese din litere sau acestea se imprimaseră de pe o parte pe alta, citi cu greutate până la capăt. Mai mult deduse decât înţelese că era copia unei declaraţii date de mama lui în faţa unui ofiţer de Securitate care se numea Vârtejan şi avea gradul de maior. În esenţă, descria cam ceea ce îi povestise ea în noaptea precedentă, anume că nu ştia unde îi dispăruse soţul, că acesta nu încercase să o caute şi că se obliga, conform legilor ţării, să anunţe organele de Securitate imediat ce urma să aibă vreo veste de la el, păstrând, totodată, secretul interogatoriului. Data, aflată alături de semnătură, nu se mai desluşea. În schimb, în partea de sus, în dreapta, se afla amprenta unei ştampile dreptunghiulare, perfect vizibile, pe care scria: „Copie". Vlad împături înapoi documentul şi îl strecură în buzunarul pantalonilor. Îi trecu prin cap că mama dorise să-i spună şi altceva şi, din acest motiv, lăsase cutia în aşa fel încât să dea peste ea, dar gândul i se păru ridicol. Ridică din umeri şi desfăcu celălalt bilet, scris pe bucata de hârtie de imprimantă cu marginile perforate.

Hârtia era aproape ruptă de câte ori fusese

îndoită şi dezdoită. Dar scrisul grăbit, aşternut cu creionul, era încă destul de clar. Citi, o dată şi încă o dată, fără să-i vină să creadă:

Draga mea,
Trebuie să dispar pentru o vreme. Viaţa îmi este în primejdie şi mi-e teamă mai ales să nu-ţi fac rău şi ţie. Am dat peste ceva mult prea mare. Cred c-o s-apară Securitatea. Să le spui tot ce vor şi or să te lase în pace. Te caut de îndată ce pot. Vă iubesc din tot sufletul pe amândoi. Pe tine şi pe Vlăduţ, care urmează să vină. 2 ianuarie 1988

Abia după ce reciti de o sută de ori cele câteva rânduri, remarcă petele care, pe alocuri, decoloraseră sau aproape şterseseră unele cuvinte. Adaugă şi el o lacrimă lângă celelalte, ale mamei lui, uscate de ani şi de deznădejde, care spuneau chiar mai multe decât literele aşezate pe crâmpeiul de hârtie.

* * *

Vlad tresări când soneria uşii începu să zbârnâie. Primul reflex a fost să strângă la loc conţinutul cutiei roşii pe care, în mod ciudat, îşi aminti unde o văzuse: în casa bunicilor, la ţară, pe vremea când era copil. Adăpostea pe atunci un ceas cu cuc şi pendulă, adus din URSS, primit de aceştia drept premiu pentru cine ştie ce întrecere socialistă din acele vremuri. Contemplă încă o dată amintirile mamei, împrăştiate pe covor, îşi trase pe el tricoul după care venise şi merse să deschidă. În prag se afla Laura care părea furioasă. Ţinea mâinile încrucişate la piept, iar părul frumos pieptănat îi căzuse peste umerii înguşti, acoperiţi cu bluza de firmă pe care o îmbrăcase.

— Se poate spune că știi să faci o fată să aștep-te! izbucni fata care lăsă în urmă o boare de parfum fin, când trecu pe lângă el.

Vlad încercă să bâiguie niște scuze.

— Oh, e frumos la tine! exclamă ea când dădu cu ochii de sufrageria largă, mărginită de insula cu aragaz a bucătăriei, deasupra căreia atârnau câteva tigăi ornamentale de aramă, strașnic lustruite. Nici la telefon nu mai răspunzi? Spre deosebire de tine, frate-meu a făcut-o și mi-a spus unde stai. După care, desigur, s-a culcat la loc. Ce ți s-a întâmplat?

Vlad îi făcu semn să se așeze pe unul din cele două fotolii din sufragerie care flancau canapeaua, delimitând un mic spațiu, cu o măsuță din sticlă în mijloc. Se repezi până în dormitorul său și scoase dintre așternuturi telefonul care, într-adevăr, înregistrase trei apeluri pierdute de la Laura.

— Oho, dar nu te plictisești! exclamă fata din spatele său, văzând masa cu toate cele înșirate pe ea. Ai lucrat și tu toată noaptea.

Vlad simți cum se înroșește. În cameră era mare dezordine. Puse discret o pereche de ciorapi purtați pe cearceaf, iar pe acesta îl mototoli mai mult decât îl împături și îl aruncă în lada de sub pat.

— Scuze, nu mă așteptam la oaspeți, mormăi stingherit către picioarele ei ce ieșeau din fustița mulată care abia dacă îi acoperea jumătatea pulpelor.

— Nici eu nu credeam că s-a născut băiatul care să mă facă să-l aștept jumătate de oră, singură, la o masă de la terasă, ripostă Laura. A trebuit să refuz cel puțin doi domni drăguți care îmi făceau avansuri, asta fără să-l mai pun la socoteală și pe cel care mi-a deschis galant ușa de la intrarea în blocul tău când a văzut că mă necăjeam cu interfonul. Sper să fi meritat. Ia spune, ce-ai mai descoperit?

Fără o vorbă, Vlad îi întinse biletul îngălbenit. Fata îl desfăcu și îl citi. Duse, îngrijorată, mâna la gură.

— Vai, dar tatăl tău se simțea amenințat. Să știi că are noimă, se leagă. Ai văzut codul scris la sfârșit?

Vlad nu îl văzuse pentru că fusese mult prea pătruns de conținutul mesajului. Acum, că i-l arătase, citi textul aproape șters, ce fusese scris mărunt în partea de jos:

17FA D9BF C37E 0105

— O serie de cifre hexazecimale. Habar n-am ce înseamnă, mărturisi el, neajutorat.

— Las' că știu eu prea bine! Tatăl tău a încriptat informațiile de pe benzile magnetice. Fișierele pe care le-ai adus erau criptate chiar cu acest cod. Să știi că am toată admirația pentru el. Mi-a dat serios de muncă. Mai întâi EBCDIC, apoi criptare pe 64 de biți... Cum ți-am spus și ieri, probabil că acum un sfert de secol le-ar fi luat ani buni să spargă combinația.

— Evenimentul din fișierul pe care mi l-ai dat aseară se referea la accidentul nuclear de la Cernobîl, spuse Vlad.

— Da, știu. N-am apucat să citesc despre el. Parcă s-a stricat ceva la reactorul unei centrale nucleare primitive, făcute de sovietici.

— De fapt, au vrut să facă un test și nu le-a ieșit, iar situația a degenerat. După explozie, a trebuit să toarne o cochilie de beton în jurul reactorului avariat ca să limiteze emisiile radioactive, o lămuri Vlad, dar fata nu păru prea interesată.

— Cum zici tu. Am primit spre dimineaţă şi decodificarea celui de-al doilea fişier. Nu înţeleg de ce merge atât de greu, primesc mereu mesajul computer busy, ceea ce nu-i normal. Încă n-am pomenit până acum ca IBM-ul să zăbovească mai mult de câteva minute pentru a rezolva probleme foarte complexe, şi asta în cazuri de excepţie. În sfârşit, am obţinut cea mai bună estimare a listei de aşteptare. Vom avea decodificat şi ultimul fişier diseară, pe la şase. Totuşi, ce-i cu Cernobîlul? Tatăl tău a ajuns cumva pe acolo?

— Mama spune că n-a ieşit niciodată din ţară, că n-a avut niciun fel de legătură cu Cernobîlul şi cu atât mai puţin cu accidentul acela nuclear, rosti Vlad cu gravitate. De altfel, accidentul a avut loc cu aproape doi ani înainte ca tata să dispară.

— Să ştii că nu mi-am băut cafeaua, spuse fata înăbuşindu-şi un căscat. Cred că bănuieşti şi din cauza cui. Ai aşa ceva pe aici şi, mai ales, te pricepi s-o faci?

— Ce să fac, o cafea? Da, dacă vii cu mine.

Răsuflă uşurat pentru că reuşise să o scoată pe fată din camera lui. O invită din nou să se aşeze pe unul din cele două fotolii de lângă măsuţa din sticlă din sufragerie. În spatele acesteia se afla o mică seră. O obţinuseră dărâmând peretele care dădea spre balconul care fusese închis cu geamuri termopan, în aşa fel încât ajunsese să facă parte din încăpere. Mama lui adunase zeci de ghivece cu plante pe care le îngrijea cu drag de fiecare dată când avea o clipă liberă – erau singura ei pasiune. Laura îşi roti fotoliul şi le admiră, oprindu-se asupra trandafirului japonez care înflorise spectaculos. Vlad îi admiră chipul din profil în timp ce puse apă şi cafea măcinată în-tr-un ibric. Fata întinse o mână, atingând cu gingăşie una dintre flori. Lumina soarelui se jucă vreo câteva clipe cu o şuviţă de păr care îi căzuse pe frunte. Ea o dădu după ureche, cu un gest reflex, dar şuviţa căzu iar. Pierdut în reverie, Vlad nu băgă de seamă că apa clocoteşte, şi cafeaua dădu în foc. Înşfăcă ibricul de coadă, dar îşi fripse degetele şi îl scăpă, sporind şi mai mult harababura. În aer se răspândi fumul urât mirositor de cafea arsă. Nici nu băgă de seamă când apăru Laura lângă el. Cu calm, fata îi luă mâna rănită şi i-o băgă sub robinet, în jet de apă rece. Ridică ibricul şi strânse cu un prosop de bucătărie cafeaua revărsată pe aragaz. Spălă şi clăti prosopul şi ibricul, în timp ce lui Vlad îi ardeau obrajii de ruşine.

— Nu ştiu ce am azi, murmură el. Reuşesc să răstorn tot ceea ce ating.

— Dacă ştiam că va fi atât de greu, în veci nu ţi-aş fi cerut un astfel de sacrificiu, râse Laura în timp ce punea la fiert un alt ibric cu apă. Nu vrei să ştii ce era în cel de-al doilea fişier? Desigur, mă refer la fişiere în ordinea în care le-am decodat, nu în cea în care au fost scrise. Apropo, am analizat şi restul informaţiilor de pe benzi. Reprezintă baze de date. Sunt foarte asemănătoare, dar încă nu le pot citi. Ar putea avea legătură cu un echipament hardware specific. Hai să-ţi spun, totuşi.

Vlad bolborosi un „bine" pierit, dar fata nu păru să îl fi auzit.

— Ce ştii despre Challenger?

— Challanger? Cel care aspiră la un titlu de box şi îl provoacă la luptă pe campion?

— Nu acel challenger, zâmbi larg Laura. Ci naveta spaţială Challenger. Ai auzit de ea?

— Vag. Cred că s-a prăbuşit sau cam aşa ceva, acum vreo zece ani, parc-am văzut atunci la televizor. Dar dacă stai puţin, pot să mă documentez, spuse şi arătă spre camera sa, unde avea calculatoarele.

— Nu-i nevoie, c-am făcut-o eu deja. Ce-ţi aminteşti este drama navetei Columbia, care s-a dezintegrat la reintrarea în atmosferă, în 2003, pe 1 februarie, din cauza unui defect al scutului termic. A fost a doua navă spaţială americană nimicită. Însă în fişierul pe care l-ai extras de pe banda magnetică se face referire la Challenger, care a fost distrusă când noi încă nu eram născuţi. Numele ei este acelaşi cu al modulului lunar al lui Apollo 17, ultima misiune americană pe Lună. Naveta a explodat la doar 73 de secunde de la lansare. Toţi cei şapte membri ai echipajului au murit, iar NASA nu a mai trimis după acel incident oameni în spaţiu vreo doi ani şi jumătate. Era la a zecea ei misiune, recită fata pe nerăsuflate. Adică exact ce a scris tatăl tău în al doilea fişier pe care l-am decodificat. Uite.

Vlad prinse biletul întins de fată cu mâna validă şi îl citi, înghiţind în sec:

Avertizare #47/03 nov. 1985
Locatia: Centru Spatial Kennedy — Florida
Statele Unite ale Americii
Data estimată: 28 ian. 1986
Ora estimată: după ora 18.00 — ora României
Challenger, naveta spatială
Defectiune în unu sau două minute de la lansare.
Avarie la sistemul de alimentare cu combustibil al rezervorului din dreapta, provocată de o garnitură.
Prăbusire, echipaj mort
Doliu international.

— Nu ți se pare ciudat? continuă fata, turnând cafelele.

Vlad se întrebă cum de Laura – deși trecuseră cel puțin cincisprezece ani de când fusese ultima oară în apartament, la o aniversare a lui de pe vremea când erau copii – nimerise din prima și fără să răscolească, așa cum făcea el, locurile din bucătărie unde mama lui ținea zahărul sau ceștile și farfurioarele. Lui îi venea greu să se descurce pentru că uita mereu unde sunt puse diferitele lucruri. Concluzionă, filozofic, că femeile trebuie să aibă un soi de instinct aparte pentru astfel de treburi.

— Ce anume?

Fata așeză ceșcuțele pe măsuța de sticlă cu rotile din sufragerie și apoi o împinse spre canapea și fotolii. Se așeză picior peste picior pe canapea, iar Vlad se lăsă să cadă pe unul din cele două fotolii. Luă și el o ceșcuță, suflând prudent. Laura își supse repede un deget pe care căzuse o picătură de cafea fierbinte, țuguindu-și buzele. Vlad se holbă la ea, căci gestul i se păruse incredibil de sexy.

— La americani, în acea vreme, prăbușirea navetei lor favorite a fost o tragedie națională. Președintele de atunci, Ronald Reagan, a declarat doliu național și a spus ceva de genul că spațiul și explorările aparțin celor cu adevărat curajoși. Am descărcat povestea misiunii de pe site-ul NASA. Ar fi trebuit să fie doar o misiune de rutină, căci n-aveau decât de plasat un satelit pe orbită și de ținut niște lecții de fizică și biochimie din spațiu. Pe atunci lumea se plictisise din nou de zborurile spațiale, cam la fel cum a fost și pe vremea lui Apollo 13. Erau și două femei în echipaj, iar una din ele era o profesoară de engleză, Christa McAuliffe, care a murit la doar 28 de ani, lăsând în urmă doi copii. Să știi că m-a impresionat.

O umbră de tristețe trecu prin ochii fetei. Pleoapele aproape i se închiseseră, iar în spatele lor se desfășură un fragment din tragedia vehiculului spațial în care o femeie tânără, mamă a doi copii, profesoară emerită, selectată din peste 11 000 de candidați, plecase să moară la câțiva kilometri deasupra pământului, în unul dintre cele mai sofisticate vehicule spațiale făurite vreodată de oameni.

— Ceea ce nu-nțeleg, continuă hotărâtă fata sorbind din cafea, este ce legătură putea să aibă tatăl tău cu naveta Challenger? Sau cu reactorul de la Cernobîl?

— Sau cu Cernobîl... repetă, fără convingere, Vlad. Mai ales că, în mod sigur, n-a fost pe-acolo. Cel puțin nu cât a stat cu mama. A lucrat la Centrul de Calcul al fabricii...

— ... Și a scris aceste fișiere pe care le-a datat anterior producerii evenimentelor descrise, completă Laura. Și apoi, la doi ani după ce se angajase la Electrocontact, a dispărut.

— Păi, și-atunci cum de-a putut să știe totul dinainte? dădu glas Vlad întrebării care plutea în aer și amândoi își îndreptară privirile, ca atrase de un magnet, spre ușa închisă a dormitorului-laborator al lui Vlad, unde, pe masa de lucru, se aflau benzile magnetice de calculator și, alături de ele, casca cea ciudată, iar pe jos, costumul cu senzori care semăna cu pielea unui animal marin.

CAPITOLUL 7

„Mulțimea adunată la baza stâncii se mărise, ca o pată de cerneală scăpată pe un pergament imaculat. Probabil că ei îl vedeau ca pe o muscă lipită de un zid. Dar faptul că un Aspirant – el – ajunsese la o asemenea înălțime era suficient de neobișnuit. Așa că oamenii continuau să vină pentru că, după cum se știa, cu cât un candidat ajungea mai sus, cu atât devenea mai sfânt, iar binecuvântarea se răsfrângea și asupra celor care aveau privilegiul să-l vadă ca să povestească, să-i nască și să-i întrețină legenda. Indiferent la toate astea, Aspirantul își căută o nișă în care să-și strecoare palma și încă una, pentru cealaltă palmă – cea rănită — și porni din nou pe drumul către înălțimi.”

Panglica Timpului

Țârâitul soneriei interfonului de la intrare întrerupse discuția celor doi tineri. În mod automat, Vlad sări de pe fotoliu și se duse la ușă.

— Eu sunt, primi răspuns la întrebare.

Vocea, chiar cu nuanța metalică adăugată de aparat, îi aparținea, inconfundabil, lui Ștefan.

— Deranjez cumva? întrebă acesta malițios imediat ce intră și dădu cu ochii de soră-sa. N-am mai fost de mult pe la tine, ce de transformări! adăugă apreciativ, rotindu-și privirea prin livingul-bucătărie.

Vlad murmură ceva, ca un protest slab, dar Laura îl repezi pe nou-venitul care se şi aşezase pe fo-toliu, lângă canapea.

— Domnul s-a trezit şi e pus pe poante. Bineîn-ţeles că deranjezi! Eram pe punctul să înţelegem ce-i cu mesajele.

— Şi ce anume aţi reuşit, mă rog, să înţelegeţi? Puteţi să-mi spuneţi şi mie?

Laura şi Vlad se priviră câteva clipe în ochi şi îşi întoarseră capetele spre el.

— Cred că tata a descoperit... începu el şi se opri. Nu, hai că e prea de tot!

— ... O metodă de a prevedea ce urmează să se întâmple în viitor, îl completă apăsat Laura.

Ştefan îşi plimbă privirea, neîncrezător, de la unul la altul. Pe faţă îi apăru un zâmbet larg care se şterse treptat, pe măsură ce îşi dădu seama că cei doi sunt foarte serioşi.

— Adică, tatăl tău călătorea în timp! spuse ze-flemitor. Aşa, ca în romanul lui Jules Verne.

— Romanul l-a scris H. G. Wells, iar tu oricum n-ai văzut decât filmul, se răsti la el Laura. Eu am spus altceva şi n-am pomenit cuvântul călătorie! A prevăzut incidentul nuclear de la Cernobîl, precum şi prăbuşirea navetei spaţiale Challenger cu luni de zile înainte ca aceste evenimente să se petreacă. Asta am reuşit să scot deocamdată de pe fişierele benzilor magnetice care sunt, la rândul lor, datate.

— Nu văd ce rost a avut să ascundă faptul că a prevăzut cele două evenimente, adică explozia de la Cernobîl şi prăbuşirea navetei Challenger, se îndoi Ştefan. Adică fişierele sunt datate cu câteva luni îna-inte de a se produce acele evenimente, iar tatăl tău a dispărut doi ani mai târziu. Spun şi eu doar aşa, ca ipoteză, n-ar fi fost posibil să aştepte ca evenimentele să se petreacă şi apoi să le cripteze pe bandă?

— De ce, ca să ne joace nouă, peste un sfert de secol, o festă? sări Laura ca arsă.

— Sau de ce n-ar fi fost posibil ca altcineva să fi scris benzile? Din puţinul pe care-l ştiu eu, nu e mare lucru să schimbi data unui fişier. Cred c-am făcut şi eu asta, de câteva ori, în liceu. Schimbi data sistemului şi toate fişierele create ulterior capătă acea dată. Bine, cu condiţia să nu existe legătură internet. Şi, cum pe vremea acestor benzi nu cred că exista internet în România...

— Nu, rosti încet Vlad. Există o aplicaţie care poate spune data exactă când a fost făcută o înregistrare magnetică. A fost primul lucru pe care l-am făcut astă noapte, când m-am apucat de citit benzile. Am rulat aplicaţia care a confirmat că data inscripţionării benzilor este noiembrie 1985, plus sau minus câteva zile. Şi mai este codul în hexa, pe care l-a scris pe biletul lăsat mamei mele.

Îi întinse peticul de hârtie pe care Ştefan îl citi neîncrezător.

— Ce cod? Aici scrie clar că se simte ameninţat. Incredibil! Ce poveste!

Iar soră-sa îi arătă şirul de cifre şi litere, scris într-un colţ.

— Este scris în hexazecimal. Este identic cu codul pe care l-a spart noaptea trecută computerul IBM de la Londra. Aşa am reuşit să decodific partea de text a fişierelor recuperate din benzile magnetice. Iar acest cod îl ştia doar tatăl lui Vlad, deci nu putea fi altcineva. Acum înţelegi?

Cuvintele plutiră în aer şi preţ de câteva respiraţii nu spuse nimeni nimic.

— Vasăzică, tatăl lui a scris un program de calculator acum un sfert de secol şi a prevăzut, cu ajutorul lui, evenimente din viitor, sparse tăcerea Ştefan. Voi vă daţi seama cum sună? Dac-a prevăzut evenimentele, de ce n-a luat nimeni măsuri ca acestea să nu se mai petreacă? Iar dacă nu s-ar fi petrecut, atunci nu ar fi avut nici ce să prevadă. Şi tot aşa, până te ia ameţeala. E un cerc închis.

— S-a scris o grămadă de software de predicţie, preciză fata. Există numeroase modele matematice folosite în statistică, dintre care acum îmi vin în minte regresiile liniare multiple, care chiar asta fac. Lucrurile sunt simple: să spunem că, dacă ai coordonatele a două puncte ale unui obiect care se mişcă, poţi estima cu o anumită eroare unde va ajunge la un moment dat. Dacă ştii distanţa dintre cele două puncte iniţiale şi timpul, poţi determina viteza sau, după caz, acceleraţia. E fizică elementară. Precizia creşte dacă se obţin puncte şi coordonate suplimentare. Toată lumea foloseşte metodele de predicţie, pentru a estima lucruri dintre cele mai variate, de la starea vremii până la evoluţia pieţelor bursiere. În principiu, totul poate fi prevăzut, cu condiţia să introduci suficiente date. Bineînţeles, datorită principiului incertitudinii, enunţat de Heisenberg, rămâne întotdeauna o marjă de eroare de care nu putem scăpa, dar care poate deveni, totuşi, acceptabil de mică.

— Ştefan, există şi posibilitatea ca nimeni să nu-l fi băgat în seamă pe tata, spuse încet Vlad. Dacă şi mai-marii vremii au reacţionat aşa ca tine când au aflat că există o metodă de a prevedea viitorul, de fapt, nu s-a făcut nimic, iar evenimentele s-au produs pur şi simplu. Lanţul cronologic a rămas neafectat.

Ştefan clătină, neîncrezător, din cap.

— Ştii, cred că treaba asta poartă un nume: pseudoştiinţă. Din câte-am citit, istoria e plină de profeţi şi ghicitori care au pretins că prevăd viitorul citind semne în măruntaiele animalelor, în cărţile de Tarot, în palmă, cafea sau mai ştiu eu în ce. N-am putea găsi o explicaţie ceva mai plauzibilă decât asta cu calculatorul?

— În principiu, se crede că predicţiile de ordin general ar putea fi realizate de o generaţie viitoare de calculatoare cuantice, spuse fata.

— Calculatoare... de care?

— Din cele care nu se bazează pe logica binară, pe zero şi unu, adică pe biţi, îi explică Vlad. Ele vor folosi qubiţi, care pot avea şi stări intermediare. Dacă alb ar fi zero, iar negru ar fi unu din logica binară, utilizată în prezent, în aceste calculatoare qubiţii pot fi şi zero şi unu, ceea ce le va face mult mai rapide. Conceptul a fost teoretizat de multă vreme, dar la stadiul practic încă nu ştiu să se fi ajuns.

— Cum adică poate fi adevărat şi fals în acelaşi timp? De fapt, nu, nu cred că vreau să ştiu, îl opri el pe Vlad, care tocmai se pregătea să arunce un val de explicaţii. Te cred pe cuvânt.

— De fapt, există o firmă americană care pretinde că face aşa ceva, adăugă Laura. Dar produsul lor e cam scump şi sunt abia la început. Şi deocamdată nu au nicio bibliotecă software măcar. Aşa că mai e cale lungă până la predicţiile despre evenimentele viitorului făcute cu ajutorul computerelor cuantice. Cel mai important aspect, care nici măcar teoretic n-a fost rezolvat, este că şi un astfel de calculator trebuie alimentat permanent cu o multitudine de date.

Ştefan era departe de a pricepe.

— M-aţi pierdut pe drum. Calculator cuantic, multitudine de date...?

— Printre multe altele, acel calculator ar trebui să urmărească în permanenţă ce fac miliardele de locuitori ai planetei, încercă Laura să-l lămurească. De câte ori respiră, ce puls au, când şi ce mănâncă, tot. De fapt, pentru o predicţie completă, ar trebui să ştie până şi detaliile mărunte, cum ar fi zborul păsărilor şi albinelor, umiditatea din sol şi traiectoria curenţilor atmosferici şi a celor oceanici, cantitatea de radiaţii solare absorbite de Pământ, în sfârşit, absolut totul, pentru a putea genera predicţii relativ corecte. Însă cum poţi să prevezi viitorul cu un program-oracol scris în urmă cu un sfert de secol în Fortran şi care rulează pe un calculator străvechi, depăşeşte puterea mea de înţelegere.

— Dar avem astea, spuse Vlad bătând uşor cu pumnul în cele două hârtii aflate pe măsuţa de cafea. Două fapte concrete! Iar nea Ilie spunea că-l păzeau securiştii pe tata, deci autorităţile comuniste l-au crezut.

— Parcă spuneai c-au fost trei fişiere, zise Ştefan.

Laura şi Vlad se priviră ca la un semn. Fata se uită la ceasul de la mână.

— Chiar aşa, ce o fi în al treilea fişier? Mai avem aproximativ şase ore şi-o să aflăm. Cu toate că, dacă are aceeaşi cheie de criptare, mi-ar fi destul de simplu să-l decodific chiar şi cu laptopul.

— Cred că pot să te scutesc de asta şi nici nu trebuie să aşteptăm până îţi vine răspunsul de la Londra, rosti Ştefan zâmbind, iar ceilalţi doi îl priviră întrebător. Avem asta, spuse triumfător şi scoase din buzunar foiţa de hârtie dată de nea Ilie. Dacă tot era prieten cu tatăl tău, ar trebui să ştie ce anume conţinea a treia prorocire. Sau predicţie, dacă aşa vreţi voi, se corectă când soră-sa se încruntă la el.

* * *

Nea Ilie răspunse cu greu la telefon, abia după al şaptelea sau al optulea apel, când Laura, care suna, tocmai se pregătea să închidă.

— Ce-i cu voi? se burzului acesta din difuzorul telefonului mobil trecut pe speaker. Presupun că ştiţi că-i sâmbătă şi că de peste douăzeci de ani e zi liberă pentru toată lumea, adică şi pentru mine.

— Ne cerem scuze că v-am deranjat, începu Laura.

— Sper că nu vreţi să recuperaţi şi astăzi fiare vechi, o întrerupse nea Ilie căscând. În sfârşit, ce doriţi măi, copii? Numai să nu mă chemaţi la fabrică. De ce n-aţi mai venit ieri?

— Voiam doar să vă întrebăm ceva. Am găsit pe benzile magnetice pe care ni le-aţi dat, câteva chestii interesante lăsate de inginerul Pintea, tatăl lui Vlad. De fapt, am decodificat două dintre ele şi am vrea să ştim dacă vă mai amintiţi ce anume conţinea a treia.

Din telefon, o vreme nu se auzi decât respiraţia greoaie a lui nea Ilie. Apoi sunetul unei brichete care fusese aprinsă şi o inspiraţie puternică, urmată de o expiraţie. Bărbatul aprinsese o ţigară şi trăsese un fum lung din ea.

— Nu ştiu ce crezi că v-am dat, domnişoară,

spuse el serios, într-un târziu. La fel, nu ştiu nimic din ceea ce mă întrebi. Şi spun asta atât pentru tine, cât şi pentru cei care ne ascultă şi ne înregistrează chiar în acest moment.

— Dar, totuşi... încercă Laura să-l tragă de limbă, însă Vlad îi puse o mână pe umăr şi o strânse uşor, semn să nu mai insiste.

— De cazul tatălui tău s-a ocupat maiorul Vârtejan, de la Securitate, se auzi din difuzor. Trăieşte şi azi, e bine mersi. Obişnuieşte să joace şah, în fiecare după-amiază, la mesele din parc şi îi place foarte mult să câştige. De fapt, e chiar avid. Asta e tot ce vă pot spune. Dacă mai vreţi să veniţi după materiale recuperabile, să mă sunaţi luni, dacă nu, vin cei cu supermarketul, care au cumpărat corpul de clădire. Sau, mai bine, să nu mă mai sunaţi deloc. Puteţi să veniţi când vreţi, în timpul programului de lucru, adăugă şi închise telefonul.

— Bătrân paranoic! concluzionă Ştefan. E unul dintre cei pentru care comunismul încă mai există. Auzi, să îi asculte telefonul! De parc-ar avea cineva timp să tragă cu urechea la tot ce vorbeşte el. Păi, dac-ar fi adevărat, atunci ar însemna că jumătate din lume ar spiona-o pe cealaltă! filozofă el. Şi-atunci, pe cei care spionează cine-i mai ascultă?

— Nu e nevoie, spuse Vlad. Procedeul de ascultare automată a telefoanelor e cunoscut de zeci de ani. Am citit că americanii puseseră la punct tehnologia prin anii şaptezeci ai secolului trecut. Când detectau vreun cuvânt-cheie, înregistrau restul convorbirii care era apoi trimisă spre analizare unui operator uman. În zilele noastre, cu atâtea capacităţi de stocare şi de filtrare digitale, ascultarea tuturor convorbirilor e joacă de copil. Cel puțin, așa se spu-ne. Numai că și mie îmi vine greu să cred că niște benzi de calculator vechi de-un sfert de secol pot să mai intereseze până în ziua de azi pe cineva.

— Chiar și dac-ar conține o metodă corectă de predicție a evenimentelor din viitor? i-o întoarse Laura. Pentru a obține așa ceva, eu zic că niciun guvern n-ar precupeți vreun efort, oricât de mare. Gândiți-vă: sprijini candidații potriviți pentru că poți anticipa rezultatul alegerilor electorale la tine în țară, dar și la alții, afli din vreme despre crize și evoluția prețurilor, despre declanșarea conflictelor, atentatelor... Oh, e un vis pentru orice șef de stat!

— Și cum faci cu paradoxurile? încercă Vlad să-i taie elanul. Dacă afli despre un eveniment și intervii pentru ca el să nu se mai petreacă, atunci nici nu mai poate fi prevăzut, așa cum am mai spus.

Dar entuziasmul Laurei nu putea fi domolit. Se ridicase de pe canapea și gesticula larg.

— În primul rând, o predicție este și rămâne o predicție. Nu tu trebuie să câștigi la loto, e suficient să știi cine va câștiga. Evident, în sens metaforic. Nu trebuie să blochezi desfășurarea evenimentului ca să tragi foloase maxime de pe urma lui. Dacă afli că anumite acțiuni de la bursă vor evolua într-un anume fel, le tranzacționezi și te îmbogățești.

— Dar în acest fel nu modifici viitorul? interveni Ștefan. Adică în succesiunea firească de evenimente apare ceva nou, care nu s-ar fi întâmplat dacă nu ar fi existat informațiile alea. Cred că am văzut un film după o carte a lui Frank Herbert, se chema *O aripă de fluture*.

— După o nuvelă de Ray Bradbury, îl corectă în

treacăt Laura. Cine ştie, poate că viitorul nu este atât de sensibil, poate că are o anumită toleranţă şi nu contează intervenţiile minore, de genul exemplului pe care ţi l-am dat. Probabil că, între nişte limite, se autoreglează, şi cursul normal al evenimentelor nu are de suferit.

— Nu credeţi că ar fi bine să aflăm ce-i cu tipul care a lucrat la Securitate? îndrăzni Vlad din fotoliul său. Am putea descoperi şi care a fost cel de-al trei-lea eveniment prevăzut de tata.

— De acord, spuse Laura, consultându-şi cea-sul. Numai că mi-e foame aşa cum trebuie să vă fie şi vouă. Mâncăm o pizza şi apoi ne continuăm cercetă-rile. Plăteşte ultimul venit, adică tu.

Şi, zicând acestea, arătă cu degetul spre fratele ei.

* * *

Afară era foarte cald şi li s-a părut chiar mai cald decât era în realitate după ce au ieşit din re-staurantul Tex cel climatizat, principala investiţie a familiei Dănuţa unde, desigur, fiii patronilor aveau cont în alb deschis şi nu trebuiseră să plătească nici ei, nici Vlad, invitatul lor. Şi la masă dezbătuseră su-biectul călătoriei în timp, având însă sentimentul că se învârt în cerc.

Parcul care purta numele lui Mihai Eminescu părea aproape pustiu la ora trei după-amiaza. Până şi copacii păreau toropiţi de căldură. Ştefan conclu-zionă:

— Poate ar fi mai bine să revenim peste două sau trei ore. Se pare că n-are niciun rost acum, nu cred că îi arde cuiva să joace şah pe arşiţa asta. În plus, am impresia că ne urmăreşte careva.

— Acum ai devenit tu paranoic, îi râse în nas soră-sa, care privi totuşi peste umăr, fără să vadă nimic altceva decât câţiva trecători preocupaţi de ale lor.

Cu toate acestea, pe aleea de lângă fostul ştrand, acum aflat în ruină, mesele de mozaic ale şahiştilor erau toate ocupate. Mai mult, lângă fiecare se găseau câte doi sau trei chibiţi care urmăreau cu atenţie jocurile.

— Şi cum o să-l găsim acum pe securistul ăla? şopti Ştefan.

Se răspândiră pe lângă spectatori, trăgând cu urechea. La una dintre mese, jocul se încinsese după primele mutări. Chibiţii se adunaseră să privească. Cei mai mulţi trăgeau deja cu sete din ţigări.

Unul din cei doi jucători scoase un portofel mare şi jerpelit din buzunarul de la spatele pantalonilor, îl deschise şi puse câteva bancnote pe masă, lângă cronometrul de şah.

— Hai, dacă eşti bun! îşi îndemnă el oponentul, apăsând butonul cronometrului. Pune banu' jos!

Cel căruia îi fuseseră adresate aceste cuvinte îşi ridică trist privirea peste ochelarii cu rame groase şi clătină din cap. Puse o palmă pe masa de joc, se ridică greoi şi plecă spre celelalte mese, împreună cu chibiţii.

— Pe colonel nu l-a bătut nimeni niciodată, îi şopti un bătrân sfrijit şi ştirb Laurei. Ne-a luat, pe rând, banii la toţi.

Clătină îngândurat din cap şi îşi dădu basca pe spate, scoţând la iveală câteva fire de păr transpirat, cenuşiu şi rar. Tinerii se apropiară de masa bărbatului. Acesta rearanjă piesele pe poziţiile iniţiale.

— Domnul Vârtejan? îndrăzni timid Ştefan.

Cel numit colonelul se întoarse şi-i privi cercetător. Era un bărbat în puterea vârstei, cu ochi pătrunzători. Părul bogat, încă negru, învârstat de mai multe fire albe, fusese cu grijă pieptănat cu cărare într-o parte. Buzele cărnoase i se deschiseră într-un zâmbet forţat.

— Mda, cu cine am plăcerea?

Îşi spuseră fiecare numele fostului colonel de Securitate. Acesta nu se ridică de pe băncuţa sa, ci numai se sălta uşor ca să le strângă mâna.

Zăbovi ceva mai mult când ajunse la Vlad. Îl privi atent pe acesta pe sub sprâncenele-i stufoase şi se încruntă, dar nu spuse nimic.

— Aşa, acum, că v-aţi prezentat, poate că ar fi bine să-mi spuneţi şi ce doriţi de la mine, vorbi el lăsându-se puţin pe spate, să-i poată cuprinde pe toţi cu vederea.

— Am vrea să aflăm mai multe despre un caz la care aţi lucrat în urmă cu peste douăzeci şi cinci de ani. Mai precis, în 1988, începu Laura.

— Aha, vasăzică, ştiţi şi cu ce m-am ocupat, concluzionă Vârtejan. Şi pentru ce vreţi să ştiţi despre cazurile la care pretindeţi că aş fi lucrat? Chiar dacă un astfel de caz ar fi existat, cred că ar trebui să cunoaşteţi că am semnat un angajament de confidenţialitate cu organizaţia care... hâmmm... care a preluat instituţia în care am servit mai bine de treizeci de ani.

— A existat, spuse tare Vlad, făcându-i să se încrunte pe chibiţii care urmăreau jocurile la celelalte mese. Şi aţi lucrat la acel caz.

Vârtejan îl privi, curios. Cei din jur nu îi băgară

în seamă, preocupați de alte partide care se desfășurau la mesele alăturate.

— Este vorba de tatăl meu, zise Vlad ceva mai încet și scoase din buzunar copia declarației date Securității pe care mama lui o păstrase.

Fostul colonel luă biletul și îl despături tacticos. Miji ochii și întinse mult mâna cu hârtia, semn că ar fi avut nevoie de ochelari de citit. Parcurse pe îndelete rândurile, pe care le reciti probabil de mai multe ori. Cei trei tineri aproape își pierduseră răbdarea, când Vârtejan ridică ochii de pe foaia îngălbenită de ani.

— Știam eu că îmi este cunoscut numele de undeva, spuse într-un târziu fără să dea drumul hârtiei. Mda, este adevărat, am lucrat la caz, îmi amintesc foarte bine. În general, țin minte toate cazurile la care am lucrat. Dar acela a fost ceva special, zâmbi, cu privirea pierdută în amintiri.

— În acest caz, ne puteți spune, insistă Vlad luându-i biletul dintre degete.

Vârtejan păru că nu îl aude. Continuă, respirând adânc, și își focaliză din nou privirea asupra lor.

— La Electrocontact erau tot felul de inventatori ciudați. Odată a trebuit să păzim pe unul care, cică, inventase un perpetuum mobile, ceva cu niște magneți care se învârteau. Desigur, a fost o prostie, dar noi tot a trebuit să îl păzim. A mai fost unul care, cică, inventase un calorifer electric cu consum minuscul. Altă gogomănie, era o trăsnaie care vaporiza apa dintre două plăci metalice. Consuma curent de rupea! Numai că „inventatorul" măsluise contorul electric, așa că iar am fost puși să păzim aiurea. Pe atunci îi plăteau pentru fiecare dosar de invenție depus. Atenție, doar depus, nu și admis! Așa că erau o grămadă care voiau să facă bani în acest fel. După câțiva ani au plătit numai ce se breveta și a mai scăzut numărul amatorilor de astfel de câștiguri.

— Tata nu era unul dintre aceia, spuse Vlad, revoltat. Ceea ce a făcut el era sustenabil științific. Și nu cred că încălcați vreun secret, în primul rând deoarece a trecut suficient de mult timp și în al doilea rând pentru că știm deja ce s-a întâmplat. Oricum, n-o să mai spunem nimănui. Nici nu cred că ar interesa pe cineva.

— Da, cred că, ținând seama de aceste circumstanțe, aș putea s-o fac. Asta dacă mă puteți convinge, ținând seama că ne aflăm într-o economie de piață, zâmbi el larg. Sustenabil științific, da, cam așa spuneau toți.

— Și cum am putea s-o facem? întrebă Laura. Putem să vă dăm ceva bani, dar nu avem prea mulți. Poate dacă i-aș cere tatei... dar nu-i acasă.

— Cine v-a spus că vreau bani? se încruntă iar fostul colonel. Bani am și eu, se bătu el peste umflătura făcută de portofelul aflat în buzunarul de la spatele pantalonilor. Asta mi-ar mai lipsi, să se afle că am încercat să vând informații! Nu, mulțumesc! Am putea, în schimb, să jucăm o partidă de șah. De fapt, câte o partidă blitz de cinci minute cu fiecare. Se spune că tinerii din ziua de azi nu mai știu să joace șah, dar eu cred că societatea capitalistă v-a făcut mai deștepți, nu așa ca pe vremea comuniștilor, când tineretul se prostea prin baruri și discoteci. Dacă reușiți să câștigați, fie și numai o singură partidă, vă spun tot ceea ce doriți. Vă las vouă albele, ca să fiți în avantaj chiar de la început. Dar, dacă nu vreți...

— Dacă nu, ce? se interesă Ştefan.

— Dacă nu, atunci nu vă spun nimic, iar voi uitaţi că m-aţi văzut vreodată, zise încet Vârtejan, verificând ca nu cumva vreunul dintre cei aflaţi la mesele vecine să tragă cu urechea. Dar, dacă jucaţi şi vă înving, o să câştig miza pe care o s-o puneţi în joc.

— Ce miză? Parcă am spus că n-avem bani, continuă Ştefan, dar se blocă, văzând cum privirea fostului colonel se lipise de ceasul aflat la mâna lui. Nu, în niciun caz. E un cronograf Omega Date. Îl am de la tata, mi l-a dat când am intrat la facultate.

Vârtejan se scormoni într-un buzunar şi îşi scoase portofelul care arăta ca o armonică de plin ce era.

— O miză motivantă trebuie să existe pentru ambele părţi, rânji el. Uite, spre exemplu, eu adaug acest portofel în care se află pensia mea pe luna trecută. Aşa mai echilibrăm scorul. Desigur, puteţi pleca chiar acum, că eu n-o să mă supăr.

— Am şi eu unul la fel, spuse Laura scoţându-şi ceasul de la mână. E chiar mai bun, are carcasa din aur, însă Vârtejan clătină din cap şi i-l dădu înapoi.

— E de damă, e cu cuarţ, n-am ce face cu el şi nici nu umblu după aur. În schimb, celălalt mi-ar aminti de voi şi de acel caz de fiecare dată când m-aş uita cât e ora. Mai gândiţi-vă, spuse şi le făcu apoi, complice, cu ochiul.

Ştefan se aşeză pe băncuţa din faţa colonelului, îşi desfăcu hotărât brăţara de metal şi îşi puse ceasul pe masă.

— Nu trebuie să faci asta! sări Vlad. Vom afla ce vrem şi altfel. Nu merită! Vom merge la Consiliul Naţional de Cercetare a Arhivelor fostei Securităţi.

Sunt obligaţi prin lege să-mi spună ce s-a întâmplat cu tatăl meu.

— Vă doresc mult succes, rânji ironic Vârtejan. Să-mi ziceţi şi mie când o să aflaţi ceva de la ăia. Deşi nu cred să apuc să mai trăiesc atât.

Însă Ştefan puse ceasul pe masă.

— Să-i dăm drumul, rosti el hotărât şi mută două căsuţe pionul din faţa reginei după care apăsă pe cronometrul dublu, oprindu-l pe cel din partea sa, mişcare care declanşă cronometrul adversarului.

Fostul colonel nu ezită nici măcar o clipă şi reproduse, în oglindă, manevra lui Ştefan, oprindu-şi, la rându-i, cronometrul care abia dacă înregistrase o secundă. Jocul continuă fulgerător pentru următoarele zece mutări.

Adversarii mutau cu mâna dreaptă câte o piesă apoi, cu aceeaşi mână, apăsau cronometrul de şah. Sfertul de oră al lui Ştefan trecu pe nesimţite şi minutarul ridică steguleţul roşu de pe cadranul lui.

În schimb, Vârtejan avea timp berechet; nu folosise decât vreo trei minute. Se afla deja în avantaj cu doi pioni şi îi atacă în forţă regele. Ştefan evită cu greu matul, dar, după încă treizeci de secunde, steguleţul lui roşu căzu, iar fostul colonel îşi frecă bucuros mâinile.

— Nu joci rău, însă mai ai de învăţat, comentă, răsuflând uşurat. Următorul la rând.

Jocul lor atrase câţiva chibiţi curioşi. În faţa lor, Vlad pierdu în mai puţin de jumătate din timp. Nici nu apucă să îşi dezvolte piesele pe tabla de şah când, fără să îl lase să se dezmeticească, Vârtejan îl încolţi şi îi dădu mat. Chibiţii comentară în şoaptă. Li se alăturară şi alţii, lăsând celelalte mese practic fără suporteri.

— Un pas mai aproape de victorie, comentă Vârtejan, râzând triumfător. A mai rămas domnişoara. Sper că joci şah.

— Aş vrea să-mi cumperi o răcoritoare, îi spuse Laura fratelui ei. Din aia din care-mi aduceai când eram în liceu şi jucam şah cu unchiul John. Mă inspiră.

Ştefan schimbă o privire scurtă cu sora lui, se scuză şi plecă spre cofetăria aflată lângă lacul artificial din mijlocul parcului.

— Nicio problemă, spuse fostul securist. Cel puţin, nu cât timp acesta rămâne aici, adăugă mângâind cu palma ceasul Omega, aflat pe masa de şah.

— De fapt, pe unchi îl cheamă Ion, dar a câştigat Loteria Vizelor şi-acum e cetăţean american. Vine aproape în fiecare vară să ne vadă. Cred că nu vă deranjează, rosti Laura punându-şi căştile miniaturale ale telefonului mobil în urechi. Joc şah mai bine când ascult muzică.

Zâmbi şi scoase din buzunar un pacheţel cu gumă de mestecat şi îşi aruncă în gură două pastile.

Vârtejan se încruntă, aşa că Laura trase puţin jackul căştilor. Telefonul comută automat pe difuzor şi se auziră acordurile unei melodii rap îndrăcite a lui Eminem.

Fata îl lăsă câteva secunde, mestecându-şi preocupată guma, până când colonelul ridică din umeri şi îi făcu semn să înfigă jackul înapoi.

— Dacă aşa preferi, n-am nimic împotrivă să îţi ofer şi acest avantaj. Însă chiar te rog să asculţi numai tu, pe mine aşa ceva mă scoate din sărite şi îmi afectează concentrarea. Ce ţi-e şi cu generaţia asta! oftă el teatral, ridicându-şi mâinile spre cer, pentru chibiţi.

Partida debută lent. Laura se gândea la fiecare mutare. Trupul i se mişca în ritmul muzicii şi ţinea tactul cu piciorul. Repeta cu voce tare fiecare mutare a colonelului, dând din cap în ton cu başii.

— Aşa, cal la F6, bun. Atunci eu aş putea muta regina la E3. Dar nu, n-am s-o fac. O să pun pionul la F3.

O vreme, fostul colonel păru că nu bagă în seamă sporovăiala fetei. Aceasta schimbă senin un cal pentru doi pioni şi obţinu un evident avantaj poziţional. Pe măsură ce partida avansa, bărbatul începu să transpire şi să pufnească, nemulţumit. De pe tabla de şah mai plecară alte câteva piese.

Vârtejan luă un nebun negru şi respiră uşurat în urma câştigului. Laura nu păru nicicum descumpănită şi îi dădu şah.

Urmară apoi o serie de cinci mutări pe care fostul colonel le făcu forţat de presiunea reginei albe, până când regele său ajunse la G5, aproape de mijlocul tablei de joc, moment în care Laura îi luă tacticos un pion din vecinătatea regelui negru şi, scoţându-şi căştile din urechi, anunţă zâmbitoare matul şi opri cronometrul.

Pe cadranul ei se înregistraseră patru minute şi jumătate, iar pe cel al adversarului, doar ceva mai mult de patru.

CAPITOLUL 8

„Când ajunse la cea mai de sus grotă, aflată la peste o mie de metri de sol, soarele se pregătea să apună. Aspirantul lăsă lumina tot mai palidă a astrului să îl încălzească și să îl înconjoare, conștient că era pentru ultima oară când îl vedea ca pe un disc prietenos de lumină. A doua zi în zori urma să îl vadă altfel sau deloc. Era atât de epuizat, încât nu reuși nici măcar să își ridice brațele. Cu toate acestea, zâmbi mulțumit hăului ce îl despărțea de lumea măruntă a oamenilor și a lucrurilor făurite de ei, pentru neînsemnatele lor nevoi, becisnicele lor bucurii și măruntelor lor necazuri. Ajunsese deasupra tuturor și, dacă va trece și ultima încercare, va ajunge la înălțimea absolută, acolo unde se aflau zeii timpului înșiși."

Panglica Timpului

Vârtejan privi tabla de șah, cu fruntea plecată, prinsă între palme, fără să-i vină să creadă. Fălcile îi căzuseră, iar dintre buze i se scurgea un firișor subțire de salivă. Între timp, apăru și Ștefan. Aruncă, în treacăt, o privire pe tabla de șah și constată fără surprindere cum se terminase partida. Își luă ceasul de pe masă și-l legă la încheietura mâinii.

— Nu aveau niciun fel de limonadă, am întrebat și la chioșcul de mai la vale. Așa că ți-am adus o Fanta, îi spuse fetei, întinzându-i sticla de plastic pe care o ținuse sub braț.

— Doar știi bine că nu pun gura pe chimicale, îl

repezi Laura. Noroc că nu mai este nevoie.

Trase de pe masă portofelul cu pensia colone-
lului.

— Ăsta ne aparține, nu-i așa? Actele le puteți
păstra, desigur.

Un murmur de aprobare se auzi dinspre chi-
biți. Colonelul ieși din letargie și se uită rugător la ei.
Laura scoase tacticos din portofel bancnotele, goli
inclusiv buzunărașul pentru mărunțiș, după care
așeză portofelul mult subțiat pe masa de șah, chiar
pe tăblia cu pătrățele. Îi dădu totul lui Ștefan, care
îndesă banii de-a valma în buzunarul blugilor.

— Pensia mea! murmură Vârtejan. Am datorii
de plătit.

— Ai bani berechet, îl contrazise șahistul în
vârstă ce fusese provocat să joace înaintea tinerilor.
Iar de datoriile noastre nici că ți-a păsat când ne-ai
lăsat lefteri. Te-ai crezut cel mai bun, dar acum ai pă-
țit-o. Așa-ți trebuie!

Ștefan și Laura se pregătiră să plece. Vlad nu în-
țelegea ce se petrece.

— Stați așa, încercă el să-i oprească. Doar nu
putem să-i luăm banii omului!

— Nu-l băgați în seamă, le strigă din urmă șa-
histul cel bătrân. Sunt banii voștri, i-ați câștigat cin-
stit. Dac-ar fi câștigat el, ceasul acela frumos s-ar fi
aflat acum la mâna lui.

Fostul colonel se ridică și el de la masă și porni
după tineri.

— Parcă spuneați că vreți să aflați ceva. Cred
c-aș putea să vă ajut. Am mai păstrat copii după une-
le dosare, le-am luat în timpul evenimentelor din
decembrie '89, când haosul era maxim, dacă înțele-

geți ce vreau să spun. Toată lumea a luat câte ceva atunci. De la Comitetul județean de partid revoluționarii au furat televizoarele color, ba chiar și pixurile prim-secretarului. Eu n-am făcut altceva decât să-mi iau munca acasă și bine am făcut. Am totul în garajul care-i chiar aici, în spatele parcului, la doi pași. Aș putea să vă dau dosarul care vă interesează, dacă...

Privirea i se fixă pe buzunarul burdușit al lui Ștefan. Chipul arogant al lui Vârtejan se metamorfozase într-o mască a implorării. În urma lui se auzeau râsetele batjocoritoare ale celorlalți șahiști care își reluaseră jocurile, precum și comentariile tăioase ale chibiților.

— Nu pot să merg acasă și să-i spun soției c-am pierdut banii, înțelegeți? Pur și simplu, nu pot. Băiatul meu se căsătorește luna viitoare și chiar am mare nevoie de bani.

— De acord, spuse simplu fata. Vom lua dosarul.

Imediat, fostul colonel se însenină. Întinse mâna, rugător, spre Ștefan, dar fata zise hotărâtă:

— Mai întâi, dosarul.

— Să știi că-mi amintesc de tatăl tău. A fost inginer la Electrocontact, spuse Vârtejan după ce făcură câțiva pași. Lucra la Centrul de Calcul.

— Știm deja asta, îi răspunse Laura.

— Da, îmi amintesc foarte bine. Nu știu dac-ar trebui să-ți spun, dar nu era tocmai întreg la... și flutură semnificativ mâna în dreptul frunții, iar Vlad se încruntă și strânse din dinți. Toți spuneau că era foarte talentat. Nu zic, poate c-o fi fost. Dar avea pretenția că poate ghici ce se va petrece în viitor.

— Da, am aflat și că a făcut trei predicții, spuse Ștefan.

— Trei? A făcut o mulţime de predicţii. Ne dădea un soi de note informative cărora le spunea „avertismente". Le-am adunat pe toate. Un dosar am spus? Ei bine, e unul foarte gros. Cred că a fost cel mai ciudat caz la care am lucrat vreodată.

— Dar predicţiile erau corecte, afirmă Vlad, însă fostul colonel îl privi cu milă.

— Nu prea cred, oftă el, cu obidă. Ne-a pus pe drumuri de nici nu mai ştiu câte ori în baza acelor note. Şefii de la Partid le citeau şi le-nghiţeau pe nemestecate, pentru că în acea vreme, ca şi în zilele noastre, de altfel, toţi rămâneau cu gura căscată când venea vorba de calculatoare şi de programe.

— Şi cam ce fel de predicţii vă trimitea? se interesă Laura.

— Păi, de tot felul... A prevăzut de câteva ori că va fi cutremur în Vrancea. O dată sau de două ori chiar a ghicit, dar pe-acolo sunt cutremure aproape zilnic, iar aşa ceva pot să profeţesc până şi eu. A prevăzut că urmează un an agricol slab, şi noi am crezut că va fi din cauza secetei, însă am avut inundaţii în vest, în Banat, iar el a susţinut c-a avut dreptate, că recolta oricum a fost distrusă. Au mai fost, vă spun aşa, de-a valma: deraierea unui marfar, un incendiu la o şcoală generală, venirea lui Gorbaciov la şefia URSS. Şi multe altele, pe care chiar le-am uitat.

— Cum ar fi explozia centralei de la Cernobîl, spuse repede Vlad. Sau prăbuşirea navetei spaţiale americane Challenger.

— Da, aşa este, o mai şi nimerea. Însă pe atunci începuse să nu mai fie luat chiar aşa de mult în serios, iar secretarul de partid a hotărât să oprească la el predicţiile. Imaginaţi-vă cum ar fi fost să le spună rușilor că urmează să le sară în aer o centrală nucleară! Sau că naveta americană urmează să cadă. În primul rând, ne-ar fi învinuit pe noi că am comis sabotaje. Apropo, s-au făcut statistici, după ce s-a prăbușit naveta Challenger. Numai în State, doar în preziua plecării ei, au fost peste două sute de asemenea avertismente, începând cu intervenții extraterestre până la blesteme, farmece sau mâna divinității.

Ajunși la rondul central al parcului, Vârtejan se dădu într-o parte, făcând loc unui copil care mergea, ținându-se crispat de volan, cu o mașinuță electrică în formă de urs panda. Părinții săi discutau relaxat cu niște cunoștințe, în dreptul fântânii arteziene din mijlocul rondului.

— Nu mai avem mult. E chiar lângă gard. Mă rog, lângă ce a mai rămas din gard. Pe aici, le făcu el semn și o luă înainte, călcând direct pe iarbă, printre copaci.

La hotarul ce despărțea parcul de aleea care dădea înspre blocuri, fostul colonel sări peste un șanț puțin adânc, prin care trecea o țeavă de gaz metan și se opri după câțiva pași în dreptul unui șir de șase garaje. Se căută prin buzunar, scoase o legătură de chei și descuie ușa celui de-al doilea din stânga. Dădu deoparte ușa mare de metal, lăsând să intre lumina. În spatele unei Dacii 1310 Break, bine întreținute, se afla un raft adânc, înalt până la tavan, burdușit cu niște cutii de carton. Fără să ezite, Vârtejan alese una dintre ele și o trase afară, rupând mai multe pânze de păianjen. O desfăcu și scormoni îndelung, răsfoind prin dosarele cu copertele spălăcite, scrise cu pixul sau cu stiloul.

După un sfert de oră, puse cutia înapoi și trase alta.

— Nu pot să înţeleg, mărturisi el ştergându-şi transpiraţia de pe frunte cu o bucată de ziar. Dosarele despre inginerul Dan Pintea au dispărut. E drept, nu am mai umblat de mulţi ani la ele, dar ar fi trebuit să fie aici, îmi amintesc foarte bine unde le-am pus.

— Parcă aveam o înţelegere, se încruntă Laura.

— Da, avem, se grăbi s-o aprobe fostul securist. Puteţi să vă uitaţi şi voi. Sunt aici toate dosarele mele, mai puţin cel al tatălui său.

— În cazul ăsta... începu Ştefan.

— Nu, pot să vă mai spun că ştim aproape sigur că inginerul Pintea a trecut la iugoslavi pe 4 ianuarie 1988, în noaptea de duminică spre luni. Sâmbătă s-a urcat în acceleratul spre Timişoara. Era chiar după Anul Nou, nimănui nu-i ardea de călătorii, aşa că vânzătorul de bilete de la gară l-a recunoscut cu uşurinţă din fotografie. Cum n-avea niciun bagaj, a fost remarcat şi la Băile Herculane de un ofiţer de securitate, aflat în civil în gară, cu o altă misiune, chiar dacă în acea duminică trenurile se aglomeraseră, că se întorceau oamenii acasă de pe unde îşi petrecuseră sărbătorile. A fost aşteptat de o călăuză şi a trecut muntele pe nişte trasee puţin cunoscute, până în Clisura Dunării, la Dubova, unde Dunărea este foarte îngustă. Acolo are doar 150 de metri, dar riscul de înec este foarte mare, din cauza curenţilor puternici.

— Cum de aţi aflat toate astea aşa precis? se miră Vlad. Şi, mai ales, de unde ştiţi că nu s-a înecat? Mai ales că era, ce mai, în plină iarnă.

— Din întâmplare, după vreo câteva luni, am prins călăuza, oftă fostul securist. Aceasta, până la urmă, a spus tot. Că au venit doi cu o barcă de cauciuc de pe partea sârbă să-l ia. Nu mai auziserăm de aşa ceva până atunci. Sârbii nu se băgau în chestii de astea, era ca o declaraţie de război pe faţă. Cei ce veniseră n-au stat nicio clipă şi n-au scos nici măcar o şoaptă. I-au dat tatălui tău o vestă de salvare, s-au urcat cu toţii în barcă şi duşi au fost. Numai că atunci interesul pentru inginerul Pintea scăzuse destul de mult, aşa că nu ne-am agitat nici noi prea tare. Cam asta scria în linii mari şi în dosar, alături de multe alte profeţii pe care, aşa cum v-am spus, chiar nu mi le mai amintesc.

După ce a rămas câteva clipe pe gânduri, Laura a respirat adânc şi-a hotărât.

— Bine, atunci. Noi o să plecăm acum. Vă mulţumim!

— Şi...

Fostul colonel întinse mâna, implorând.

— Ah, banii de pensie. Poftim, luaţi-i. Să ştiţi că oricum nu aveam de gând să vi-i oprim.

Laura îi făcu un semn lui Ştefan, care scoase şomoiogul de bani din buzunar şi-l întinse fostului colonel. Scăpă câteva monede care zdrăngăniră pe asfaltul crăpat. Vârtejan îşi luă banii cu mâinile tremurânde şi se lumină la faţă. Colţurile gurii i se destinseră într-un zâmbet.

— Vă mulţumesc şi eu. Pe viitor, n-o să mai provoc pe nimeni la şah cu atâta uşurinţă.

Cei trei ieşiră din garaj. În spatele lor, fostul colonel închise, cu un scârţâit prelung, uşa grea, de metal. O femeie voinică, trecută de şaizeci de ani, cu părul platinat, îmbrăcată în trening, ieşi de pe uşa unui bloc apropiat şi îl luă la întrebări:

— Ce faci aici, Costele? Cu cine stai de vorbă? Trebuia să ajungi acasă de-o jumate de oră. Pe unde mi-ai umblat?

— Am fost în parc, la o partidă de şah, Rodica, spuse Vârtejan, umil ca un căţeluş. Ei sunt nişte tineri cuviincioşi care au venit să mă întrebe despre un caz la care am lucrat acum multă vreme, cel al inginerului Pintea. Uite, el e fiul dânsului, arătă spre Vlad, dar femeia nu-i aruncă nici măcar o privire.

— Sper că n-ai băut nimic. Acum mergem acasă, vorbim noi acolo. Unde ţi-e pensia?

Femeia se mai linişti când Vârtejan îi arătă ghemotocul de bancnote. Spuse ceva mai încet, ca să nu fie auzit de ea:

— A fost secretara mea, pe când eram la... Ştie foarte bine cazurile la care am lucrat.

— Costele, hai, că avem treabă, zise ceva mai potolit femeia. Nu are nimeni răbdare să asculte poveştile tale. Ce a fost a fost.

Îl luă de braţ şi îl trase după ea. Fostul colonel răsuci capul şi le strigă peste umăr:

— Încă ceva, iar ei se opriră şi se întoarseră să-l asculte. Una dintre cele mai ciudate profeţii ale lui Dan Pintea a fost cea referitoare la căderea lui Ceauşescu. Cred că a fost ultima pe care a făcut-o înainte să dispară. Asta nu ne-a trimis-o, dar am găsit-o noi după ce a plecat, pe un listing mototolit, aflat în coşul de gunoi de sub biroul lui de la fabrică. Dacă ţin bine minte, prevestea că Ceauşescu o să cadă în martie 1990.

— Hai, Costele, că iar vorbeşti prostii şi o să-ţi pară rău.

— Da, dragă, dar ne-am amintit de asta la Revoluţie, mai ţii minte, am râs cu colegii că în realitate n-a plecat Ceauşescu, că doar mai avea trei luni, doar aşa a ghicit inginerul.

După care cuplul dispăru, ca şi cum n-ar fi fost, în scara blocului învecinat, de unde ieşise femeia.

— Nu trebuia să faci asta, spuse Vlad privind în urma lor. Nu merita să-ţi rişti ceasul. Faţă de ce ştiam, mare lucru n-am aflat.

— N-a fost niciun risc, îl asigură Ştefan. N-avea cum să fie mai bun decât Master Chess Titans. Acum vreo zece ani şi pe unchiul John, care avea categoria întâi la şah, tot aşa l-am bătut, cu toate că atunci era alt software, mai slab, rula pe un Pentium, şi a fost cât pe ce să ne învingă. Ca în *Planeta giganţilor* a lui Kubrick.

Vlad ridică mirat sprâncenele.

— Ca în ce?

— Pe vremea aia Stanley Kubrick lucra la *Odiseea spaţială 2001*, asta ca să ştii şi tu, Ştefan, explică Laura. De *Planeta giganţilor* s-a ocupat Irwin Allen. Mereu încurci regizorii. Este vorba de-un serial vechi de televiziune, de pe vremea părinţilor noştri. Noi nici nu eram născuţi. Dar am descărcat de pe internet câteva episoade. O navă spaţială, când revine de pe orbită, nimereşte pe un Pământ dintr-un univers alternativ, locuit de oameni gigantici. Într-unul dintre episoade, ca să se salveze, călătorii sunt siliţi să joace şah împotriva unui uriaş şi îl înving cu ajutorul computerului navei. Asta s-a întâmplat şi acum. Securistul a jucat împotriva unei aplicaţii de pe smartphone. Ştefan mi-a şoptit, peste muzică, mutările.

— Adică, ai trişat?

— Da, dar am făcut-o pentru o cauză nobilă, zâmbi fata.

CAPITOLUL 9

„Zgomotul făcut de mulțimea adunată la baza muntelui ajungea până la el adus de vânt, foarte vag, ca o părere. Fără s-o știe — și chiar dacă ar fi știut, nu i-ar fi păsat — mulți dintre cei de jos îl cercetau deja cu instrumente optice puternice, comentând pe larg cu ceilalți despre șansele avute de temerarul Aspirant. Se puseseră pariuri, iar mai mulți chiar se încăieraseră, încercând să-și impună opiniile. Ceea ce se întâmpla sub ochii lor era extrem de rar. Cineva care să fi ajuns atât de sus nu putea fi văzut uneori nici într-o viață de om."

Panglica Timpului

Ajuns acasă, Vlad se așeză în fața calculatorului său asamblat din bucăți. Îl deschise și privi gânditor monitorul urmărind absent secvența hipnotică prin care se lansa sistemul de operare și programele implicite.

Tresări când pe ecran apăru chipul Laurei.

— Ia te uită, exclamă fata, bine că ești pe Skype, că mă pregăteam să te sun. Tipul ăla, securistul, a spus adevărul. A treia predicție se referea la căderea regimului comunist din Europa de Est. Desigur, și din România. IBM-ul de la Londra a reușit să ne facă decodarea ceva mai devreme decât estimase inițial. Uite!

Fata agită în fața camerei video o foaie de hârtie pe care erau listate câteva rânduri.

— Îți trimit imediat.

Îi expedie fişierul. Vlad îl deschise şi îl citi nerăbdător. Era în stilul celorlalte două avertizări.

Avertizare #107/28 decembrie 1987
Bucuresti - România.
Data estimată: 7 martie 1990.
Ora estimată: 15.00 sau 16.00.
Revoltă populară.
Schimbare: Nicolae Ceausescu.
Schimbare: regim politic.
Cădere zid Berlin.
Cauze: modificări majore în Europa de Est.
Consecinte:
- morti.
- raniti.
- altele, imprevizibile.

— Prin urmare, tatăl tău a prevăzut Revoluţia Română cu peste doi ani înainte de a se produce, se auzi, din fundal, vocea lui Ştefan. Dar cum de-a greşit cu aproape trei luni?

— Asta-i simplu, spuse Laura, aşezând foaia pe birou. Presupun că în măsura în care evenimentele erau mai apropiate de momentul în care făcea predicţia, se câştiga în precizie. Naveta Challenger s-a prăbuşit în ianuarie 1986, iar incidentul de la Cernobîl s-a petrecut în aprilie, în acelaşi an. Cred că asta era tot ceea ce reuşise să facă la acea vreme, adică să prevadă cu relativă precizie evenimente majore într-o marjă de câteva luni. Ţinând seama de tehnologia rudimentară pe care o avea la dispoziţie, mi se pare o performanţă absolut remarcabilă. Imaginează-ţi numai ce-ar fi făcut dacă ar fi avut acces la computerele moderne de azi.

Vlad auzi uşa de la intrare.

— A venit mama. Vorbim mai târziu, se scuză el şi închise Skype-ul.

Ieşi din cameră să-şi întâmpine mama. Aceasta lăsase două sacoşe mari, pline cu diverse cumpărături, pe blatul insulei care făcea legătura cu bucătăria, apoi intrase în camera ei, să se schimbe.

Reapăru după câteva minute şi dădu cu ochii de Vlad. În mâini ţinea teancul de fotografii vechi pe care tânărul nu le mai pusese la loc.

— Nu ar fi trebuit să-mi umbli prin lucruri, îi spuse cu asprime. Măcar acum te-ai lămurit?

Tânărul încercă să-i explice ce se întâmplase, însă mama lui era deja foarte supărată.

— Tu nu ai de unde să ştii cum a fost! strigă ea. Aveam burta la gură şi umblam să dau declaraţii pe la Securitate. Mai întâi profesorii şi apoi colegii de facultate, chiar şi prietenii noştri mă priveau cu suspiciune, de parcă devenisem peste noapte duşmanul statului.

Vlad îşi lăsă ruşinat capul în piept. Ochii mamei lui ardeau de furie.

— Am început să lipsesc de la cursuri. Tatăl tău dispăruse, iar eu nu ştiam încotro s-o apuc. Dintr-odată nu mă mai cunoştea nimeni, mă evitau cu toţii, înţelegi? Îmi împărţeam ziua între Securitate şi statul la cozi, pentru că se stătea la coadă pentru orice. Să ştii că, deşi era foarte complicat, mi-a trecut prin cap şi să renunţ la sarcină. Nu în mod serios, dar m-am gândit şi la asta. Poate m-aş fi ales şi eu cu o viaţă mai acătării. Ţi-am spus deja tot ce ştiam despre tatăl tău. Pentru mine e mort şi trebuie să rămână aşa! Nu îl mai tot dezgropa.

Izbucni în lacrimi, veni spre el şi îl îmbrăţişă. Vlad îi simţi lacrimile fierbinţi prin tricou.

— Iartă-mă, nu am vrut să spun asta. Am o viaţă foarte plină cu tine. Şi vreau foarte mult să fii fericit. Să faci tu tot ce mi-aş fi dorit să fac. Ştii bine, de fiecare dată când aduci vorba despre tatăl tău sunt întoarsă pe dos pentru o vreme.

— Se pare că găsise o metodă de a anticipa evenimentele viitoare folosind computerul fabricii la care lucra, spuse Vlad încet.

Mama lui se desprinse din îmbrăţişare. Îl privi sever.

— Vrei să spui că era un soi de ghicitor. Ştiu, am încercat să-i scot asta din cap, dar nu cred că am reuşit. Îşi imagina că poate să prevadă ce se va întâmpla. I-am spus că e prea de tot, că seamănă cu ţigăncile alea care ghicesc în cărţi sau în bobi, dar degeaba. O ţinea pe-a lui, că poate să prevadă viitorul. Mi-a vorbit mult despre lumea care credea că urmează. Şi, drept să-ţi spun, nu prea seamănă cu asta în care trăim, deşi poate că a nimerit-o pe alocuri. Acum pare normal şi firesc, dar dacă mă gândesc că el spunea lucrurile astea în urmă cu douăzeci şi cinci de ani... Însă ar fi putut la fel de bine să le asculte la Europa Liberă sau la Vocea Americii, posturi de radio interzise pe atunci, care prevesteau căderea regimului.

— Dar chiar a anticipat foarte precis unele evenimente... încercă Vlad s-o lămurească, dar mama lui, deşi se mai calmase, nu dădu semne că-l aude.

Îşi suflă nasul într-un şerveţel de hârtie.

— Eu sunt convinsă că de acolo i s-au tras toate şi că a dispărut tot din cauza asta. Sau că a fost făcut să dispară, fiindcă securiştii se pricepeau foarte bine şi la treburi de astea. Să ştii că nici după Revoluţie nu am aflat mare lucru, cu toate că, foarte greu, am reuşit să văd o parte din dosarul pe care i-l întocmiseră cei de la Securitate. O altă parte este şi acum categorisită drept „Strict Secret" şi mi s-a spus că nu este posibil s-o văd vreodată, pentru că ţine de siguranţa statului. Până la urmă, dacă putea să vadă viitorul, cum de n-a putut să afle ce urmează să se întâmple cu noi? Îl cunosc foarte bine, nu ne-ar fi lăsat niciodată singuri. În sfârşit, l-am cunoscut sau cel puţin aşa am crezut, se corectă ea.

— Să ştii că am găsit trei predicţii corecte lăsate de tata, spuse încet Vlad. Le-a numit „avertizări". Le-a pus pe benzi magnetice. La fabrică am dat de cineva care l-a cunoscut şi mi le-a dat mie.

Femeia râse scurt, nervos.

— Doar trei? Mie mi-a împuiat capul cu asemenea predicţii. Se plângea că nu îi mai ajunge capacitatea calculatorului de la fabrică. Acolo numai asta făcea, nu ştiu cum de-l lăsau şefii să se ocupe de prostii. De fapt, l-au luat în serios, aşa că mi-am închipuit că îl crezuseră. Securitatea ne asculta telefonul, ba chiar i-am văzut furişându-se pe lângă blocul nostru. Uneori veneau să-l ia sau îl aduceau acasă cu maşina. Primise chiar dreptul să cumpere alimente de la cantina Partidului. Ştii, pe atunci nu se găseau de niciunele.

Ochii mamei lui priveau în gol. Sau în trecut. Clătină încet din cap.

— Era convins că viitorul poate fi prevăzut. De fapt, că evenimentele majore pot fi aflate cu mult înainte să se petreacă şi că ele nu pot fi schimbate, indiferent ce am face. Mi-a spus asta când i-am cerut să îmi zică şi mie, după ce îşi întreba calculatoarele, dacă tu, când te purtam în pântece, erai băiat sau fată. Pe atunci nu existau ecografe. Să ştii că a nimerit-o! Tot pe atunci credeam că era romantic tot ceea ce făcea. Sfida timpul. Îl înfrunta. Ascultam ABBA şi Boney M. şi The Wall-ul celor de la Pink Floyd, ba chiar şi piesele trupei Phoenix, chiar dacă fuseseră interzise. Pierdeam nopţile în câte o videotecă clandestină, organizată în căminele studenţeşti, ca să vedem *Brasil* sau *1984*. Da, tatăl tău încă era student când susţinea că ajunsese să desluşească foarte clar trecutul.

— Trecutul? Parcă se ocupa de viitor, spuse Vlad clipind nedumerit.

— Asta n-o ştiai? Aşa a început. Scrisese un program de calculator bazat pe un aparat matematic complex în care introducea toate sursele cognoscibile dintr-o anumită perioadă, cum ar fi izvoare arheologice, scrieri, mărturii orale dacă existau, în sfârşit, tot ce avea legătură cu epoca, şi apoi extrapola rezultatele. Cu cât sursele erau mai bogate, cu atât îi creştea acurateţea reproducerii. Istoria are o mulţime de găuri, iar el pretindea că le poate umple. A făcut asta pentru nişte membri de partid, care fuseseră încarceraţi la Doftana, înainte de război. Cred că şi Ceauşescu a stat pe-acolo. Cine ştie, poate o fi aflat şi el de studentul genial care le-a descris ce făceau torţionarii lor în timpul liber, care dintre ei cedase, ce s-a întâmplat acasă, în familiile lor. Cred că a nimerit-o destul de bine, fiindcă aceştia au fost impresionaţi şi de aici a pornit totul. Spunea că trecutul este prea simplu, pentru că deja s-a întâmplat şi nu era mare lucru să-l reconstituie, dar viitorul era marea provocare.

— Nu mai înţeleg nimic, mărturisi Vlad.

— Nici nu este nimic de înţeles. Mi-a explicat şi mie, am ţinut minte câte ceva, dar nu pretind că am priceput cum făcea. Spunea că putea să reconstituie trecutul cam la fel cum un arheolog reface un dinozaur plecând de la un fragment de os. Să ştii că nu am priceput chiar tot ce spunea, în definitiv el era inginerul. Dar, spre exemplu, dacă prin anii '70 ai secolului trecut toţi fumau ca apucaţii, exista o mare probabilitate ca acea persoană a cărei existenţă era reconstituită să moară de cancer pulmonar. Evident, aici se mai adăugau multe alte variabile, cum ar fi serviciul pe care îl avea, istoricul familiei, dacă era disponibil, în sfârşit, ceva statistică, cam aşa mi-a explicat tatăl tău. Pretindea chiar că poate reface perioade din viaţa dacilor şi romanilor, din bătăliile împotriva otomanilor purtate de domnii români şi multe altele. La început, l-au privit ca pe o curiozitate numai că, ştii, nu aveau cum să-l contrazică. Unii istorici au căzut pe spate de entuziasm, alţii s-au înfuriat şi l-au acuzat de şarlatanie.

Femeia se aşezase pe un scaun şi îşi adunase mâinile în poală. Se liniştise şi privea cu ochi strălucitori spre un punct nedefinit, unde doar ea putea să vadă.

Vlad asculta fascinat, fără a îndrăzni să o întrerupă. Era prima oară când îi vorbea despre tatăl lui, altfel decât cu mânie.

— Să ştii că au fost şi vremuri bune, continuă ea. Am fost la petreceri împreună, am avut şi câteva vacanţe minunate. Am bătut Carpaţii de mână, cu rucsacurile în spate. Iar tu ai fost un copil pe care ni l-am dorit foarte mult... cu excepția momentului când m-a părăsit. Știi, atunci chiar Securitatea mi-a propus să fac avort, chestie de neconceput pe vremea aia. Pentru avort se făcea pușcărie. Însă, deși am cântărit ideea, nu am fost în stare să renunț la tine. Doamne, îmi pare atât de rău că am fost în stare până și să mă gândesc numai la așa ceva!

Vlad își îmbrățișă din nou mama care vărsă alte lacrimi. De această dată se amestecară cu ale lui.

Se desprinse brusc din îmbrățișare și intră în dormitorul ei. Reveni imediat și îl prinse de umeri. Cu ochii înotându-i în lacrimi, îi spuse:

— Tatăl tău a fost un om bun, iar anii pe care i-am petrecut împreună au fost cei mai frumoși din viața mea. Pentru că ești fiul meu, am vrut să te feresc de ceea ce i s-a întâmplat. Am vrut să uiți ceea ce nu este cu putință, anume că ai crescut fără tată. Dar ești suficient de mare ca să iei singur decizii în ceea ce te privește. Să știi că el mi-a dat totuși ceva ce nu ți-am arătat. Nu știu dacă e mare lucru, dar am idee ce conține. Se pare că a lăsat peste tot câte ceva. Uite.

Îi întinse un pătrat negru de plastic, cu latura cam de douăzeci de centimetri.

— E un floppy disk, spuse Vlad, un disc flexibil sau o dischetă. Am mai văzut așa ceva doar în poze. Are 256 kiloocteți, e infim dacă ne gândim la capacitatea de memorare a dispozitivelor din ziua de azi. Desigur, știu că s-au folosit în trecut, dar... în ultimele zile am tot întâlnit echipamente de calcul străvechi.

Mama sa își puse mâinile peste ale lui și, împreună, strânseră floppy diskul.

— Nu l-am luat niciodată în serios. Securitatea

a căutat peste tot, dar nu l-au găsit. A stat prins în fundul dublu al sertarului unei noptiere, de fapt, el l-a pus acolo cu vreo câteva zile înainte de a pleca, iar eu l-am surprins. A schimbat placajul de patru milimetri cu două plăci mai subțiri, strecurând discul între ele. A spus că viitorul este aici, că a prevăzut tot ceea ce urmează să se întâmple în următoarea jumătate de secol. Adică până prin 2035. Spunea însă că lumea, așa cum o știm noi, se va sfârși mult mai devreme, fără ca asta să însemne sfârșitul omenirii. Totul este aici.

CAPITOLUL 10

„Nu îi învrednici nici măcar cu o privire pe acei oameni aflați jos, lacomi ca niște hiene, dornici să ciugulească oricât de puțin din încercarea sa finală, fie și numai spectacolul. Înălțimea la care ajunsese îl separase mai profund decât s-ar fi așteptat de patimile și vanitățile lor. Intră în grota răcoroasă care, în scurtă vreme, pe măsură ce Soarele apunea, deveni de-a dreptul friguroasă. Rasa ponosită și transpirată i se lipi de spinare ca un fior rece. Mâna zdrelită îi pulsa de durere. Frânt de oboseală, se așeză pe stânca rece, chinuit de foame și mai ales de sete."

Panglica Timpului

Laura se jucă gânditoare cu o buclă în timp ce Vlad îi dădu, prin Skype, veștile.

— Iar un floppy disk chiar nu pot să citesc, își încheie el relatarea. Sau poate aș reuși să improvizez totuși ceva, numai că mi-ar lua cam mult. Ar trebui să fac rost de un motor pas cu pas și de un cap magnetic de la un hard disk, apoi să aflu ce-a mai rămas din pistele și sectoarele floppy-ului. Ar trebui să amplific cumva semnalul, dar, după atâția ani, magnetizarea trebuie să fie foarte slabă, așa că acesta va fi lesne confundat cu zgomotul de fond. Nu e ca la benzile magnetice, unde imprimarea inițială a fost foarte puternică. Așa că nu-i deloc simplu. Și, mai mult ca sigur, a codificat informația.

— Asta nu mai e o problemă, spuse Laura. Aş putea s-o trimit IBM-ului de la Londra, deşi sunt convinsă că a păstrat aceeaşi cheie de criptare. Însă eu nu mi-aş pune mare bază pe ceea ce am găsi, dacă ţinem seama de eroarea pe care a făcut-o în predicţia cu Revoluţia Română. Poate că a prevăzut şi războaiele din Golful Persic, poate şi atacul asupra Turnurilor Gemene din New York, dar decalajul temporal poate fi major. Sau poate nici nu a nimerit-o. Este, de asemenea, posibil să fi anticipat şi alte evenimente, dar nu putem şti până nu citim discul. Seamănă cu scrierile lui Nostradamus transpuse în epoca modernă.

— Ar mai fi o posibilitate ca să citim discheta, rosti gânditor Vlad. Am putea să folosim un scaner magnetic de înaltă rezoluţie. Cel mai aproape este la o sută douăzeci de kilometri, la facultatea mea. O să verific mâine dacă e disponibil. Va trebui să facem un drum până acolo. Încă nu v-aţi săturat de atâtea mistere şi coduri? Oare n-ar fi mai bine dacă v-aţi lăsa păgubaşi? Cine poate să ştie ce a avut în cap tatăl meu acum un sfert de secol. Tată pe care, apropo, nu l-am cunoscut.

Vlad nu fu sigur că pronunţase cuvintele sau numai le gândise. El, unul, nu avea nici cea mai mică intenţie să abandoneze această neaşteptată şansă de a afla câte ceva despre părintele lui. Însă îşi implicase prietenii mai mult decât socotea că s-ar fi cuvenit; deja le răpise câteva zile de vacanţă. Dar aceştia nu păreau să-l fi auzit.

— Uite, aş vrea să-ţi arăt ce am aflat, spuse fata, privind încruntată ecranul. Am rulat programul scris de tatăl tău pe o maşină virtuală. N-ai putea să tragi o fugă până la noi? Mărturisesc că nu înțeleg mare lucru.

— Vin imediat.

Cu toate că încă nu se înserase, de pe bicicletă, orașul arăta altfel. Trecu grăbit pe lângă cupluri tinere care se țineau de mână, plimbându-se neatente pe pista marcată pentru biciclişti. În vreo două rânduri, se opri de-a binelea din cauza lor. Orașul gemea de lume. Părea că toți locuitorii mai tineri de treizeci de ani năvăliseră pe străzi și pe terasele pline cu muzică în surdină, unde curgeau râuri de bere și răcoritoare. Mirosul îmbătător al teilor înfloriți adăuga un strop de romantism întregii vânzoleli vesele din jur.

Însă lui Vlad nu-i ardea de nimic din toate astea. Pedala repede, cu fălcile încleștate și mintea golită de gânduri, despicând ca un vapor mulțimea. Renunță la un moment dat și coborî pe șosea, depășind deopotrivă prin dreapta și prin stânga mașini care abia se mișcau sau ale căror șoferi se opriseră pur și simplu să schimbe câteva vorbe cu prietenii aflați pe trotuar.

După ce depăși zona Bulevardului și intră pe străduțele liniștite unde se afla și casa celor doi frați, constată mirat că în ultimele zile, care se prefăcuseră parcă în ani, aflase despre tatăl său mai multe decât știuse vreodată. Se întrebă, chiar înainte de a se opri la poarta casei, dacă părintele său prevăzuse și această secvență de timp, în care copilul lui îi descoperă preocupările avute în tinerețe.

— Cred că era cam paranoic tatăl tău, iartă-mă că ți-o zic, spuse Ștefan conducându-l pe terasă. A ascuns ce a aflat cu atâtea codificări și secrete, de parcă n-ar fi vrut să-i dea nimeni de cap.

— Tu n-ai trăit acele timpuri, îl apără Laura lăsând pe măsuță listingul vechi, cu programul în Fortran pe care îl analiza.

Vlad avu impresia că îşi aude mama repetându-i acelaşi argument.

— Ştiu, ştiu. Când Securitatea te urmărea peste tot şi asculta telefoanele, adică aşa cum se face şi astăzi, doar că acum e mai simplu.

— Cu toate astea, a nimerit corect de trei ori.

— De două ori şi jumătate, îl corectă Ştefan. A ratat data Revoluţiei Române, chiar dacă nu cu mult. M-am tot întrebat ce fel de legătură ar putea să existe între toate aceste evenimente.

— Au afectat multă lume, spuse Vlad.

— Cosmonauţii morţi nu reprezintă multă lume, îl contrazise Ştefan. Poate miile de morţi de la Cernobîl, da, acolo a fost vorba de multă lume. Iar despre Revoluţie, chiar nu ştiu ce să zic.

— Cred că, mai degrabă, este vorba despre emoţia colectivă pe care au provocat-o toate aceste evenimente, rosti gânditoare Laura. Toate trei au făcut, prin intermediul canalelor de ştiri, înconjurul planetei. Au fost evenimente urmărite de miliarde de oameni.

În tăcerea care se lăsă, fata îi privi pe rând pe cei doi tineri, căutându-le aprobarea în priviri.

— Are noimă, mormăi Vlad după o vreme. Poate că tata a reuşit să detecteze emoţia provocată conştientului colectiv de evenimentele din viitor.

— Atâta doar că este o ipoteză cam romanţată, nu se lăsă Ştefan.

Fata dădu a lehamite din mână şi îi vorbi lui Vlad:

— Am construit o maşină virtuală ca să înţeleg ce face programul scris în Fortran şi apoi l-am rulat. Aşa cum ţi-am spus, nu înţeleg nimic. Şi, înainte ca iar să întrebe el ce-i aia o maşină virtuală, te las pe tine să-l lămureşti.

— Spre exemplu, este ca şi cum ai proiecta un vapor, explică Vlad. În ziua de azi nu e nevoie să construieşti nici măcar o machetă pentru a-i afla forma sau determina punctele vulnerabile. Îl generezi virtual şi îl studiezi după aceea, cum doreşti. În acest caz, Laura a pornit invers, adică are studiul şi vrea să vadă vaporul, ceea ce este cu mult mai greu. Ce-ai obţinut?

Fără o vorbă, Laura întoarse laptopul spre el. Ecranul era acoperit cu o schemă logică foarte complicată, trasată cu linii colorate care uneau cerculeţe, de asemenea, multicolore. În partea dreaptă, într-un dreptunghi, se derulau secvenţele de instrucţiuni în Fortran, iar alături apăreau echivalenţele în C Sharp. Vlad studie, absorbit, în tăcere ecranul câteva minute, derulând, din când în când, cu pad-ul în sus şi în jos schema. Nici nu observă când Ştefan puse pe măsuţă, alături de teancul de listing, pahare şi o carafă plină cu limonadă în care pluteau cuburi de gheaţă.

— N-am mai văzut aşa ceva, spuse el într-un târziu. Cred că sunt porturi.

— ... De intrare şi de ieşire, completă fata care venise lângă el pe canapeaua împletită din paie de stuf. Sunt cu miile. De fapt, cu zecile de mii.

Luă tava adusă de Ştefan şi o aşeză alături de măsuţă.

— Ce-ţi veni? protestă fratele ei. O să ne împiedicăm de carafă.

— Dar dacă o răstorni din greşeală peste listing, pierdem totul.

— Sunt configuraţii matriceale, constată Vlad, iar fata îl aprobă, înclinând capul. În două matrice. Nu sunt toate folosite. Sunt posibile 1024 de adrese.

— De unde ştii? nu se putu abţine Ştefan, aşezându-se şi el pe canapea. Ai calculat din cap?

— Doi la puterea a zecea, murmură Vlad. La mărimea componentelor electronice de pe vremea aia, trebuie să fi avut o interfaţă cu calculatorul de mari dimensiuni. Nea Ilie vorbea despre un dulap plin cu componente electronice confiscat de Securitate, pe care îl construise tata.

— Şi poţi să-ţi dai seama de toate astea numai uitându-te la o schemă? întrebă neîncrezător Ştefan.

— Dacă schema logică e corelată cu instrucţiunile, poate oricine să-şi dea seama. Scuză-mă, Laura, n-am vrut să te jignesc, adăugă imediat ce îşi dădu seama ce spusese. De mare ajutor este şi schema desenată de tata pe spatele listingului.

Fata îşi aşeză palma pe umărul lui.

— Cu condiţia să ai şi noţiuni solide de hardware, adăugă ea. Iar aici, în mod evident, eşti mai avansat decât mine.

— Bine, bine şi până la urmă ce aţi aflat? întrebă nerăbdător Ştefan.

— Cred că aici este un multiplexor, spuse Vlad.

— De fapt, două, câte unul ataşat la fiecare matrice, pentru baleierea nodurilor.

— N-aţi putea vorbi în româneşte? îi rugă Ştefan.

Cei doi nu îl băgară în seamă, concentraţi asupra ecranului laptopului. După alte câteva minute,

Vlad se ridică în picioare şi îşi întinse braţele.

— Cred că ştiu ce face fiecare, le spuse.

— Programul utilizează un dispozitiv care are multe porturi de intrare şi de ieşire, asta e clar, rosti Laura. Citeşte porturile de intrare şi, în funcţie de starea acestora, prelucrează informaţia şi acţionează selectiv asupra porturilor de ieşire. Dar ce fel de dispozitiv este şi la ce foloseşte rămâne un mister.

— Şi chestia aia, multiplex, la ce-i bună? se interesă Ştefan.

— Multiplex găseşti la Mall, când mergi să vezi filme ai căror regizori îi încurci, îl repezi soră-sa. Multiplexorul este un dispozitiv care trece prin fiecare punct al unei matrice, identificându-l după linie şi coloană, pricepi? La intersecţia liniei cu coloana se află nodul a cărui stare vrei s-o cunoşti.

— Nodul are, dacă vrei, un fel de adresă unică, formată din numărul liniei şi al coloanei care o intersectează, completă Vlad trăgând linii cu pixul pe o porţiune liberă a listingului. Adică, în loc să citeşti simultan toate nodurile unei matrice, le citeşti pe rând. Dacă faci asta foarte repede, aproape că nu există nicio diferenţă între a le citi separat sau prin multiplexare. Dar, în ultimul caz, economiseşti foarte mult hardware. Presupun că programul este corelat cu costumul pe care l-am găsit la fabrică şi care era plin de mărci tensometrice, care-i logic să fie citite ca senzori de intrare, şi de minisupape electromagnetice, care pot fi acţionate de porturile de ieşire. Supapele au fost modificate, le-am analizat aseară, au nişte tije metalice mici, care intră şi ies din corpul lor, cu o cursă de aproximativ doi milimetri.

— Vrei să spui că pe costum sunt o mie de senzori? se minună neîncrezător Ştefan. Nu, în niciun caz! Poate să fie vreo sută, dar nu mai multe.

— Acum, c-ai adus vorba, trebuie să spun că-n program există posibilitatea de a acţiona 152 de canale, îi informă fata, dar se pare că numai jumătate sunt active. Nu-mi este clar care ce face, care duc la traductoare şi care la senzori, care sunt pentru costum, mănuşi şi cască. Poate că restul au fost prevăzute pentru aplicaţii ulterioare.

Vlad se aşeză iar pe canapeaua de stuf şi se încruntă la laptop. Luă de pe măsuţă listingul recuperat din fabrică şi îl întoarse, analizând încă o dacă schema logică şi electrică desenată de tatăl lui.

— Toate porturile sunt active, concluzionă după ce analiză atent câteva minute a doua jumătate a schemei logice. Însă câteva sunt, în mod evident, lăsate în afara multiplexoarelor. Aici este unul de şaisprezece biţi, nu, de fapt, sunt două de câte opt biţi.

— Biţi, canale, m-aţi înnebunit! protestă Ştefan care încerca în zadar să urmărească discuţia celor doi. Intrări şi ieşiri, dar ce-i portul ăsta, un fel de uşă cu un singur sens?

— Un canal este egal cu un bit, îl lămuri Vlad, în treacăt. Iar cu uşile ai nimerit-o, prin port computerul primeşte date din exterior sau comunică exteriorului rezultatele.

— N-ai vrea să-ţi găseşti altceva de făcut şi să nu ne tot întrerupi? interveni Laura.

— Dacă îmi amintesc bine, schema logică de pe spatele listingului arată că ieşirile lor duc la etaje finale cu tranzistori conectaţi în cascadă, deci sunt canale audio care ajung la căştile costumului. În sfârşit, nu pot reda muzică de înaltă fidelitate, dar cred că îşi făceau treaba. Al treilea port este tot de opt biţi, dar e unul de intrare şi, conform schemei, e legat la un convertor analog–digital, care transformă sunetul în secvenţe de biţi pe care le poate citi calculatorul. Casca ar fi trebuit să aibă şi un microfon, dar cred că i-a trebuit cuiva, că nu mai există aşa ceva ataşat de cască. Nu e o problemă, pot adapta lesne unul.

— Şi celelalte? întrebă Laura privind transfigurată diagrama de pe laptop.

— Mai sunt două porturi de ieşire, ce au cuvintele de date de câte şaisprezece biţi, care duc tot la convertoare digital-analogice, preciză Vlad, atingând cu delicateţe pad-ul pentru a mări o porţiune din schema logică. Ele transformă secvenţele de biţi în semnale analogice, cum ar fi sunetele sau imaginile. Sunt prea mari pentru acea perioadă ca să redea doar sunete, aşa că presupun că sunt conectate la două canale video. Iar, dacă verificăm şi pe schema electrică de pe listing, vom constata că semnalele duc la două etaje de semnal video complex. Câte unul pentru fiecare ochi. Redarea video nu poate fi prea grozavă şi la fel cred că stau lucrurile şi în cazul culorilor. Dar, pentru acea vreme, cred că era o performanţă.

— Tot mai rămân porturi libere, spuse fata.

— Nu sunt libere, îi explică Vlad cercetând preocupat când listingul, când ecranul laptopului. Sunt două porturi de ieşire, care au cuvintele de date de câte şaisprezece, respectiv, treizeci şi doi de biţi, şi două de intrare similare ca mărime. Formează matricele celor două multiplexoare, cel care dă impulsuri electromagneților și cel care citește mărcile ten-sometrice. Este foarte clar.

— Clar pe naiba! scrâșni Ștefan. Sau clar e că putem să ne oprim. Ți-ar lua o sută de ani de încercări ca să nimerești fiecare element de pe costum la sârma corespunzătoare a controlerului, nu-i așa?

Vlad își privi admirativ prietenul.

— Vasăzică, ai priceput totuși câte ceva. Conectarea nu-i o problemă. Pe costum a fost scris cu vopsea numele fiecărui element. Acum este evident ce înseamnă I11/23 sau O04/31.

— I vine de la intrare și O, de la output, adică ieșire, spuse triumfător Ștefan. Iar numerele sunt ale liniilor, respectiv, coloanelor din matricea aia pe care ai desenat-o. Da, acum e clar!

Se lăsă tăcerea, fiecare dintre cei trei tineri asimilând ceea ce tocmai descoperiseră. Liniștea fu întreruptă de soneria mobilului lui Vlad. Era mama sa. Se scuză, prelua apelul, se ridică și se îndepărtă câțiva pași. Gesticulă, explicând ceva. Se reîntoarse și se așeză pe canapea.

— Pe mama a sunat-o soția lui Vârtejan, le explică. O cunoaște de când bărbatul ei l-a cercetat pe tata sau, cel puțin, o știa din rapoartele făcute de acesta. Ne-a văzut azi cu el și voia să afle dacă nu știm noi ceva în plus. L-a trimis să cumpere câte ceva la un supermarket din apropiere și nu s-a mai întors. Ea crede că a dispărut de acasă și este îngrijorată.

— Poate că-i absorbit de-o partidă mai lungă de șah, spuse Ștefan ridicând din umeri. Revenind la ale noastre, are vreunul din voi vreo idee cum anume se corelau porturile de intrare cu cele de ieșire? Adică, dac-am înțeles bine din exemplul cu proiectarea de nave, simulezi, să spunem, că bate vântul dintr-o parte, iar nava reacționează cumva, se înclină sau cam așa ceva... Reacție clasică, stimul-răspuns, așa cum știm de la Pavlov.

— Pavlov? se prefăcu fata. Cine-i ăsta, un jucător de fotbal?

— Savantul rus care a dat unui câine mâncare la oră fixă. Iar când a venit ora și nu i-a mai dat, câinele tot a salivat, explică exasperat Ștefan, dar cei doi izbucniră în râs.

— Nu suntem chiar atât de neștiutori, așa cum ești tu în materie de calculatoare, îi spuse Vlad. Bineînțeles că știm de Pavlov. Însă ai pus bine problema. Un stimul, să-i spunem A, trece printr-un proces în care este interpretat și programul decide să aibă loc o reacție, să-i spunem B. Ceea ce vrem noi să știm este drumul parcurs de program ca să ajungă din A în B.

Laura sorbi lung din paharul ei cu limonadă. Îl goli și își mai turnă puțin din carafă.

— A fost o zi caldă și mi-e cam somn, spuse ea căscând ușor. Ceea ce vreți voi să știți se află pe benzile magnetice. În afara mesajelor, sunt structurate ca baze de date. Iar dacă ar fi să merg până la capăt cu presupunerile, aș spune că bazele de date de pe benzi au condus la concluziile numite de tatăl tău „avertismente". Pricepi ce vreau să zic? Asupra lor trebuie să ne concentrăm. De fapt, am să analizez mâine benzile, iar voi doi o să vă ocupați de costum și de anexele acestuia. Propun să ne oprim aici. Suntem cu toții obosiți, iar eu, una, nu cred că mai rezist încă o noapte nedormită. Pe mâine!

— Apropo, mai adăugă Ștefan. Nu e nevoie de

un scaner magnetic ca să citim discheta pe care ai găsit-o în noptieră. Am găsit pe eBay un tip care vinde un computer echipat cu un dispozitiv ce poate citi chestia aia. Are procesor Intel 486, dacă asta vă spune ceva, şi hard disk de patruzeci de megaocteţi, deşi probabil am înţeles greşit, pentru că nu se poate aşa de puţin.

— Ba se poate, spuse Laura privindu-l surprinsă. Bravo, ai avut o idee bună! E scump?

— Vrea cam echivalentul a douăzeci de euro pe el, bani în care îmi dă gratuit sistemul de operare şi un program de recuperare a datelor de pe dischetele demagnetizate. Poate să mi-l trimită prin curier mâine, aşa că marţi, când ajunge, putem afla toate predicţiile tatălui tău despre viitor. Desigur, până atunci nu o să stăm cu mâinile în sân.

CAPITOLUL 11

„În momentul în care dispăru şi ultima rază de soare, de după peretele din partea din spate a grotei veni o lumină blândă, aurie, prietenoasă, ca şi cum astrul s-ar fi ascuns acolo. Aspirantul ridică mirat sprâncenele. Foamea, setea şi durerea îi dispăruseră ca şi cum nu ar fi fost. De după peretele de gheaţă se vedea, maiestuoasă, Panglica Timpului cum se desfă-şoară şi se mişcă, de la dreapta la stânga, de la ră-sărit către apus. Se apropie târâş de peretele devenit transparent şi privi uluit de atâta frumuseţe şi mă-reţie. Panglica Timpului urca până ce atingea norii, poate şi dincolo de ei, iar capătul dinspre apus nu i se zărea."

Panglica Timpului

După ce intră pe poarta uitată deschisă, Vlad îşi sprijini neglijent bicicleta de suportul unei tufe de trandafiri aflaţi pe aleea care dădea spre uşa casei celor doi fraţi. Era trecut puţin de ora opt diminea-ţa când bătu cu putere la uşa lor. Îi deschise Laura, îmbrăcată într-o cămăşuţă de noapte, semitranspa-rentă, cu părul vâlvoi şi ochii cârpiţi de somn. Vlad înghiţi în sec, minunându-se pentru a câta oară de felul în care fata pe care o trăgea de codiţe când, co-pii fiind, se jucau de-a v-aţi ascunselea se transfor-mase într-o femeie cu atât mai atrăgătoare, cu cât nici nu părea să priceapă că era astfel.

— Ce-i, n-ai somn? mormăi Laura căscând prelung. Ce-i drept, și eu am lucrat până târziu, dar cred c-am optimizat atât programul, cât și bazele de date. De fapt, plecând de la ce am găsit pe benzile magnetice, pot alcătui structuri noi de baze de date. Dacă reușim să reparăm costumul, am putea înțelege cum își descoperea previziunile tatăl tău. Numai că am fi putut face asta și ceva mai târziu. Adică, după ce am mai fi dormit încă puțin.

Se întinse ca o pisică, ridicându-se pe vârfuri, și se dădu într-o parte, ca el să poată intra.

Vlad ridică din umeri. Dormise câteva ore sau, mai degrabă, ațipise răpus de oboseală, de câteva ori, cu capul pe masă sau chiar în scaunul de lucru. Avea cearcăne în jurul ochilor injectați și nici nu se bărbierise. Scoase din rucsac un teanc de scheme electronice și i le flutură Laurei pe sub ochi.

— Am desenat toate circuitele costumului și ale căștii...

— ... Și ale mănușilor, adăugă fata.

— ... Și ale mănușilor, fu el de acord.

— Și?

— Și... ce?

— Putem să construim interfața? întrebă încordată Laura. Da sau nu?

— De putut, se poate, ba chiar există circuite mult mai avansate, îți dai seama, industria electronică a progresat foarte mult în toți acești ani de când a fost făcut costumul, dar...

— Dar... ce?

— Ar dura ceva până aș face rost de componente. Apoi ar lua ceva timp până aș construi interfața, asta dac-aș putea obține sculele necesare. Mai simplu ar fi să comandăm pe undeva, există în lume multe firme care realizează plăci electronice după proiect, dar aşa ar costa mai mult. Deocamdată nu am aceşti bani, dar la toamnă, după ce mă voi angaja...

Îşi plecă ruşinat capul. Însă Laura răsuflă uşurată.

— Dacă-i vorba doar de bani, ei bine, asta nu e chiar o problemă. Am eu câte ceva pus deoparte. Viaţa la Londra nu este chiar atât de scumpă cum îşi închipuie ai mei. De fapt, este, dar sunt eu aşa, mai econoamă. Poate mai scot şi de la Ştefan nişte bani, dacă vor mai trebui.

— Dar parcă spunea că e falit. Nu de asta ne-am dus să adunăm fier vechi de la Electrocontact?

— Aşa îi place lui să se jeluiască, dar nu e chiar aşa.

Vlad zâmbi cu amărăciune.

— Îţi mulţumesc pentru intenţie, însă cred că îţi poţi păstra banii, chiar dacă presupun că nu ar fi vorba de mai mult decât ai cheltui într-o seară la o discotecă din Soho. Problema e că ar putea dura chiar şi săptămâni până ne-ar onora comanda. Toate firmele care fac aşa ceva acordă prioritate comenzilor de serie, nu unicatelor. Până atunci, o să uităm de toată această poveste. Eu o să mă angajez şi o să-mi continui masteratul, iar tu... tu o să pleci în vacanţă, apoi în Anglia.

— Cine pleacă în vacanţă? se auzi vocea lui Ştefan de după uşa dormitorului său. Vin imediat.

Ieşi după câteva minute, trăgându-şi pe el un maiou viu colorat.

— Ce-i? întrebă cercetându-le, pe rând, feţele obosite. Spre deosebire de voi, am dormit bine noaptea trecută. Am auzit tot ce-ați vorbit. S-ar putea să existe o soluție pentru controler.

Laura vru să spună ceva, dar renunță, dădu din mână a lehamite, le întoarse spatele și porni spre bucătărie.

— Dacă vrea cineva cafea... că mie mi se închid ochii. Dacă stau să mă gândesc, și nu pot să gândesc limpede, zilele astea doar cu cafea m-am ținut.

Aproape imediat, în urma ei se auzi bolboroseala furioasă scoasă de aburul automatului de făcut cafea. Fata reveni ținând într-o mână, de toartă, trei cești goale, iar în cealaltă, bolul de sticlă pe jumătate plin cu cafea fierbinte.

— Tu nu înțelegi despre ce-i vorba, spuse încet Vlad. Este numai miza mea, e trecutul meu, nu al vostru. Am impresia că v-am implicat mai mult decât ar fi fost cazul.

— Ne-am implicat de bunăvoie, spuse Ștefan.

— Vă înțeleg altruismul, dar cred că ne pregătim să mergem prea departe. Și, mai ales, s-ar putea să nu obținem nimic. Laura, aminteşte-ți de automatul lui Maelzel.

Ștefan privi întrebător când la unul, când la celălalt, dar ei nu simțiră nevoia să îi dea lămuriri, iar el înțelese că nu este cazul să insiste deocamdată. Construiseră împreună atunci, în liceu, un automat care juca versiunea de pe vremea aceea a popularului joc *Medal of Honor*, asemenea unui om. Îl botezaseră după nuvela lui Edgar Allan Poe, *Jucătorul de șah al lui Maelzel*. O cameră video urmărea și interpreta ceea ce apărea pe monitorul calculatorului, iar câteva degete mecanice acționau direct tastatura. Munciseră aproape un an ca să realizeze acel proiect şi trebuiseră să înveţe şi să se folosească de cunoştinţe care depăşeau cu mult programa informatică de liceu. Automatul lor era prea rapid pentru a avea un rival uman. Câştiga de fiecare dată. Numai că juriul Concursului de Creaţii Ştiinţifice şi Tehnice ale Elevilor le acordase locul doi, premiind, în schimb, aplicaţia lipsită de componentă hardware a unor elevi de la un obscur liceu din capitală care, chipurile, detecta posibilele incendii de pădure, folosindu-se de Google Earth.

— Ceea ce aţi făcut voi este, fără îndoială, o mare realizare, le spusese preşedintele juriului. Aţi combinat foarte ingenios elemente de inteligenţă artificială cu acţionări electromecanice de precizie. Dar e, totodată, şi o risipă de talent pentru că obiectul muncii voastre este inutil. De ce ar juca vreodată jocuri un robot?

Iar ei îşi plecaseră capetele, umiliţi. Laura ar fi vrut să-i spună că şi aplicaţia care câştigase locul întâi era inutilă, pentru că un incendiu îl poate vedea toată lumea şi fără Google Earth, dar îşi înghiţise vorbele. Avuseseră nevoie de mult timp ca să-şi revină.

Totuşi, Ştefan nu rezistă.

— Ei, mă lămuriţi şi pe mine ce-i cu acel Maze?

— Maelzel, rosti cu greutate Vlad. Este legenda unui jucător mecanic de şah, din secolul al XVIII-lea.

— Şi ce legătură are cu... În sfârşit, dacă vă place să vorbiţi în dodii, e treaba voastră. Eu, unul, vreau să-ţi spun doar că nu-i nimic altruist în ceea ce facem. Îţi dai seama cât valorează o asemenea tehnologie? Ne-ar umple cu toţii de bani. Iar soră-mea mi-a spus încă de alaltăieri că nici nu-şi imaginea-ză temă mai tare pentru doctorat, atunci când o să-l dea. Şi mai ales...

— ... că îţi suntem prieteni, rosti ceva mai tare Laura, ca să se facă auzită. Aşa că o să continuăm îm-preună ce am început.

— Şi mai suntem şi foarte curioşi ce-i cu pre-dicţiile alea.

Vlad înghiţi în sec. Nu se aşteptase la aseme-nea susţinere din partea celor doi fraţi. Înţelese nu numai că voia să împartă cu ei ceea ce descoperea despre tatăl lui, dar şi că se simţea chiar uşurat că îi erau alături. Ar fi vrut să le mulţumească, dar spuse altceva:

— Oricum nu avem de unde face rost de un...

— ... controler industrial, am auzit foarte bine, replică Ştefan turnându-şi cafea în ceaşcă. Ar fi o şansă să putem obţine totuşi unul.

— De unde ştii tu ce-i ăla un controler? îl luă la rost Laura, în timp ce-şi umplea încă o dată ceaşca de cafea.

— Nu ştiu decât că e o chestie cu o mulţime de porturi. Asta am auzit de la voi. Dar ştiu mai mult ca sigur unde se găseşte aşa ceva şi se află, practic, sub nasul nostru. Iar asta nu am auzit tot de la voi.

— Unde? strigară cei doi într-un glas.

Dornic să prelungească momentul de tensiune, Ştefan îşi luă tacticos cana de cafea, suflă uşor dea-supra lichidului fierbinte şi sorbi cu delicateţe.

— Oh, la ElectroAlfa! Dacă nici acolo n-au aşa ceva, înseamnă că nu se găseşte nicăieri. Ei fac auto-matizări pentru centrale electrice şi multe alte ches-tii. Din câte-am înţeles, şi-au deschis un soi de divizie de cercetare sau aşa ceva, despre care s-a scris şi în ziarul local, am văzut pe site-ul acestuia. Inginerii de acolo obţin tot ce le tună prin cap, numai să ceară. Chiar dacă nu au ceea ce vreţi voi, pot obţine cu uşurinţă, pentru că patronul a fost şi încă mai este şi el pasionat de tehnologie. Dar eu, unul, ştiu precis că şi-au făcut rost deja şi de controlere.

— Şi de unde-a aflat unu' ca tine toate astea? întrebă Laura, sorbind şi ea din cafea.

Ştia de ElectroAlfa, la fel ca tot oraşul. Compania aparţinea unui fost inginer de la Electrocontact care, după Revoluţie, izbutise să o ridice din nimic. Începuse, imediat în 1990, prin a asambla panouri electrice într-o încăpere închiriată care avea numai câţiva metri pătraţi. În prezent, sute de oameni din tot judeţul lucrau acolo şi încă alte sute în mai multe sucursale deschise în întreaga ţară. Patronul se dovedise o persoană abilă şi în afaceri.

— De la Gabi. Gabriela, cu care am fost colegi de liceu, era într-o clasă mai mare. Şi-a luat licenţa în Energetică şi acum lucrează acolo. Are de gând să facă şi un masterat, dar încă nu s-a hotărât asupra temei. În sfârşit, ne-am întâlnit acum vreo săptămână şi am stat puţin de vorbă. Era foarte încântată de ceea ce face, cred că a pomenit şi de controlere. Mărturisesc că am ascultat-o numai cu o ureche şi am încercat să nu casc de plictiseală. Numai că acum, că v-am auzit vorbind, mi-am amintit şi am făcut asocierea.

— S-ar putea să ai dreptate, rosti Vlad. E plauzibil. Dar presupunând că au ceea ce căutăm, cum crezi că o să-i lămurim pe cei de acolo să ne lase să le folosim controlerul?

— Cred că mai întâi ar fi bine să arunci o privire, să te lămureşti dacă este ceea ce avem nevoie. Iar asta se poate aranja, rânji Ştefan. Pe urmă, o să vedem.

Îşi scoase telefonul din buzunar, apelă un număr, ieşi imediat din bucătărie şi se reîntoarse după câteva minute.

— Gata, suntem aşteptaţi, le-am spus că venim în cel mult o oră. Şi-au notat numele noastre. Sunt încântaţi să primească nişte tineri eminenţi şi să le arate fabrica. Este politica lor, de a recruta tineri chiar de pe băncile facultăţii. Le-am spus că sunt asistent universitar la Automatică şi Calculatoare şi că încerc să aranjez pentru studenţii mei câte două săptămâni de practică la firme dispuse să-i primească.

— Minţi cam des, rosti tăios Vlad. Mai întâi pe securist, acum pe cei de la ElectroAlfa...

— Nu chiar. Poate doar în partea cu practica şi cu asistentul universitar. În rest, e purul adevăr, nu-i aşa?

* * *

Ajunseră la o clădire stingheră, în formă de cub, învelită în sticlă polarizată, unde, pe un panou mic şi discret, prins de perete în dreapta uşii, scria: „ElectroAlfa Centrul de Cercetare – Dezvoltare". Se priviră complice unii pe alţii. Vlad înghiţi în sec, iar Ştefan îşi şterse ochelarii de soare. Privi prin ei în zare, suflă nemulţumit, ca să aburească lentilele şi îi mai şterse o dată. Îi aştepta o tânără îmbrăcată în ţinută office, cu fustă bleumarin, conică, până la genunchi, şi sacou de aceeaşi culoare sub care o cămaşă albă, impecabilă, se strângea la gât cu o cravată subţire, roşie. Părul blond îi era adunat într-un coc sever, iar ochii şi buzele îi erau puse în valoare de un machiaj discret.

— Eu sunt Ana şi mă ocup de Relaţii Publice, se prezentă întinzându-le prietenos mâna. Este clar că tu eşti Laura, aşadar, care din voi este Ştefan şi care Vlad?

După ce se lămuri, le dădu ecusoane de pus la gât pe care scria „Vizitator" şi îi invită în clădire. Paza era mult mai strictă decât în alte secţii ale fabricii, le explică Ana. Un agent de securitate politicos le scană codurile de bare imprimate pe ecusoane, le luă telefoanele celulare şi apropie de ei un detector de metale portabil. Ghidul lor trecu prin aceleaşi proceduri.

Începu prin a le prezenta pe videoproiector un film despre ElectroAlfa, în sala de protocol. Văzură secţii nesfârşite în care, aparent, angajaţii nu făceau mare lucru pentru că roboţi programabili tăiau frenetic coli mari de tablă, le ştanţau şi le găureau, iar apoi le îndoiau şi le sudau pentru a încropi cutii de metal strălucitor în care, după ce erau vopsite de alţi roboţi, erau montate diferite componente unite prin cabluri viu colorate conform unor planuri misterioase, proiectate la un alt etaj, unde ingineri — femei şi bărbaţi, mai toţi tineri — priveau concentraţi monitoare mari de calculator, ajustând cu mişcări fine de maus traseele circuitelor pe schemele electrice şi electronice.

Dacă nu ar fi fost preocupaţi de ceea ce aveau în gând, cei trei ar fi găsit prezentarea chiar fascinantă. Din când în când, ghidul lor le punea întrebări aparent nevinovate, menite să le determine nivelul de cunoştinţe, specializarea şi mai ales intenţiile lor după terminarea facultății. Desigur, Ștefan răspundea invariabil cu un zâmbet pe care el, unu, îl socotea fermecător.

În sfârșit, când aproape că își pierduseră speranța, iar în cap începuseră să li se încurce mașinăriile sofisticate, calculatoarele și oamenii în halate albe sau albastre, filmul se mută în curtea largă a fabricii care mișuna de transportoare electrice și camioane ce încărcau sau descărcau baloți uriași de tablă sau cutii mari, maro, de carton, cu etichete albe, scrise în mai multe limbi, și se încheie afișând logoul mare al companiei.

Ștefan aplaudă, sincer impresionat sau poate doar ușurat că se terminase prezentarea.

Abia dacă ascultară celelalte explicații ale Anei. Secția era rodul unei investiții de patru milioane de euro la care contribuiseră și fondurile europene de coeziune. Fusese ridicată cu intenția de a le oferi tinerilor creativi un loc de muncă similar celor din Occident. Inclusiv condițiile și salariile erau occidentale, le spuse pe un ton conspirativ gazda lor, făcându-le complice cu ochiul.

— Înțelegeți că este interzis fotografiatul, le spuse Ana arătându-le un panou cu pictograme sugestive, toate tăiate cu câte o linie roșie. Și cum mai toate telefoanele celulare au și cameră foto, este mai bine că le-am lăsat în grija agenților de pază, până ieșim.

Trecu un card magnetic prin dreptul unui zăvor, privi țintă într-o cameră de luat vederi alăturată și tastă discret un cod pe o mică tastatură. Ștefan fluieră impresionat.

— Parcă suntem într-un film cu James Bond.

Din alea, cu actorul ăla...

— ... Daniel Craig, șuieră Laura înainte ca fratele ei să facă vreo gafă.

Ușa se trase în lături, iar ei avură impresia că au intrat într-o sală de fitness. Doi tineri în blugi jucau, fără prea multă pricepere, tenis de masă. O fată, nu cu mult mai în vârstă decât Laura, pășea alert pe o bandă de alergat. În urechi avea căști și privea în gol prin geamul care dădea spre curtea din spate, umbrită de câțiva copaci. O altă fată lovea cu tacul bilele de pe o masă de biliard, iar un individ bărbos, care din când în când sorbea dintr-o cutie cu băutură energizantă, arunca săgeți de plastic cu aripioare într-o țintă de darts.

— Chiar lucrează cineva aici? se minună Ștefan în gura mare.

— În această secție nu există un program fix, zâmbi Ana. Vin când vor, fac ce vor și pleacă atunci când doresc. Cu toate că se mai întâmplă să rămână și peste noapte, de regulă îi ducem noi acasă când pleacă schimbul doi, adică pe la zece seara. Cei care lucrează aici nu sunt presați în niciun fel, nu au termene și nici obiective. De fapt, avem noi grijă de ei, să mănânce, să doarmă, le dăm rufele la spălat, în sfârșit, le obținem toate componentele și documentația pe care o cer. Avem grijă să aibă tot ce-i mai nou.

Trecură printr-o altă ușă, de această dată fără niciun fel de încuietoare și ajunseră într-un hol larg, cu pereții de sticlă fumurie. În spatele acestora se mișcau oameni, asemenea unor umbre.

— Am putea vedea și laboratorul? îndrăzni Vlad.

— Sunt mai multe laboratoare, răspunse Ana, îndoind din cot mâna stângă cu palma ridicată în sus. Cel mai mare se află la etaj. Acolo sunt proiectanții care scriu programele pentru unitățile de calcul din produsele noastre și pentru mașinile-unelte. La parter avem laboratoarele de testare a produselor, o secție de realizare a prototipurilor și comenzilor unicat și, încă un laborator, unde lucrează cei care realizează circuitele proiectate, explică ea îndoind și cealaltă mână.

— Eu sunt interesată de software, iar Vlad, de hardware, spuse Laura. Cred că așa am economisi timp.

— Și eu vreau la hardware, adăugă repede Ștefan.

Ana le adresă un zâmbet profesional.

— De acord, dar voi rămâneți aici până le-o prezint programatorilor pe Laura.

Porni urmată de Laura pe scările ce duceau spre etaj. Brusc, se auzi o rafală înfundată de sunete, ca și cum cineva ar fi bătut foarte repede într-o tablă. La fel de brusc, zgomotul încetă, fiind înlocuit de fâsâiturile cine știe căror echipamente pneumatice.

— Sunt camere de luat vederi peste tot, șopti Ștefan. Cred că se uită la noi și cum respirăm. Nu m-ar mira deloc să aibă și microfoane.

— Atunci mai bine ți-ai ține gura, șopti și Vlad.

Ana se întoarse voioasă după câteva minute și le făcu semn s-o urmeze. Deschise ușa din fața lor. Intrară într-o hală mare și înaltă unde brațul unui robot de sudură se agita în jurul unei carcase dreptunghiulare metalice. Arcul electric pârâia amenințător de fiecare dată când se apropia de cutie. O altă formă complicată din metal se rotea ascunsă după un ecran de plexiglas în vreme ce mai multe manipulatoare se năpusteau pe rând asupra ei pentru a-i freza suprafețele sau a da găuri. Cei doi se opriră să privească spectacolul. Ștefan își rotunji buzele într-o exclamație de uimire care, evident, nu a putut fi auzită din cauza zgomotului de fond. Ana se opri și ea, lăsându-i să admire activitatea mecanică supravegheată de un singur operator. Ștefan se apropie de un utilaj care prelucra coli de tablă. Acesta se opri. Operatorul veni imediat și-i arătă stâlpii de un metru și jumătate, care delimitau un fel de perimetru. Îi făcu semn să iasă din linia invizibilă care îi unea, apăsă un buton roșu și utilajul porni din nou în viteză, hotărât parcă să recupereze întârzierea neprevăzută.

Ana îi atinse ușor pe umăr și le spuse ceva, iar cei doi mai mult dedură decât auziră că le cere să o urmeze.

Laboratorul era visul oricărui pasionat de electronică. Odată ce închiseseră ușa în urma lor, zgomotul secției de producție încetă ca prin farmec. Antifonarea era desăvârșită. Două șiruri de dulapuri metalice se întindeau pe pereții laterali. Câteva dintre ușile acestora erau deschise, lăsând vederii sertare transparente cu zeci de plăci de toate mărimile, componente, cablaje și conectori. În partea opusă ușii, chiar sub geam, se afla un banc lung de lucru unde doi tineri, îmbrăcați în halate albe, lucrau pe rând sub microscop, pe cablaje imprimate, cu ciocane de lipit ca niște pensete, din vârfurile cărora ieșea fum. Vlad recunoscu imediat mirosul familiar al pastei decapante din fludor — aliajul pe bază de cositor cu care se lipeau componentele electronice de plăci. Mai recunoscu şi versiunea cu mult mărită şi de nenumărate ori mai dotată a propriului laborator pe care îl înjghebase în camera lui de acasă. Cum cei aflaţi la bancul de lucru nu-i băgară în seamă, Ana se opri în dreptul unui tânăr cu plete lungi şi neîngrijite, îl atinse cu mâna pe umăr şi-i vorbi ca unui copil:

— Radu, avem vizitatori. Este posibil ca ei să fie viitorii tăi colegi. N-ai vrea să le spui tu ce se face pe-aici?

Cel vizat mârâi deranjat, dar lăsă placa pe care o testa şi, aruncându-şi mai întâi privirea pe un monitor de calculator pe care se afla o schemă electronică plină de simboluri sub care erau mai multe rânduri scrise în cod şi apoi pe un osciloscop, îşi roti nemulţumit scaunul spre nou-veniţi. Îi măsură cu o privire neprietenoasă şi le spuse:

— Nu fac bine deloc, mârâi prost dispus. Producătorul ăla chinez n-a respectat specificaţiile de proiectare pentru ultimul lot de module de comandă, deşi le-am atras atenţia celor de la Aprovizionare de o mie de ori. Aşa cum e şi normal, dacă v-aţi lăcomit la lucruri ieftine, am primit pentru ce s-a plătit. Iar acum băieţii mei schimbă rezistenţele de 1 kiloohm puse de ei cu altele, de 1 megaohm, aşa cum era proiectul. Probabil că în mandarină kilo şi mega sună la fel!

— Ştii bine că nu a fost vorba decât de timpul de execuţie, încercă Ana să îl potolească vorbindu-i aproape în şoaptă. Avem de livrat rapid un lot de panouri electrice, iar chinezii aveau cel mai rapid termen de execuţie a modulelor...

Radu trase un sertar, scoase din el ceva şi arun-

că pe tăblia bancului său de lucru două dreptun-
ghiuri negre, de cel mult cinci milimetri lungime şi
late de vreo doi, aparent absolut identice.

— Spune-le asta lor, aproape strigă Radu ară-
tând spre cei doi electronişti care se aflau la micro-
scoape. Iată, au pus din astea şi trebuiau din astea.
Băieţii mei au dormit aici o săptămână, doar ca să
fie gata la timp proiectul. Iar acum schimbăm com-
ponente, ca fraierii.

Arătă spre un şir de scaune goale care se aflau
în dreptul unor monitoare de calculator închise.
Doar un singur operator, care nici nu băgă în sea-
mă izbucnirea de furie a şefului său, lucra stingher
într-un colţ. Priviră reflex cu toţii într-acolo. Vlad
recunoscu interfaţa grafică a lui EPLAN Electric, un
program uzual de proiectare şi testare virtuală a
schemelor electronice.

— Ia te uită, rosti el fascinat apropiindu-se de
Radu. Programezi un CNC. Un Centru Numeric de
Comandă, adăugă el repede, înainte ca Ştefan să în-
trebe. Ce-i asta, G-Code? Produceţi şi maşini progra-
mabile?

— Producem pe naiba! răbufni celălalt, ne-
mulţumit. Au adus la reparat modulul de comandă
al unei ştanţe automate, de fapt, programul ei este
cel care nu le mai mergea. Parc-ar fi trebuit să ne
ocupăm de cercetare şi prototipuri, nu de service şi
producţie, nu-i aşa? se încruntă el spre Ana, care îi
ascultă răbufnirea cu un zâmbet îngheţat pe buze,
fără să clipească.

— Eu nu cred că sistemul de operare e defect,
spuse Vlad, aplecându-se spre ecran. Mai degrabă,
cei care au scris programele de execuţie au generat,

cumva, un conflict cu sistemul de operare. Am lucrat cu aşa ceva, ce-i drept, nu atât de avansat, iar asta se întâmpla de fiecare dată când apărea o eroare.

Radu îl privi neîncrezător şi îşi roti scaunul spre ecran. Defilă cu mare viteză printre liniile de program, se opri la câteva, apoi rulă un alt program, de testare. Mai multe linii din programul inițial se înroşiră, iar schema electronică păru să prindă via-ță. Se întoarse spre ei mult mai binedispus.

— Ar fi trebuit să-mi treacă şi mie prin cap, mărturisi. Producătorul a livrat şi un test de compa-tibilitate pe care deştepţii de sus, de la Proiectare, nu l-au folosit. Asta ca să mă facă pe mine să-mi pierd timpul! Mie nu mi-ar fi trecut prin cap prea devreme dacă nu ţi-ai fi dat tu cu părerea. Cred că trebuie să-ți mulțumesc.

Ana răsuflă uşurată. Îi bătu pe amândoi uşor pe spate.

— Acum, că v-aţi cunoscut, mă duc să văd ce face Laura.

— Ai de gând să te angajezi aici? se interesă Radu.

Vlad ridică din umeri.

— Mai am un an până termin masteratul. O să văd pe urmă. Până una-alta, mi-am găsit câte ceva de lucru, în timpul anului universitar. Sunt tot felul de firme care ne recrutează chiar din facultate.

Radu clătină nemulţumit din cap.

— Nu se compară. Plătesc prost şi vor toate perfor-manţele de pe lume, am lucrat şi eu la vre-mea mea, adică acum vreo trei ani. Însă, în pofida aparenţelor, aici lucrăm la proiecte cu termene foar-te precise. Patronul a citit pe undeva despre condiţiile de lucru din Silicon Valley și s-a gândit să încerce și el. Sper să-l țină, până în prezent am predat mereu în avans. E OK.

— Știi de unde vine asta cu OK? spuse Ștefan, ca să zică și el ceva. De la războiul de Secesiune, din State, din secolul al XIX-lea. Vine de la Zero Killed, iar pentru zero, făceau semnul ăla, își lipeau degetul mare de arătător.

— Pe bune? N-am știut, ce chestie! Auzi, zero uciși! Acum, c-am aflat, cred c-o să spun mai rar OK.

— Ascultă, voi nu aveți pe aici controlere? întrebă pe șleau Ștefan, făcând o grimasă de durere când sandala lui Vlad îl călcă pe bombeu.

Fără să observe nimic, Radu ridică mirat din sprâncene.

— Controlere? Ce fel de controlere? Avem o grămadă.

— Cu cât mai multe porturi, nu se lăsă Ștefan, insensibil la semnele lui Vlad. Sute sau mii de porturi. Lucrez la o aplicație pentru licență și caut documentație.

Radu se scărpină preocupat în creștet și apoi zâmbi, împungându-l pe Ștefan cu degetul arătător.

— Da, e bună aia cu mii de porturi. Avem ceva în genul ăsta, au adus de vreo lună un echipament pe care vor să-l programăm. Nu am reușit să studiez încă problema, dar cred că are 128 de canale.

— De intrare sau de ieșire? spuse Ștefan ca să nu tacă.

Radu îl privi mirat.

— Sunt bidirecționale. Pot fi programate în ambele sensuri, interveni repede Vlad.

— Oh, desigur.

— Are procesor Cortex A16 de la ARM, cu şaisprezece nuclee, ceva scump cu draci, e dintr-o serie militară. Uneori nu se zgârcesc deloc, de fapt, dau banii de pomană. Patronul a construit o centrală electrică solară de şaptezeci de megawaţi şi vrea, printre altele, să-i mişcăm panourile după soare, în două axe. Evident, cu acest controler e ca şi cum ar împuşca musca folosind un tun. Nu e mare lucru pentru puterea microprocesorului şi nici nu văd rostul unui echipament *lowpower*. Poate vrea să funcţioneze pe baterii şi când nu este soare şi deci nu se produce curent, ce ştiu eu? Dacă vrei, îţi pot da documentaţia.

Fără să mai aştepte răspunsul, scoase un stick de memorie din sertar, îl băgă în conectorul USB al calculatorului său şi copie cu mare viteză un fişier. Extrase stick-ul şi i-l dădu lui Ştefan care îl strecură rapid în buzunarul blugilor săi.

— Scula e acolo, pe dulap, e aşa cum am scos-o din ambalaj, arătă cu bărbia spre o cutie neagră şi lunguiaţă, ticsită de conectori şi leduri minuscule. Ar trebui să învăţăm BASCOM, că numai aşa se poate programa, dar deocamdată n-am niciun chef. Bine, nici centrala aia electrică nu e chiar gata, că altfel stăteau cu biciul pe noi, oricât de liberi spun ei că ne lasă.

Inima lui Vlad prinse să bată cu putere. Programase un controler fabricat de acelaşi producător, la facultate, ba chiar construise în jurul lui un manipulator robotic sofisticat pentru un concurs studenţesc. Atunci învăţase şi BASCOM care până la urmă era tot un fel de BASIC, specializat. Desigur, acel controler era cu patru, poate cinci generaţii în urma sofisticatului dispozitiv electronic care se umplea de praf pe dulapul laboratorului pe care îl vizitau. Următoarea jumătate de oră trecu foarte repede. Răspunse mecanic la întrebările Anei, cu gândul aiurea, pentru că nu era capabil să se concentreze la altceva decât cum ar fi posibil să obțină acces la acel echipament.

Aproape că nu remarcă întâlnirea neprevăzută cu o tânără ingineră care îl recunoscu pe Ștefan și nici nu auzi laudele exagerate pe care acesta i le adresa Anei, despre cât de impresionantă fusese vizita. Până la urmă, reușiră să plece, cărând fiecare câte o sacoșă de hârtie în care Ana le pusese mai multe prospecte, o cărțulie cu istoria fabricii, un stick de memorie cu filmulețe de prezentare, pixuri, calendare și agende.

— Ai stricat totul, izbucni Laura imediat ce se văzură afară din fabrică. Fata aia te-a recunoscut.

— N-am stricat nimic, replică Ștefan. E drept că de la Gabi am aflat că s-ar putea să aibă și un controler, dar nu m-am așteptat s-o întâlnesc. Până la urmă, n-a spus unde studiez, iar, dacă o va face, Ana va crede că m-am lipit și eu de voi să vizitez cea mai celebră fabrică din oraș. Noroc că Gabi vă cunoștea, încă din liceu, chiar dacă voi n-ați avut ochi și pentru elevele care nu erau chiar atât de performante.

— M-am simțit penibil! insistă Laura.

— Nu-i nimic, acum ți-a trecut, nu se lăsă Ștefan. Mai bine, spune-mi ce părere ai de controler, Vlad.

Acesta scutură capul, ca trezit din somn.

— Controler? Ah, este cu mult mai mult decât ceea ce ne trebuie. Cred c-aș putea să-l programez, dacă citesc documentația.

— Iar eu sunt sigură că pot să scriu interfața cu programul Fortran și cu bazele de date, spuse înțepată Laura. La fel, aș putea păși pe Lună, dacă aș avea vehiculul care să mă ducă acolo, plus costumul spațial. Ai priceput, Ștefan? Putem să facem orice dorim, dar acum tot ne lipsește un amănunt mic, mic de tot: și anume, controlerul.

— Cred că am o soluție pentru asta, îi răspunse fratele ei zâmbind.

CAPITOLUL 12

„Apa înghețase în mod diferit pe peretele din fundul grotei, formând din loc în loc adevărate lentile care măreau sau micșorau perspectiva. Prin una dintre ele, departe, înspre răsărit, Aspirantul desluși siluetele subțiri ale călugărilor Timpului, cei care așezau pe panglica albă și netedă a timpului, făcută ca din fum, plăcuțe de lut ars, în care erau imprimate, asemenea unor litografii, desene din linii drepte și curbe, cu toate momentele importante din viața tuturor oamenilor: naștere, moarte, necazuri, fericire, boli, ticăloșie, războaie, artă, omenie, credință și relație cu Dumnezeu – indiferent cum fusese El numit de când exista omenirea."

Panglica Timpului

Marți, a doua zi, după ce vizitaseră ElectroAlfa, se reuniseră în garajul mare și spațios al casei unde, de regulă, stătea Mercedesul GL al părinților celor doi frați. Cum aceștia anunțaseră că și-au prelungit weekendul cu o săptămână, pentru că doamna Corina Dănuța dorea să vadă cât mai mult din Catalonia, iar domnul Viorel Dănuța făcuse rost de bilete la meciul lui Barça cu Bayern, garajul rămăsese liber și fusese transformat în bază provizorie de operațiuni. Rămas pe mâna Laurei, celălalt Mercedes, o limuzină de clasă C folosită de stăpâna casei, fusese lăsat afară.

Ştefan le împărtăşise planul lui de a pătrunde în Centrul de Dezvoltare şi Cercetare al ElectroAlfa pentru a testa costumul şi, iniţial, se entuziasmaseră cu toţii. Îşi împărţiseră milităreşte sarcinile. Vlad urma să pregătească legăturile costumului cu controlerul şi să îl programeze în BASCOM. Laura urma să scrie interfaţa dintre programul rămas de la tatăl lui Vlad şi controler, iar Ştefan avea să plănuiască pătrunderea în incinta fabricii. Dar, pe măsură ce momentul se apropia, pe Vlad începuse să îl cuprindă îndoiala.

— Rămân la părerea că este o idee proastă, spuse el pentru a suta oară. Nu-i deloc prea târziu să renunţăm!

Ceva mai devreme, Laura trecuse cu Mercedesul vişiniu, împrumutat de la mama ei, să îl ia de acasă. Aduseseră costumul, mănuşile, casca şi un rucsac în care el înghesuise, de-a valma, letcon, fludor, conectori, cabluri, o pereche de ochelari de la un joc în realitatea virtuală, câteva plăci electronice şi căştile audio Sony. Pe drum nu îşi vorbiseră aproape deloc. Bănuia că şi fata are îndoielile ei, chiar dacă nu o arăta.

— Avem şansa să aflăm ce a descoperit tatăl tău, îl linişti, tot pentru a o suta oară, Laura. Chiar nu vrei asta? Nu ştiu cum o fi cu tine, dar eu am impresia că încep să-l cunosc puţin. Poate că era un pic cam aiurit în viaţa de zi cu zi, dar e posibil să fi fost, de fapt, un geniu.

— În definitiv, ce riscăm? se băgă şi Ştefan în vorbă, aşezându-se pe un scaun improvizat, făcut din două cauciucuri de iarnă puse unul peste altul. Mergem diseară. Dacă vedem lumină în laborator, în oricare laborator al clădirii, atunci nu intrăm. E simplu. Dacă nu, intrăm, ne facem treaba, punem totul la loc şi până dimineaţă am plecat. N-o să ştie nimeni, niciodată, că am fost pe-acolo. Mai bine spune-mi dacă ai tot ce-ţi trebuie? Hai să recapitulăm.

Vlad ridică supus din umeri, bucuros să se gândească la altceva.

— Am scris în BASCOM programul pentru controler, numai că am făcut asta după instrucţiunile de utilizare şi, pentru că nu am apucat să-l testez, nu ştiu cum va funcţiona.

— Va funcţiona, decretă Ştefan. În rest?

— Va baleia porturile. De vectorii de ieşire nu-s prea sigur. Am luat de pe calculatoarele mele convertoare video şi audio, trebuie doar să le cuplez la porturile controlerului, numără el pe degete. Am ataşat pe casca de motociclist căştile Sony în locul celor existente, care cred că erau nişte galene telefonice. În locul tuburilor cinescop miniaturale, vom folosi ochelari pentru vedere virtuală cu cristale lichide. Nu au o rezoluţie prea grozavă, e cea de DVD, dar, oricum, este cu mult peste ceea ce puteau să dea acele tuburi cinescop. Am pregătit cablurile costumului şi am schimbat vechii conectori cu modelele actuale. În mare, cred că am luat tot ce ne trebuie. Nu mi-e clar ce-o să facem dac-o să fim prinşi.

— N-o să fim, îl linişti Ştefan. Tu, Laura?

— Eu o să-mi iau doar laptopul şi un cablu USB să mă leg la controler. Am încărcat programul convertit în C Sharp şi originalul în Fortran, precum şi bazele de date. Imediat ce Vlad ne conectează cu controlerul, tu îţi pui costumul, mănuşile şi casca, iar eu rulez programul şi apoi vedem ce obţinem. O să înregistrăm tot, am luat camera mea de filmat şi un mini trepied.

— Poate că ar fi mai bine să-mi pun eu costumul, e prea riscant, cine ştie ce poate să se întâmple şi nu vreau ca tu să păţeşti ceva, insistă Vlad, dar Ştefan îl reduse la tăcere.

— Nu mă pot curenta. Iar o altă primejdie în afară de aceea că s-ar putea să transpir excesiv nu există, amândoi aţi fost de acord cu asta. Se poate să mai fie nevoie de mici ajustări hardware. Poate lipseşte o conexiune, poate sare vreun fir. Cine ai vrea să remedieze eventualele probleme? Eu? Nici Laura nu ar putea să îmbrace costumul, poate vor trebui modificate liniile de program. Aşa cum ţi-am mai explicat, eu sunt singurul disponibil. Aşa că, fie că-ţi place, fie că nu, eu am să văd primul viitorul!

— Uite ce-i, încercă din nou Vlad să-l convingă. Am scris câteva sute de linii în BASCOM doar pe baza documentaţiei primite pe stick. Dar nu am auzit pe nimeni să scoată din prima un program funcţional fără să îl încerce de mai multe ori. Programul meu, netestat, va fi interfaţat cu codul scris de Laura, de asemenea netestat, la un program scris într-o variantă străveche de Fortran, despre care nici nu ştim dacă mai funcţionează, mai ales după ce a fost convertit în C Sharp. Şi vrem să cuplăm totul la un costum ca de la balamuc, cu un echipament pe care abia l-am văzut. Iar asta o facem intrând prin efracţie într-una dintre cele mai bine păzite fabrici din oraş. Nu credeţi că riscăm prea mult pentru prea puţin? Poate ar trebui să facem altfel rost de un controler. Aşa cum v-am spus, aş putea să construiesc unul sau putem cumpăra unul de-a gata, poate găsim ceva ieftin şi mai puţin sofisticat, la mâna a doua, de pe internet. Aş putea să vând câte ceva. Am o placă video încă de top, pe care orice *gamer* ar cumpăra-o la juma' de preţ.

— Ne-ai mai spus şi că asta ar lua timp, îi răspunse Laura. Iar până atunci, cine ştie ce eveniment grav, pe care tatăl tău l-a prevăzut, ar putea să se petreacă. Ca să aflăm dacă putem descoperi viitorul, nimic nu este prea mult. Imaginează-ţi numai ce înseamnă. Doar faptul că nu vor mai face victime catastrofele naturale şi ar fi suficient pentru a ne asuma şi de o mie de ori mai multe riscuri!

— Mergi pe un teren minat, o avertiză Vlad. Nu ştim ce efecte pot avea predicţiile. Se prea poate chiar să se autoanuleze.

— Cum adică? se miră Ştefan.

— Am mai vorbit despre asta, spuse Laura. Dacă prevezi un eveniment şi iei măsuri ca acel eveniment să nu se întâmple, atunci anulezi predicţia. Iar dacă predicţia dispare, evenimentul se petrece. Şi tot aşa, e unul dintre paradoxurile călătoriei în timp care, în cazul nostru, sună ca şi cum am obţine o previziune corectă şi totodată incorectă. Însă, aici nu sunt chiar de acord. Depinde cum priveşti lucrurile. Predicţia rămâne, iar faptul că ea anulează evenimente ce ar fi putut să se producă în viitor nu înseamnă că nu a fost corectă.

— Nu mai înţeleg nimic, mărturisi Ştefan. Nici măcar cât credeam c-am înţeles pân-acum.

— E simplu, interveni Vlad. Dacă modifici valorile parametrilor de intrare ale unui sistem, modifici şi răspunsul acestuia la ieşire. Laura s-a referit la predicţie ca şi cum ar fi un parametru de intrare, ceea ce, în acest caz, este un pic forțat, pentru că răspunsul ar trebui să constituie totodată și o variabilă de intrare.

— Dar feedbackul? nu se lăsă Laura.

— Nu-i același lucru, comentă Vlad. Acțiunile buclei stimul-răspuns se desfășoară într-o succesiune temporală liniară, care pornește din trecut și se termină în prezent, nicidecum în viitor, asta dacă luăm ca punct de referință momentul în care obținem răspunsul. Modificând un mic amănunt din trecut, poți da peste cap întreaga istorie. Principiul cauzalității. Cred că am văzut împreună filmul Vânătoare fatală, după povestirea lui Ray Bradbury, așa că știi ce vreau să spun.

— Eu m-am referit la fenomene naturale, care nu pot fi oprite, cum ar fi un cutremur sau un uragan. Putem limita efectele lor, ceea ce nu este deloc același lucru. Rămân convinsă că, la scara timpului, există o anumită marjă de toleranță care, privită din punctul de vedere al oamenilor, ar putea fi chiar foarte ridicată. Nu crezi că ești un pic cam încrezut dacă îți închipui că timpului chiar îi pasă de tine, ca individ vreau să zic? E cam la fel cum oamenii își închipuie că există un Dumnezeu căruia, dacă i se roagă, acesta îi ascultă și le rezolvă toate problemele.

— Vrei să spui că n-are nicio importanță dacă un om sau altul moare sau trăiește pentru că, statistic, sarcina lui în societate va fi preluată oricum de altcineva.

— Nu e chiar așa. Există numeroase exemple de oameni care au înscris istoria pe un anumit curs. Dar, pentru majoritatea oamenilor, cred că lucrurile stau așa cum ai spus.

Ştefan scutură ameţit din cap.

— Dacă voi doi v-aţi putea abţine să filozofaţi o vreme, am putea merge să aflăm ce-i cu ghicitul viitorului şi pe urmă n-aveţi decât să continuaţi. Să recapitulăm: mai întâi vom aştepta schimbul pazei. Asta ar trebui să se întâmple la ora *twenty two hundred*.

— Nu poţi să spui şi tu, ca toată lumea, ora 10 seara? se răsti Laura. Înţelegem foarte bine, nu e nevoie să dai impresia că pui la cale o conspiraţie stupidă, ca în filmele americane.

— ... după care ne prezentăm la poartă şi cerem să intrăm în Centrul de Dezvoltare şi Cercetare, continuă imperturbabil Ştefan, de parcă nici n-ar fi auzit-o. După cum aţi văzut, are intrare pietonală proprie. Le arătăm ecusoanele, apoi trecem la controlul retinei, aşa cum a făcut Tom Cruise în *Ocean's Eleven*, punem folia...

— Tom Cruise a jucat în *Misiune imposibilă*, îl corectă Laura, exasperată. *Ocean's Eleven* e cu George Clooney. Îmi doresc să te abţii să mai dai exemple din filme, dacă tot nu ţii minte nici măcar actorii.

— Şi tu chiar crezi că dac-ai fotografiat ochii Anei de la PR şi ai altor câtorva, după care-ai listat pe folie transparentă, o să poţi păcăli scanerul retinal? încercă Vlad să-şi readucă prietenul cu picioarele pe pământ. Îţi reamintesc că toate fotografiile le-ai făcut cu ochelarii ăia ridicoli de mucava care crezi tu că-s de spion, la o calitate discutabilă, aşa că şi cu legitimaţiile s-ar putea să avem o problemă.

— Fotografiile şi filmările sunt de calitate HD, protestă Ştefan. Legitimaţiile au cod de bare şi atât, este singurul element de securitate, doar aţi văzut şi voi. Am şterpelit-o pe cea a lui Radu ca să mă conving, iar restul le-am fotografiat. Apropo, să îmi amintiţi s-o las pe a lui acolo, pe undeva, pe jos, s-o găsească mâine. Toate copiile sunt de bună calitate şi provin de la persoane care seamănă cu noi. Mă rog, seamănă după ce le-am aranjat puţin, am găsit o aplicaţie gratuită pe internet care face ca pozele a două persoane diferite să devină asemănătoare. O să reuşim. În definitiv, voi sunteţi cu tehnica, nu eu. Vreţi să dezlegăm secretele călătoriei în timp, dar vă speriaţi de un banal sistem de securitate! Ar trebui să ştiţi mai bine decât mine cum să intrăm acolo.

* * *

Acele ceasului cu cadran mare, alb, agăţat de peretele din dreapta mesei lungi din sala de şedinţe a firmei ElectroAlfa se suprapuseră pentru a marca miezul nopţii în urmă cu o jumătate de oră. Ticăitul său era singurul sunet care se auzea în încăpere. Doi agenţi de pază flancau, tăcuţi, uşa deschisă. La fel de tăcuţi erau şi ei. Până şi Laura îşi înghiţise acuzele care îi stătuseră pe buze gata să-i fie trântite fratelui său. La urma urmei, şi ea fusese de acord cu ideea, ba chiar se şi entuziasmase. Vlad ţinea capul plecat, ca şi cum lumina puternică a neoanelor care luminau sala de şedinţe l-ar fi deranjat. De când fuseseră aduşi acolo, nu ridicase niciun moment privirea. Laura privea în gol. Îşi luase o mină indiferentă, deşi, în adâncul sufletului, era foarte îngrijorată. Simţea că ameţeşte numai evaluând posibilele consecinţe. Studiile la Londra, precum şi viitorul pe care şi-l construise cu atenţie se îndepărtau cu repeziciune. Simţi că-i plesnesc obrajii de ruşine. Ştefan îşi manifesta deschis teama. Transpira abundent, iar ochii i se roteau în toate părţile ca şi cum ar fi căutat o cale de scăpare. Nu reuşea să înţeleagă ce nu mersese.

Intraseră, exact aşa cum se aşteptaseră, fără ca paznicul plictisit, care urmărea un film cu multe împuşcături la televizor, să îi bage în mod special în seamă. Era obişnuit cu trăsniţii de la Cercetare, care veneau să lucreze la cele mai neaşteptate ore. În pofida îndoielilor lui Vlad, copiile cu coduri de bare ale legitimaţiilor funcţionaseră de minune, la fel şi foliile pe care listaseră amprentele retinale. Ţinuseră capetele aplecate, pe cât posibil în afara razei camerelor de supraveghere.

Ştefan rânjise triumfător şi ei toţi se simţiseră invulnerabili, inundaţi de adrenalina care le ridicase pulsul. Ajunşi în laboratorul de hardware, vizitat cu o zi înainte, lucrurile nu mai merseseră la fel de bine. Cu gesturi nervoase, Vlad legase costumul la controler, dar constatase că nu adusese conectori compatibili pentru convertoarele video şi audio, ceea ce făcea inaccesibilă o bună parte din casca de motociclist ticsită cu senzori. Căutaseră în zadar prin dulapuri şi sertare. Exista şi o uşă pe care scria „Magazie", dar era încuiată cu cheia şi nu îndrăzniseră să o forţeze. După care controlerul dăduse o primă eroare când încărcaseră liniile programului scris de Vlad în BASCOM. Încordarea crescuse şi se stăpâniseră cu greu să strige unii la alţii. Era clar că o noapte nu avea să le fie suficientă. Laura chiar se pregătea să anunţe retragerea. Dar, după vreo oră şi ceva, a venit catastrofa. Echipa de intervenţie rapidă a firmei de pază, formată din cinci namile fioroase, cu feţele acoperite cu măşti de schi, năvălise pe neauzite în laborator şi îi prinsese asupra faptului.

GEORGE LAZĂR

Totul se petrecuse năucitor de repede. Fuse-
seră capturați în laborator ca niște hoți de duzină.
Nu protestaseră și se lăsaseră conduși de namilele
îmbrăcate în uniformele serviciului de securitate ale
companiei de pază. Cel puțin, nu îi legaseră la mâini.

Pe hol se auziră pași și voci, dar ecoul le ames-
tecă și le făcu neinteligibile. Gărzile de la intrare se
traseră respectuos deoparte și în cameră intră un
bărbat calm, cu părul grizonant, cu trupul drept și
subțire, vizibil lucrat la sala de sport. Acesta își lărgi
puțin nodul cravatei, își deschise unicul nasture al
sacoului său sport și se așeză, degajat, în capul mesei.
Cei trei ridicară privirea spre noul venit pe care îl re-
cunoscuseră imediat. Era Gelu Ciubotaru, patronul și
directorul general al ElectroAlfa, un bărbat al cărui
chip apărea constant în paginile ziarului local și, de
câteva ori pe an, în revistele economice din țară. Era
o prezență constantă în clasamentul TOP 300 al celor
mai bogați români. Ciubotaru își împreună palmele
în dreptul bărbiei și îi măsură încruntat pe cei trei.

— Am lăsat la mine acasă o petrecere cu pes-
te douăzeci de invitați ca să vin să aflu de ce mi-ați
spart secția de Cercetare. Am rămas impresionat
când mi s-a spus de câtă ingeniozitate ați dat dova-
dă ca să intrați în laborator. I-ați făcut de râs pe cei
de la firma de pază. Înainte să vă predau Poliției, am
vrut să vorbesc mai întâi eu cu voi. Sper să merite, în
definitiv, este prima spargere pe care am avut-o în
douăzeci și ceva de ani, de când am înființat firma.
Așadar, ce-a fost în capu' vostru?

— N-am furat nimic, spuse Laura.

— Am aflat și ăsta-i unu' dintre motivele pentru
care stăm de vorbă acum, replică imediat Ciubotaru.

Ce-ar fi să ne prezentăm, mai întâi, şi dup-aia să-mi spuneţi ce-aţi vrut să faceţi de fapt? Pe mine trebuie că mă cunoaşteţi deja, fie şi numai pentru c-aţi intrat fraudulos pe proprietatea mea. Numele pe care i le-aţi spus Anei de la PR, când aţi venit ieri să vizitaţi fabrica, sunt reale? Voi cine sunteţi şi ce vreţi de fapt?

Îşi spuseră, pe rând, ruşinaţi, numele şi facultăţile unde studiau. Ştefan aruncă o privire spre cei doi gardieni. Ciubotaru înţelese şi le ceru acestora să iasă, tăindu-le cu un semn protestele. După ce uşa se închise în urma lor, Ştefan spuse grăbit:

— E-o poveste lungă. E legată de posibilitatea de a prevedea evenimente care urmează să se petreacă. Adică de a prevedea viitorul.

Din nou se lăsă tăcere. Ciubotaru o sparse, dând brusc scaunul în spate şi ridicându-se.

— Mă faceţi să-mi pierd timpul. E mare păcat de carierele voastre! Probabil c-o să fiţi exmatriculaţi şi-o să faceţi închisoare. O să spuneţi Poliţiei ceea ce nu vreţi să-mi spuneţi mie. Voi aranja să vină imediat să vă ia, zise şi porni spre uşă.

— Dar este adevărat, sări Ştefan ridicând disperat mâinile, ca şi cum ar fi implorat o zeitate. Am găsit acum câteva zile la Electrocontact un dispozitiv făcut de tatăl lui – şi arătă spre Vlad –, de inginerul Pintea. Şi benzi magnetice, şi cartele perforate. Şi dovezi despre evenimente anticipate corect. Aveam nevoie să folosim un controler şi aici, în laboratorul dumneavoastră, l-am găsit pe singurul disponibil. Trebuie să ne credeţi!

Ciubotaru se opri. Se gândi puţin şi rosti:

— Inginerul Pintea, spui? Şi eu am lucrat la Electrocontact.

Deşi amănuntul acesta îl cunoştea tot oraşul, până în prezent Vlad nu făcuse legătura.

— L-aţi cunoscut pe tata? întrebă el, plin de speranţă.

— Nu, a dispărut cu câteva luni înainte să vin eu în fabrică. Dar am auzit multe despre el. Se spunea că fusese un inginer extraordinar. Am aflat că avea nişte teorii interesante, dar nu bănuiam să fi fost pasionat de călătoriile în timp. E tatăl tău? îl întrebă pe Vlad, iar acesta aprobă încet din cap. Mai ştii ceva de el? Iar Vlad negă, tot mişcând capul.

— Tata nu voia să călătorească în timp, mărturisi Vlad. Nici nu cred că este posibil aşa ceva. Se poate însă să fi descoperit o metodă de predicţie folosind calculatorul, iar eu cred că e ceva similar cu descrierea completă a unui semnal electric dacă avem măsurate mărimi în câteva puncte, de genul transformatei Laplace sau a seriilor Fourier. Nu am vrut să facem niciun rău, ci doar să testăm ideea tatei. Este tot ce mi-a rămas de la el, în afară de câteva fotografii vechi.

Ciubotaru se aşeză iar. Îşi cuprinse bărbia cu mâna stângă şi se legănă în fotoliu. Se gândi puţin, zâmbi larg, după care izbucni de-a binelea în râs.

— Aţi vrut să testaţi un dispozitiv! Şi pentru asta mi-aţi spart laboratorul! E cea mai tare chestie pe care mi-a fost dat s-o aud, spuse el printre hohote. Şi, credeţi-mă, am auzit multe!

— E purul adevăr, întări Laura.

După ce mai hohoti de câteva ori, Ciubotaru îşi şterse lacrimile cu dosul palmei. Respiră adânc şi redeveni serios.

— Uite, m-aţi făcut să râd. În niciun caz de ideea voastră, în sfârşit, a tatălui tău. Ar putea fi viabilă, de ce nu? Nu îmi amintesc mare lucru din calculele de predicţie pe care le-am învăţat la facultate, pentru că asta a fost acum, cred, vreun sfert de secol, dar mi-a rămas în cap ceea ce ne-a spus un profesor, că nimeni nu poate să cunoască viitorul, indiferent de puterea echipamentelor de calcul pe care ar vrea să le folosească pentru asta. Ştiu că ne-a demonstrat matematic că nu este posibil. În sfârşit, am râs pentru că mi-am imaginat că, dacă măcar unul dintre inginerii mei — şi lucrează la mine peste o sută — dădea o spargere la un laborator să încerce un proiect, îi ridicam statuie, aici, în faţă.

O umbră de speranţă încolţi în sufletele celor trei tineri. Laura renunţă să mai privească în gol, Ştefan răsuflă uşurat, iar Vlad făcu o grimasă care ar fi trebuit să semene cu un zâmbet.

— Înţeleg c-aţi făcut şi un film, continuă Ciubotaru cu voce spartă, luând de pe masa de şedinţe camera lor video digitală, confiscată de paznici. Halal spărgători!

Rabată micul ecran şi camera prinse viaţă. Ciubotaru întinse mâna în care ţinea camera cât putu de mult şi urmări încordat înregistrarea timp de câteva minute, derulând din când în când.

— Mi-am uitat acasă ochelarii, mărturisi el. Voi chiar aţi vrut să conectaţi chestia aia la controler!

Arătă cu bărbia spre mormanul format din controler şi costumul ticsit cu senzori, aruncat pe jos, ca o piele lepădată de un şarpe, legate împreună prin nenumărate fire colorate. Paznicii nu riscaseră să desprindă conectorii costumului şi le aduseseră împreună cu celelalte corpuri delicte, aflate în rucsacul plin de echipamente cu care veniseră cei trei spărgă-tori de ocazie.

— Da, împreună cu mănuşile şi casca, mărturisi Vlad. Pe alea încă n-am reuşit să le conectăm.

Ciubotaru dădu înţelegător din cap. Se adresă celor doi fraţi:

— Presupun că părinţii voştri nu ştiu cu ce vă ocupaţi. Probabil că sunteţi foarte pasionaţi şi cre-deţi în ceea ce faceţi. Iar eu apreciez foarte mult asta. Chiar dacă pare greu de crezut, am avut şi eu vârsta voastră odată. Ba chiar şi entuziasmul pe care l-aţi dovedit. Ce-i drept, eu n-am spart nimic, poate şi din simplul motiv că pe atunci nu era nimic de spart. Dar, dac-aş fi fost convins că trebuie, aş fi făcut-o. De asta cred că am putea ajunge la o înţelegere. Dacă sunteţi de acord, o să uit că mi-aţi spart laboratorul.

— O înţelegere? se minună Ştefan.

— Cu tine nu fac nicio învoială, că eşti la Medici-nă, dar, dacă ei sunt de acord, o să scapi şi tu, pentru că intri la pachet, reluă Ciubotaru, ridicând autoritar vocea, ca şi cum s-ar fi pregătit să încheie o afacere în care deţinea toate atuurile.

Îl întrerupse sunetul telefonului. Îl scoase din buzunar şi răspunse aruncând o privire ceasului IWC Portuguese, pe care îl purta la încheietura mâi-nii stângi. Miji ochii, apoi privi către ceasul din cuarţ atârnat de peretele sălii de protocol.

— Da, eu sunt, Mioara, răspunse cam răstit, cu tonul unui om obişnuit să comande. Spune-le să mă aştepte. Ajung în cincisprezece minute.

— Cu voi vreau să fac înţelegerea, continuă, arătând cu degetul spre Laura şi Vlad. După ce ter-minaţi facultatea, cu sau fără masterate, vreau să lucraţi pentru mine, aici, în laboratorul în care aţi intrat fraudulos, măcar un an. Desigur, cu tot pachetul de beneficii pe care le ofer angajaţilor mei de top. După care, veţi decide dacă rămâneţi la mine sau plecaţi. Ce ziceţi?

Se ridică, deschise uşa şi-i ceru unuia din paznici să îi cheme şoferul cu maşina la poartă.

Vlad se consultă din priviri cu Laura.

— De acord, spuse fata. Unde trebuie să semnăm?

— Nu trebuie să semnaţi nicăieri, spuse Ciubotaru binedispus. Îmi ajunge cuvântul vostru. Sunt convins că nu o să vi-l încălcaţi. Din câte am auzit, există şi o onoare a hoţilor. Apropo, vreţi să ştiţi cum v-am prins?

Cei trei dădură la unison din cap.

— Ana, fata pe care aţi cunoscut-o ieri, este o persoană foarte devotată geniilor de la Cercetare. Nu o dată i-a dus acasă când i-a găsit cu ochii cârpiţi de somn, moţăind pe mesele de lucru de aici. Le este ca o mamă. Le ţine partea indiferent ce fac şi mă pune întruna la cheltuială, să le asigur condiţii din ce în ce mai bune. Eu mai întâi mă supăr şi nu sunt de acord, dar ea insistă şi câştigă de fiecare dată. De când am construit secţia, pur şi simplu şi-a făcut un obicei să sune în fiecare seară, pe la zece sau unsprezece noaptea să se intereseze dacă mai este vreunul rămas la lucru. Întreabă câţi sunt, când au venit şi, dacă au stat mai mult de douăsprezece ore, vine şi îi ia sau trimite pe cineva. Când a telefonat în această seară, se afla la mine la petrecere, cu logodnicul ei. Apropo, sărbătorim încheierea în bune condiţii a celui mai serios contract de export pe care l-am avut până acum, a venit şi partenerul nostru din Germania, altfel nu ne apucam să facem chef în plină săptămână de lucru.

— Felicitări, murmurară, pe rând, cei trei tineri, impresionaţi.

— Mulţumesc. Cum spuneam, cel de la pază i-a comunicat că sunt doi ingineri care au intrat în laborator împreună cu ea, de vreo oră. După ce mi-a spus, cu greu am lămurit-o să nu vină şi ea aici, în definitiv, trebuia să aibă cineva grijă şi de oaspeţii noştri. Cred c-ar fi trebuit să studiaţi mai bine locul înainte de a da spargerea pentru care, apropo, trebuie să vă fiu recunoscător. Mi-aţi arătat mai multe puncte slabe ale securităţii mele interne. Vă garantez că data viitoare n-or să mai existe. Iar dacă, pe viitor, mai vreţi să faceţi experienţe ştiinţifice, va fi mai simplu să îmi cereţi mie voie.

Le zâmbi larg. Zâmbiră şi ei, cam forţat.

— Şi, acum chiar putem pleca? întrebă Ştefan fără să-i vină să creadă.

— Desigur, ba chiar vă sfătuiesc s-o faceţi cât mai repede, că e aproape unu noaptea, spuse bărbatul deschizând uşa. Asta dacă vreţi ca mâine să fiţi în formă. Eu nu mă pricep la călătoria în timp sau la ceea ce vreţi voi să faceţi. Dar, dacă sunteţi atât de hotărâţi să aflaţi, nu o să fiu eu cel care o să vă împiedice. Dimpotrivă, o să vă ajut. Am fost şi eu tânăr şi încă mai ţin minte cum e. Luaţi tot ce-i al vostru. E deja miercuri şi cum azi nu lucrează nimeni cu controlerul, vi-l împrumut. Condiţia mea este să nu îl stricaţi şi să mi-l daţi înapoi în starea în care îl primiţi acum. Puteţi testa tot ce vă trece prin cap până lunea viitoare, la ora zece, când vin angajaţii la lucru. O să vă sune Ana să vă spună unde anume să-l predați. Acum ștergeți-o la casele voastre. Am să fac și eu același lucru, cu speranța că nu mi-au plecat toți invitații de la petrecere. Apropo, aveți cu ce să mergeți sau vă las eu, în drum?

CAPITOLUL 13

*„Urmări fascinat cum călugării, pe care depăr-
tarea îi făcea mărunţi ca nişte pitici, desenau cu beţi-
şoare fine din lemn pe plăcuţele moi de lut, care stră-
luceau de umede ce erau, destinele oamenilor. Apoi le
coceau în cuptoare, le luau cu delicateţe, se căţărau
cu multă vioiciune şi le aşezau atenţi pe panglica uri-
aşă care se mişca uşor, dinspre răsărit înspre apus,
dinspre trecut înspre viitor, imprimând astfel cu ne-
numărate peceţi cursul timpului, creând istoria."*

Panglica Timpului

Dormiseră, cu totul, poate cinci sau şase ore.
Primul se trezi Vlad, rămas peste noapte în came-
ra de oaspeţi din casa celor doi fraţi. Visul îşi făcuse
iar apariţia, ca un tovarăş credincios. Când era copil,
căpătase convingerea că tatăl său încerca în acest
fel să comunice cu el. Îi împărtăşise mamei această
teorie, dar, cum ea îl dusese pentru zece ore chinui-
toare la un psiholog şcolar, învăţase că este mai bine
ca anumite lucruri să le păstreze doar pentru sine.

Îşi trase pantalonii şi lipăi în picioarele goale
până la baie, apoi la bucătărie, să pună apă în apara-
tul de făcut cafea. Îi trimisese un mesaj pe telefonul
mobil mamei sale, nevrând să o trezească sau să o
deranjeze de la lucru, dacă era de gardă. Se obişnu-
iseră de mai mulţi ani, chiar înainte ca el să devină
student, să se vadă rar. Comunicau prin bileţele lipi-
te cu magneţi de frigider sau, după apariţia telefoa-

nelor mobile, prin SMS-uri.

Imediat ce simţi mişcare în casă, se trezi şi Laura. Urmă acelaşi traseu, mai întâi la baie şi apoi la bucătărie. Vlad simţi cum îi stă inima în loc când o văzu cu obrajii umflaţi de somn, dar îmbujoraţi de apa rece cu care se spălase pe faţă, cu părul ciufulit, îmbrăcată în pijămăluţa ei sexy, semitransparentă. Se înfioră ca atins de curent electric atunci când fata îi puse palma pe umăr, mormăind încă somnoroasă:

— Bună dimineaţa. Lasă că preiau eu de aici. Îmi amintesc că făcutul cafelei nu e chiar punctul tău forte. O să-ncerc să-ncropesc şi-un mic dejun. Aşadar, ce vrei: ouă fierte sau omletă? Cred că mai sunt şi nişte mezeluri şi brânză în frigider, ai putea să le scoţi tu.

El se întoarse brusc şi buzele lor se atinseră ca din întâmplare. Şi unul şi celălalt zăboviră mai mult decât dacă ar fi fost un simplu accident. Ba chiar buzele lor, de parcă ar fi prins viaţă, se deschiseră puţin, asemenea petalelor unei flori, şi se lipiră pentru ceva mai mult de o clipă. Magia dură o clipă sau o eternitate, pentru că timpul părea să se fi oprit, şi când ceasul vieţii reporni, se traseră înapoi, el cu obrajii îmbujoraţi, ruşinat, ea cu un zâmbet îndrăzneţ, se depărtară şi, ca şi când nimic nu s-ar fi întâmplat, reveniră la obişnuita lor relaţie platonică, în care erau doar prieteni, aşa cum fuseseră în urmă cu douăzeci de ani, de când se ştiau.

Numai că Laura nu avea de gând să cedeze aşa uşor. Îşi puse mâinile pe după gâtul lui şi îl sărută delicat, aşa cum Vlad nu-şi mai amintea să fi fost sărutat vreodată de cineva, iar mâinile lui se împletiră firesc pe mijlocul ei. Îi simţi mirosul de pastă de dinţi şi se ruşină pentru că el doar îşi clătise gura cu apă, apoi nu mai simţi nimic altceva decât cum în stomac îşi lua zborul un roi de fluturi.

— Hâmm, hâmm! îşi drese vocea Ştefan din dreptul uşii bucătăriei. Mă scuzaţi, n-aţi putea lăsa giugiuleala pe mai târziu, c-avem treabă azi. Peste câteva zile trebuie să ducem înapoi controlerul, iar eu am de făcut un drum. În viitor.

Vlad se desprinse din îmbrăţişare ca şi cum glasul lui Ştefan ar fi declanşat un curent electric de mare intensitate. Un moment mai târziu, se desprinse şi Laura, dar nu înainte de a-i şopti la ureche: „Încă de atunci voiam să fac asta", atât de încet, încât iniţial crezu că i s-a părut.

— Mai întâi, mâncăm ceva, spuse cu voce tare Laura, binedispusă. Şi pe urmă vedem cum stăm.

Mâncară într-o tăcere complice. Vlad şi Laura schim-bară priviri, surprinzându-se unul pe altul, atingându-se uşor şi nevinovat, aparent întâmplător. „M-am îndrăgostit", concluzionă Vlad şi se simţi ceva mai uşurat după ce îşi mărturisi acest adevăr, dar şi foarte dornic să i-l împărtăşească Laurei. Ştia la care „atunci" se referise fata. Se întâmplase în urmă cu şapte ani, într-o vară, la discoteca în aer liber din parc. Deşi mai fuseseră la discoteci, se aflau pentru prima oară acolo. Ea refuzase să danseze cu un băiat mai mare, tuns chilug, cu cercei în ambele urechi, care fuma nervos. Îl văzuseră aruncând peste umăr o doză de bere goală. O fixase pe Laura chiar de când intraseră. O invitase, sigur pe sine, la dans, iar ea refuzase şi, astfel, îl ofensase. Camarazii cu care acesta venise începuseră să chicotească, iar individul o prinsese de mână şi o trăsese spre ring. Atunci intervenise el, cavalereşte, şi îl oprise. Spusese şi ceva de genul: „Dă-i drumul imediat!" sau poate numai se gândise la asta, căci în vacarmul provocat de difuzoarele ce revărsau mii de waţi de muzică *trance* în mod sigur nimeni nu îl auzise. Individul rânjise, îl îmbrâncise cu umărul, îşi trecuse degetul arătător peste gât, apoi arătase spre el. Poate că l-ar fi lovit dacă bodyguarzii discotecii, care se învârteau peste tot, n-ar fi intervenit. În mod sigur, gaşca îi aşteptase să iasă. Dar ei, cu inimile ticăind gata să le iasă din piept, săriseră peste gardul care îi despărţea de curtea Maternităţii învecinate, trecuseră ţinându-se de mână pe lângă cabina paznicului indiferent la vârsta pacientelor instituţiei şi se pierduseră pe străzi, până ajunseseră la Laura acasă. Ea îl îmbrăţişase atunci strâns, de parcă nu ar mai fi avut de gând să-i dea drumul. Feţele li se apropiaseră, buzele aproape li se atinseseră, dar momentul de magie întârziase să apară. Se desprinseseră cu greu şi numai după ce fata încetase să mai suspine.

O altă aventură fusese drumul până la propria casă, pe care îl făcuse cu spaima în suflet, uitându-se în toate părţile. Nu mai vorbiseră despre acel incident, dar săptămâni la rând priviseră cu atenţie peste umăr.

După micul dejun, ajută la strânsul vaselor doar din dorinţa de a fi cu un pas mai aproape de ea. Apoi, pluti împreună cu cei doi fraţi până în garaj unde îşi improvizaseră atelierul. Măsură locul cu privirea pierdută a îndrăgostitului. Ştefan înţelese altceva şi îl încurajă:

— Să trecem la treabă! Şi Apple tot într-un garaj a început, asta dacă nu-i doar imaginaţia regizorului filmului ăluia despre Steve Jobs, *Pirații din Silicon Valley.*

— Nu este, îl asigură soră-sa. Spre deosebire de tine, eu am citit cartea.

În următoarele ore, nici Vlad şi nici Laura nu avură timp să se gândească la dragoste şi nici la nimic altceva decât la predicţia viitorului cu ajutorul echipamentelor electronice pe care le înşiraseră peste tot prin garaj.

Mai întâi, Vlad corectă eroarea strecurată între liniile de comandă scrise pentru controler. Apoi mai găsi alte două, care îi luară aproape o oră să le rezolve. Într-un târziu, ledurile minuscule, care indicau buna funcţionare, prinseră să lumineze în verde. Laura veni cu laptopul şi îl conectară la controler, pentru a-şi testa interfaţa. Clipi nemulţumită în timp ce mâinile îi alergară peste taste. În acest timp, Vlad înfipse convertoarele audio şi video în conectorii potriviţi şi îi legă la controler împreună cu restul costumului, căştii şi mănuşilor.

— Seamănă cu o invenţie din alea trăsnite, cum erau în filmele cu Stan şi Bran, comentă Ştefan privind amuzat ansamblul. Trebuie să mă dezbrac complet? Vreau să spun, senzorii şi toate celelalte trebuie să intre în contact cu pielea, nu-i aşa?

— Poţi să-ţi păstrezi slipul, dacă asta vrei să spui, îl linişti Vlad. În acea zonă a costumului tata nu a prevăzut nici senzori şi nici stimulatori. Ar fi fost chiar culmea!

Astfel lămurit, Ştefan îşi scoase tricoul şi bermudele şi încercă zadarnic să intre în costumul cu senzori. Cauciucul acestuia protestă şi trosni de câteva ori.

— Încearcă să pui o pungă din plastic pe picior şi apoi pe mâini, îl sfătui Laura întinzându-i una. Aşa o să alunece mai uşor. Am învăţat asta la cursurile de *scuba diving* pe care le-am făcut în Spania, la Costa Ventura, când eram la liceu. Mai ţii minte, a fost ultimul concediu în care am fost cu părinţii. Tu ai preferat să dormi atunci, că se ţineau prea de dimineaţă.

Soarele umpluse de pistrui faţa fetei, dar ea era prea ocupată ca să-i bage de seamă. Lui Vlad i se păru că este astfel încă şi mai atrăgătoare.

— Oricum, costumul ăsta nu-i pe numărul meu, gemu Ştefan, nefericit.

— Să ştiţi că-ncep să filmez, anunţă Laura aşezând camera video pe un trepied.

Cu ajutorul pungii, Ştefan reuşi totuşi să se strecoare în costum. Vlad îl ajută să tragă fermoarul din spate după care se învârti în jurul lui, verificând şi reverificând cablurile, aşezându-i casca cu microfon şi ochelarii de realitate virtuală, de parcă Ştefan ar fi fost un cosmonaut pornit să cucerească spaţiul cosmic.

— Gata, putem începe! anunţă el după ce se declară satisfăcut.

— Ar fi şi timpul, mi-e foarte cald şi transpir groaznic. Asta ar putea afecta senzorii, nu-i aşa?

— Încearcă să nu te mişti, îl sfătui Laura. Dacă nu faci efort, o să transpiri mai puţin. Încarc prima bază de date. Atenţie, lansez programul.

Ştefan încremeni, metamorfozat într-o statuie supra-realistă, neagră şi lucioasă, legată cu o puzderie de fire electrice la controlerul, de asemenea, negru. Pe ecranul laptopului apăru un contor asemănător cu cel al unui ceas digital, care, pe lângă clasicele câmpuri: „Ora", „Minutul", „Secunda", „Ziua", „Luna" avea în plus încă unul deasupra căruia scria: „Anul".

— Ar mai fi fost de lucru la interfață, însă mi-am zis să mai amân cu partea grafică. Hai să-ncepem c-o predicție pe interval de-o săptămână. Să aflăm ce-o să se-ntâmple miercurea viitoare, exact la ora asta. Gata, adăugă după ce completă câmpurile temporale afișate pe ecran.

— Oh, strigă Ștefan foindu-se neliniștit. Mă gâdilă peste tot. Auu! Cred că-mi țiuie urechile. Dacă e un sunet, e foarte jos, dar ar face bine să se termine, că nu mai rezist multă vreme. Și imaginile de pe ochelari, e o cacofonie de culori! Parcă privesc un pictor suprarealist la lucru. Și mi-e foarte cald. Mă sufoc.

— Urmărim și noi pe ecran ceea ce vezi tu în ochelari, îl informă calmă Laura. Avem și sunetul, dar ar fi prea mult să spun că ascultăm stereo pe difuzoarele laptopului. O să opresc acum.

Atinse câteva taste, dar programul nu se lăsă închis. Apăru o fereastră care îi anunță că programul nu mai răspunde, așa că Laura apăsă hotărâtă pe butonul care tăia alimentarea laptopului. Vlad se repezi la Ștefan și îl ajută să iasă din costum. Tânărul era leoarcă de transpirație. Odată scăpat de strânsoarea echipamentului, îi anunță că se aruncă în piscină, ieși din garaj ca din pușcă și, după câteva secunde, un plescăit confirmă faptul că-și pusese intenția în practică.

Laura și Vlad nu îl băgară în seamă. Reluară înregistrarea procesului de pe laptop, începând cu un ecran pe care erau desenate două siluete asemănătoare cu cele afișate de semafoare, când indicau pietonilor că trebuie să stea. Dedesubtul siluetelor scria „Față" şi „Spate". O mulţime de puncte negre, clipitoare, indicau poziţiile senzorilor. Laura încetini înregistrarea, iar punctele negre începură să se mişte ordonat, de la stânga la dreapta, sărind apoi pe rândul următor şi tot aşa.

— Mărcile tensometrice au fost citite tot timpul, aşa cum era de aşteptat, constată Laura.

Atinse o tastă şi siluetele se umplură cu puncte roşii şi verzi. Însă oricât de mult încetini Laura procesul, mişcarea acestora tot nu avea nicio noimă.

— Astea-s gâdilăturile pe care le-a simţit Ştefan, spuse Vlad. Sunt pistoanele miniaturale ale supapelor care l-au apăsat pe piele. Numai că nu par să urmeze vreun şablon.

— S-ar putea să aibă legătură cu bazele de date, spuse Laura. Cred că ar trebui să suprapunem şi imaginile. Şi sunetele. Acum e foarte clar ceea ce am presupus: sistemul citeşte senzorii şi, în funcţie de starea lor, transmite celui aflat în costum stimuli audio, video şi tactili. În acest caz, a depins de reacţiile lui Ştefan.

— Reacţia mea a fost compromisă de transpiraţie, spuse acesta.

Înfăşurat într-un prosop mare, de plajă, lipăise neauzit în spatele celor doi, urmărind şi el, fascinat, ecranul laptopului. La picioarele lui se formase deja o mică baltă.

— Nu neapărat, spuse Vlad fără să-şi ia ochii de pe ecran. Transpiraţia conţine săruri, deci este bună conducătoare de electricitate. Numai că mărcile tensometrice reacţionează doar la presiune, deci nu înseamnă că experimentul a fost alterat.

— Transpirația poate afecta în alt mod, insistă Ștefan. Corpul degajă excesul de căldură. Stimularea și reacțiile unei piei supraîncălzite și umede sunt, în mod sigur, diferite față de situația normală.

— Înseamnă că trebuie să încercăm din nou, undeva unde e răcoare, propuse Laura. Poate într-o cameră frigorifică.

— Sau în piscină, sugeră Ștefan. Înțeleg că aici avem un sistem cu feedback. Nu vă uitați așa la mine, această noțiune face parte din biologie cu mult înainte ca inginerii ca voi să-i fi găsit aplicații tehnice. Vă asigur că în anul patru la Medicină am studiat și asta. În apă, feedbackul ar fi cu mult mai bun. Nu doar la termoreglare mă refer, mai este și senzația de imponderabilitate care ar putea amplifica efectele stimulării cu acele supape. Cine știe ce fel de reacții trebuie să provoace programul? În piscină avem șanse mai bune să reușim.

Vlad îi aruncă o privire fugitivă și se concentră asupra laptopului. Fata apăsa din când în când câte o tastă, apoi privea ecranul pe care se succedau când o coloană de linii scrise în cod, când secvențe de cifre și litere.

— Are dreptate, conchise Laura. Dacă îmi amintesc bine, și nea Ilie spunea ceva despre un bazin cu apă în care credea că se băga tatăl tău. Dar costumul nu pare să fi fost proiectat să lucreze în apă. Ar trebui izolate contactele.

— Costumul e din cauciuc, deci trebuie izolați numai conectorii adăugați de mine, răspunse Vlad. Ar fi nevoie de cabluri mai lungi, dar aș putea să le sertizez pe astea, am luat letconul și o bobină cu fir. Cum nu se poate vorbi în apă, o să transform microfonul în laringofon. Mda, se poate aranja.

— În ce o să-l transformi? se minună Ştefan.

— Microfonul va capta direct vibraţiile coardelor vocale. Va trebui să-l etanşez şi pe el înainte de a ţi-l lipi de gât.

— Ar mai fi ceva, vorbi Ştefan, ştergându-şi părul cu prosopul. În mod evident, costumul este prea mic pentru mine. E mare minune că n-a plesnit pe la lipituri, mai ales la venerabila lui vârstă. Din acest motiv, presupun că atât senzorii, cât şi stimulatorii nu se află acolo unde trebuie. Iar fără stimuli corecţi, cred că iese din discuţie calitatea feedbackului. Poate-ar trebui să mai dau jos vreo câteva kilograme, dar în niciun caz nu o să pot face asta până mâine-dimineaţă. Chiar dacă nu îmi prea place, trebuie să recunosc că tu, Vlad, vei fi cel care va face următoarea tentativă de călătorie temporală. Îmi pare rău. Pentru mine.

În următoarele două ore mutară o bună parte din conţinutul garajului pe terasa de lângă casă, ce dădea spre piscină. Ştefan întinse un prelungitor electric cu trei prize, Vlad izolă contactele costumului folosind un tub cu silicon, iar Laura îşi scoase hainele şi rămase doar în costum de baie. Se aşezase sub umbrela unui şezlong şi tasta de zor la laptop, cu ochii mijiţi, indiferentă la tot ce se întâmpla în jur. Păreau trei tineri care pun la cale o petrecere înainte de a se arunca în piscină. Pe la amiază, Ştefan, care nu mai avea nimic de făcut, comandă pizza, îşi desfăcu o cutie cu bere şi, după ce o termină, se întinse pe un şezlong să moţăie la soare. Preocupaţi de ceea ce făceau, Laura şi Vlad mâncară mecanic, fără să bage măcar de seamă ce anume mestecau.

— Eu am terminat, spuse Vlad după ce examinase pentru a treia oară, în mod amănunţit, costumul, controlerul şi conectorii.

— Putem începe când vreţi, mormăi Laura fără să se oprească din tastat. Eu fac doar mici ajustări.

Vlad îşi trase, neîndemânatic, costumul pe el. Fu rândul lui Ştefan să-l ajute.

— Ţi se potriveşte foarte bine, constată acesta, privind cu invidie corpul suplu al prietenului său. Arăţi ca un supererou pregătit să salveze planeta.

— Laura, poţi să mă conectezi la controler, spuse Vlad aruncându-i o privire prudentă. Eu intru în piscină.

Fata era foarte atrăgătoare în costum de baie. De fapt, o găsea atrăgătoare oricum. Coborî cu dificultate treptele scării de oţel inoxidabil, încercând să nu agaţe păienjenişul de fire pe care le adunase şi le legase într-un mănunchi ce atârna în urma lui ca o coadă. Îşi dădu drumul în apă, dar ieşi imediat pufnind şi scuipând. Se prinse zdravăn de o treaptă a scării.

— Mă trage la fund! strigă tuşind. E prea greu.

Laura sări imediat în piscină. În pofida ochilor plini de lacrimi şi apă, Vlad nu se putu abţine să nu-i admire săritura perfectă. Din câteva mişcări, fata ajunse lângă el.

— Are flotabilitate negativă, spuse pipăindu-i mijlocul. Uite, aici sunt greutăţile, plasate în buzunarele din jurul taliei. Stai liniştit c-o să-ţi scot câteva.

— Asta tot de la cursul de *scuba diving* o ştii? comentă Ştefan de pe margine.

— Am crezut că sunt senzori neutilizaţi, mărturisi Vlad.

— Cred că tatăl tău a proiectat costumul pentru imersiune. O să ai nevoie de ochelarii şi de tubul *snorkel*. Ochelarii sunt suficient de largi să încapă şi cei de realitate virtuală. Ştefan, adu-i tu! Sunt...

— Ştiu unde sunt, i-o tăie fratele său, nemulţumit. În camera de întreţinere a piscinei. Atâta doar că nu prea-mi place acolo. Miroase a clor şi-mi lăcrimează ochii. Vrei şi labele de scafandru? se mai interesă rânjind, dar soră-sa se încruntă la el.

După ce îi completă astfel echipamentul, Laura îi ură succes, făcându-i complice cu ochiul. Apoi se scufundă brusc, lovi fundul piscinei cu tălpile, ţâşni ca o săgeată din apă, se împinse cu mâinile de marginea piscinei şi sări pe mal. Vlad rămase suspendat la vreo zece centimetri de suprafaţă, cu faţa în jos. Mănunchiul de fire care îl lega de controler îl făcea să arate ca un balon ce se înălţase invers, în direcţia greşită.

— Mă auzi? răsună în căştile Sony glasul fetei. Rulez testul, continuă ea. Senzorii sunt conectaţi şi lucrează corect. Şi stimulatorii par a fi în regulă, ar trebui să-i simţi. Pe ochelarii de realitate virtuală îţi trimit dungile colorate, întâi, pe orizontală şi acum, pe verticală. Spune totuşi ceva, să probăm laringofonul.

Vlad îşi dădu seama că de fiecare dată, cu mâna dreaptă dusă în lateral, ridicase degetul mare lipit de cel arătător, făcând semnul internaţional pentru OK. Până să-i ceară Laura să verifice ochelarii virtuali, ţinuse pleoapele strâns închise.

— E bine, vocaliză el fără să deschidă gura. Toate sistemele funcţionează, toate luminile sunt verzi. Sunt gata când eşti şi tu.

— Replicile astea le-am auzit într-un film, spu-se Ştefan. În...

Dar Vlad nu mai auzi despre ce film era vorba pentru că în conversaţie se băgă Laura.

— Te voi trimite în viitor peste... un an. Îi dau drumul acum. Călătorie plăcută!

Vlad auzi în urechi sunete stranii, de frecvenţă joasă, care în scurtă vreme se transformară în bătăi, fără să devină însă ceva neplăcut. Ochelarii de rea-litate virtuală generară imaginea unui vortex care crescu repede în dimensiuni. Stimulatoarele îl apă-sară fin pe tot corpul, întărind senzaţia de zbor.

Însă totul dispăru la fel de repede. Vortexul dis-păru primul şi ochelarii se opacizară. Sunetele se transformară într-un tânguit trist şi se opriră de tot. Stimulatoarele îi mai împunseră fără vlagă pielea de pe braţe şi de pe picioare şi se opriră şi ele. Simţi cum se leagănă, dar se dovedi imediat să senzaţia fusese provocată de cineva care se aruncase în piscină, îl cu-prinsese, îl trăsese cu putere la suprafaţă şi îl ajutase să-şi scoată tubul *snorkel* şi casca, apoi să urce pe mal.

— Ce s-a întâmplat? fură primele lui vorbe.

Ştefan îl cerceta, îngrijorat. Laura îşi privea ne-încrezătoare laptopul. Controlerul avea toate leduri-le roşii, de avarie, aprinse.

— S-a blocat, spuse fata. Pur şi simplu s-a blo-cat! Un procesor de ultimă generaţie, cu placă video şi memorie berechet, s-a blocat ca o amărâtă de Da-cie cu jiclorul înfundat. La naiba! izbi ea înciudată cu pumnul în taste. Nu pot deloc să pricep cum a putut rula tatăl tău programul pe un calculator preistoric.

— Poate e de la conversia din Fortran în C Sharp? Chiar dacă, aparent, programul s-a condensat, în realitate s-a extins cu nenumărate instrucțiuni în cod mașină. Pe vremuri, când nu prea aveau resurse, își băteau mai mult capul, iar instrucțiunile erau optimizate pentru a utiliza la maximum hardware-ul. După cum bine știi, astăzi nu se mai face asta. Programatorii profită de forța brută, de puterea procesoarelor și de dimensiunile generoase ale blocurilor de memorie. Dar cred totuși c-ar fi trebuit să meargă, încercă Vlad să o consoleze. Am văzut imagini și am auzit sunete. A fost foarte... A fost unic, în cele zece-cincisprezece minute cât a durat.

— N-a trecut nici măcar jumătate de minut, spuse Ștefan. Ai avut impresia că a trecut mai mult? Interesant, înseamnă că schema de sunete, imagini și senzații afectează percepția timpului. Asta se întâmplă în stările onirice, când un vis de câteva secunde lasă în urmă senzația că au trecut ore sau chiar zile. Am să mă uit pe grafice, dar presupun că ai auzit sunete teta și delta, de joasă frecvență. Se poate să-ți fi fost afectate ambele emisfere cerebrale, cea stângă și-a diminuat activitatea, iar cea dreaptă și-a amplificat-o. Dacă programul a reușit să-ți inducă asemenea senzații, înseamnă că suntem pe calea cea bună.

— Avem nevoie de mai multă putere de calcul, spuse Laura furioasă.

Se făcu liniște și toți trei se gândiră preocupați cum să rezolve problema apărută.

— Am putea încerca un interval mai scurt, propuse Vlad. Poate o săptămână sau doar o zi. S-ar reduce proporțional numărul de operații.

Dar Laura clătină din cap.

— Sistemul s-a blocat aproape imediat. N-a reușit să proceseze mare lucru din viitor, poate doar

vreo câteva ore sau o zi, iar informația ți-a trans-
mis-o în douăzeci și patru de secunde. Nu avem ni-
cio șansă să facem același lucru pentru un an. Măcar
avem o primă confirmare: toate lucrează împreună.
Adică programul citește starea senzorilor și acțio-
nează stimulatoarele ca să-ți inducă sugestii.

— Da, seamănă cu o realitate virtuală foarte
avansată, zise Vlad.

— Aș spune că este mai mult decât atât, afirmă
Laura. Cred că tatăl tău a realizat o conexiune între
om și computer și mai cred că această combinație
poate genera predicții. Genul pe care o să-l obținem
și noi imediat ce-o să-mi vină vreo idee despre cum
să rulăm acel program.

— Poate că am putea programa o călătorie în
trecut, încercă și Ștefan să-și dea cu părerea, dar La-
ura clătină iar din cap.

— Ca să aflăm ce? Poate că programul induce
stări care stimulează amintirile, iar asta nu ne lămu-
rește deloc despre ceea ce bănuim că poate să facă.
Dacă îl trimitem pe Vlad în urmă cu un an, cu ce pre-
dicții crezi că o vină? Sau chiar cu două mii de ani, în
trecut, ce o să ne spună? Că o să apară Isus Hristos?
Un asemenea program cred că aș putea să scriu și
eu, deși cred că deja există, doar se fac filme artistice
cu ajutorul lor. Asta dacă renunți la variabila dată de
literatura romanțată. Trebuie doar să iei evenimen-
tele atestate istoric și să le îmbini cu cele neatestate,
provenite din legende, dar și cu descoperirile arheo-
logice și obții o proiecție destul de fidelă a trecutului.

— Da, mama mi-a spus că tata reușise să inter-
poleze datele despre trecut și să obțină scenarii cre-
dibile. Așa l-au lăsat să se ocupe de viitor. Aș putea

să aduc şi eu vreo două calculatoare, le facem să lucreze împreună cu laptopul şi am mări considerabil puterea de calcul, încercă Vlad.

— Pot contribui cu laptopul meu, prinse Ştefan din zbor ideea. Poate aş mai reuşi să împrumut două-trei de pe la prieteni. Sau am putea lansa o cerere pe internet, pe reţelele de socializare, să ne pună calculatoarele la dispoziţie pentru vreo oră sau aşa ceva. Am putea obţine acces la mii de computere sau poate sute de mii. S-a mai făcut asta.

Dar Laura iar nu fu de acord.

— Ca să încercăm asta, nu mi-ar ajunge vara să scriu programul de generare al unei asemenea reţele. Este adevărat că s-a mai făcut aşa ceva, dar la problemă a lucrat un colectiv mare şi, ulterior, s-a dovedit că, de fapt, cel mai mult timp consumat în acea reţea a fost pentru comunicaţii. Noi avem nevoie de o resursă hardware unitară foarte mare, nu de jucării precum computerele noastre. Iar acum ştiu exact de unde o s-o luăm.

Fata zâmbi triumfător şi bătu din palme. Vlad o privi nedumerit, iar Ştefan nu se abţinu să întrebe:

— Ei bine, de unde?

— De la Londra, rosti Laura bucuroasă. Vom rula online programul pe IBM-ul de la facultate şi tot online vom primi şi rezultatele, asta dacă între timp nu mai descarci tu filme de pe internet, Ştefan, pentru c-avem nevoie de toată viteza de transfer pe care-o putem obţine. O să am eu grijă şi de asta. Vlad, data viitoare când o să te bagi în piscină, o să fii conectat la *Roadrunner*, căruia sper că nu degeaba i se spune supercomputer. Rezolv imediat.

CAPITOLUL 14

„Timpul însuşi colora modelele astfel imprimate, le dădea perspectivă, le anima şi apoi completa, după propriile legi, distanţele dintre aceste cadre, în aşa fel încât existenţele se desfăşurau lin sau tumultuos, mai repede sau mai încet, după ritmuri şi amplitudini de neînţeles pentru cei mai mulţi. Aspirantul ar fi fost în stare să privească la nesfârşit truda acelor zei care, odată, fuseseră oameni, ca şi el. Şi ei, şi el se ridicaseră deasupra celor de jos, de la poalele muntelui. Ajunseseră prin forţele lor deasupra omenirii care îi născuse pentru a împleti nenumăratele iţe ale destinelor, pentru a împărţi binele şi răul, frumosul şi urâtul, viaţa şi moartea."

Panglica Timpului

Laura intră de pe laptop pe internet şi stabili legătura cu computerul din Londra. Trimise programul şi baza de date, după care bătu satisfăcută din palme.

— Am redus intervalul de predicţie la treizeci de zile, spuse preocupată.

— Înţeleg, în acest fel încărcăm computerul mai puţin, concluzionă Ştefan, dar Laura îl privi amuzată.

— Cu programul pe care vrem să-l rulăm nu cred că-i putem da de lucru computerului nici pe departe atât cât poate duce, îi răspunse Laura. Limitarea noastră o constituie banda de acces la internet. Recunosc, am dat drumul unui virus paşnic care o să ne acorde nouă prioritate pe serverul provider-ului. Doar pentru o vreme, când vom părăsi conexiunea, se va autodistruge şi nu va lăsa urme. Vlad, poţi să te scufunzi la loc în piscină. Îi dăm drumul când eşti gata.

Oftând, Vlad îşi puse casca pe cap, îşi potrivi ochelarii virtuali, apoi pe cei de scufundări, băgă în gură muştiucul tubului *snorkel*, coborî din nou scara din inox a piscinei şi se întinse în apă.

— Sunt gata, vocaliză în microfonul transformat în laringofon. Dă-i drumul! *Hit me baby one more time*, încercă el să destindă atmosfera fredonând din melodia cu care Britney Spears îl impresionase în preadolescenţă, însă pentru cei doi fraţi, rămaşi în afara piscinei, vorbele lui, trecute prin sistemul audio, sunară înfundat şi fără prea mult haz.

Aproape imediat, pe ochelarii virtuali reveni vortexul, cu mult mai clar. În pofida rezoluţiei reduse, provenite din programul original, placa video crescuse implicit numărul de pixeli prin interpolare. Sunetele şi imaginile curgeau firesc, natural, fără pic de întrerupere. Senzaţiile deveniseră mult mai puternice decât la prima experienţă. Vlad acceptă firesc şi fericit noua lume în care se pregătea să pătrundă, avu impresia că poate atinge vortexul şi chiar o făcu sau, cel puţin, toate simţurile sale îi spuneau asta. Zise ceva în laringofonul improvizat, fără să ştie ce. Fermecat, se lăsă absorbit de feeria de sunete, forme şi culori. Din nou, pentru el timpul se opri sau pur şi simplu încetă să mai existe.

* * *

Două perechi de braţe îl traseră cu brutalitate pe malul piscinei. Îşi dădu seama că braţele nu fă-

ceau parte din visul indus de program doar atunci
când i se scoase tubul *snorkel*, casca şi ochelarii. Fu
apoi săltat în picioare şi alte braţe îi traseră fermoa-
rul costumului şi îl extraseră din el ca şi cum l-ar fi
jupuit de piele. Îl îmbrăcară cu tricoul, iar altă pere-
che de braţe îl ridică exact ca pe o păpuşă şi îl băgă în
bermudele lui Ştefan. Mâinile îi fură răsucite la spate
şi prinse cu o brăţară de plastic. Clipi nedumerit de
mai multe ori. După ce ochii i se obişnuiră cu lumina
puternică a soarelui de după-amiază, ridică privirea,
căutând explicaţii.

Nu îşi zări prietenii. În schimb, constată că era
înconjurat de zdrahoni în uniforme negre şi ves-
te antiglonţ pe care scria cu litere mari, albe, SPIR.
Aveau feţele acoperite cu măşti de schi, iar la ban-
dulieră le atârnau arme automate. Doi dintre ei îl
duceau, ţinându-l de antebraţe, spre poarta casei în
timp ce alţi cinci sau şase adunau echipamentele şi
le îndesau în saci negri de plastic.

În stradă se aflau trei dube negre identice, in-
scripţionate cu aceleaşi iniţiale care se citeau şi pe
uniformele atacatorilor: SPIR. Unul dintre ei deschi-
se uşa din spate a dubei din mijloc şi îl împinse înă-
untru. În lumina ce se strecura prin geamul protejat
cu gratii, Vlad îi văzu pe cei doi fraţi, aşezaţi unul
lângă altul, pe bancheta din dreapta. Erau îmbrăcaţi
în blugi şi tricou. Pantalonii lui Ştefan se udaseră de
la slipul care nu apucase să se usuce. La fel ca şi el,
aveau şlapi în picioare şi mâinile legate la spate.

Îşi pierdu echilibrul când duba porni brusc, dar
îşi flexă la timp genunchii, reuşind să îşi controleze
căderea şi să se aşeze pe bancheta din stânga.

— Ce s-a întâmplat? Cine-s ăştia şi ce vor? întrebă Vlad cu vocea gâtuită de emoție.

— SPIR, Serviciul de Intervenții Speciale al Poliției, sau cam așa ceva, îl informă Ștefan.

— Nu știm ce vor, îi răspunse și Laura. Este pentru a doua oară în nicio zi când sunt capturată de bărbați mascați, în uniformă și mi-a cam ajuns! Ăstia au năvălit cam la un sfert de oră după ce-ai intrat în apă. Nici n-am apucat să ne mișcăm, c-au și tăbărât pe noi și ne-au legat. Apoi au decuplat laptopul și te-au scos pe tine din piscină.

— I-am văzut cum au luat totul, spuse Vlad.

— În acest caz, o să fie dificil să înapoiem controlerul, concluzionă Ștefan, dar soră-sa îl privi, stupefiată.

— Am fost răpiți sau arestați, iar ție-ți arde de controler? Și nici nu știe nimeni de noi!

— Eu am cerut voie să dau un telefon, ripostă Ștefan. Oricine are dreptul la un telefon.

— Asta e doar în filmele americane la care te uiți toată ziua! izbucni Laura. Indivizii ăstia n-au scos nici măcar o șoaptă. Ne-au tratat de parcă am fi obiecte. Măcar tu, Vlad, ai avut vreo viziune a viitorului?

— Pentru mine a trecut mult mai mult timp. Încă sunt amețit și nu îmi amintesc mare lucru, oftă tânărul.

— În mod logic, programul ar trebui să aibă o procedură de revenire, spuse Ștefan. La fel ca în chirurgie, mai întâi anesteziezi pacientul, îl operezi și apoi îl ajuți să-și revină. Dacă te-au decuplat brusc, ai sărit ultima parte și cred că este normal să fii buimac.

— Oare ce vor de la noi? se întrebă Laura cu

voce tare. Şi, mai ales, pe cine-am supărat?

— Despre ceea ce aveam de gând să facem ştia doar Gelu Ciubotaru, de la ElectroAlfa, care ne-a şi dat controlerul, spuse Ştefan, lăsându-se într-o parte când duba în care se aflau luă cam tare o curbă după ce trecuse, cu sirenele pornite, probabil de un semafor. Poate s-o fi răzgândit şi ne-a reclamat la Poliţie că i-am spart fabrica.

— Nu cred, rosti Laura. În primul rând, putea s-o facă azi-noapte, când ne-a prins în flagrant. În al doilea rând, i-a mers vestea că-i parolist. Nu cred că şi-a încălcat cuvântul pentru acel controler.

— Şi, în plus, avem totul filmat, inclusiv discuţia din sala de şedinţe a ElectroAlfa, pentru că am lăsat camera deschisă, adăugă Ştefan. Chiar dacă suntem reclamaţi, orice avocat poate folosi înregistrarea ca să convingă un judecător că nu suntem chiar atât de ticăloşi.

— Atunci, cine?...

Întrebarea lui Vlad pluti în aer. Duba se opri cu scârţâit de frâne. Auziră bocanci izbindu-se de asfalt, uşa dubei se deschise şi doi mascaţi le făcură semn să iasă.

Escortaţi fiecare de câte un zdrahon, au fost băgaţi în clădirea Poliţiei prin intrarea din spate, pe unde erau aduşi infractorii. După câţiva paşi, împinşi de însoţitorii lor, au coborât un rând de trepte şi apoi au fost lăsaţi într-o cameră de interogatoriu. Gărzile lor le scoaseră cătuşele de plastic de pe mâini şi îi părăsiră, încuind însă uşa. Se aşezară pe trei dintre cele şase scaune metalice aflate în jurul unei mese, de asemenea, metalice. Tot mobilierul fusese fixat cu buloane zdravene de podea. Un bec chior, as-

cuns după o mască făcută dintr-o tablă cu multe gă-
uri arunca din mijlocul tavanului o lumină palidă în
care abia se vedea vopseaua scorojită de pe pereți.

— Oglinda de pe perete este, de fapt, un geam
prin care suntem priviți, îi avertiză Ștefan, frecân-
du-și cu putere încheieturile amorțite de la strân-
soarea cătușelor de plastic. Sunt sigur că există pe
undeva un microfon și o cameră video. Am văzut
asta în...

— În filmele polițiste, știm asta, îl contră ner-
voasă sora-sa. Iată c-am ajuns și infractori! Sper să
vină cineva să ne explice ce vor de la noi.

Speranța i se împlini abia peste două ore și
ceva, când ușa camerei de interogatoriu se deschi-
se brusc. Vlad și Ștefan adormiseră cu capetele pe
masă. Încercase și Laura, și reușise chiar să ațipeas-
că de vreo câteva ori, însă o sete chinuitoare o trezea
de fiecare dată. Își pierduse răbda-rea și se dusese
în dreptul oglinzii ca să se strâmbe sau ca să scrie cu
degetul după ce suflase ca să-i aburească suprafața.

Cei doi tineri tresăriră și se treziră auzind
scrâșnetul încuietorii. Intră un bărbat îmbrăcat în-
tr-un costum elegant, gri, și cămașă albă. La gât pur-
ta o cravată albastru spălăcit, iar în mână ducea o
servietă din piele pe care o puse pe un scaun liber.
Scoase dintr-un etui aflat într-un buzunar interior al
hainei o pereche de ochelari de citit pe care și-i puse
ceremonios pe nas.

Se așeză, păcăni clapele servietei, o deschise și
scoase o coală de hârtie pe care le-o citi cu voce mo-
notonă:

— „Numiții Pintea Vlad, Dănuța Ștefan și Dănu-
ța Laura...", începu acesta, apoi le citi numele părin-

ţilor şi adresa, ocupaţia şi facultăţile la care studiau. Continuă: „sunteţi acuzaţi de accesarea fără drept a unui sistem informatic, faptă care se pedepseşte în conformitate cu Legea nr.161/2003, Articolul 42, dar şi de constituirea unui grup infracţional în scopul comiterii de acte de terorism, faptă care se pedepseşte în conformitate cu Legea 535/2004, Articolul 32. Întrucât fapta a fost comisă de pe teritoriul României, dar a afectat sisteme informatice vitale ale armatei Statelor Unite ale Americii, în conformitate cu tratatele internaţionale la care România a aderat şi conform prevederilor din Pactul Atlanticului de Nord, NATO, din care România face parte, veţi fi extrădaţi în ţara prejudiciată unde veţi fi anchetaţi şi judecaţi de un tribunal militar, vi se va stabili fiecăruia în parte vinovăţia şi vă veţi primi pedepsele. Procedura de extrădare intră în vigoare imediat.”

Cei trei rămaseră cu gurile căscate de uimire. Bărbatul îşi puse foaia la loc în servietă, o închise, îşi scoase ochelarii, se ridică şi se îndreptă spre uşă.

— Dar... cum... de ce... începură toţi trei deodată.

— Nu sunt autorizat să vă răspund la niciun fel de întrebări, le-o tăie, fără să-i mai privească. Asta a fost tot.

Şi bătu cu pumnul în uşă. Unul din paznicii de afară o deschise, bărbatul ieşi, uşa se închise la loc, lăsându-i pe cei trei şi mai nedumeriţi.

* * *

În scurtă vreme, în camera de interogatoriu au intrat trei poliţişti, mascaţi şi înarmaţi până în dinţi, care i-au condus la dubă fără să le mai lege mâinile. Vehiculul a pornit imediat ce uşa din spate a fost închisă şi ferecată. Instinctiv, se aşezară pe aceleaşi locuri ca în călătoria precedentă.

— Activități teroriste, spuse posomorât Vlad. Nici nu vreau să mă gândesc ce-o să zică mama când o să afle. Ce am făcut oare?

— Recunosc, am câteva programe piratate, descărcate de pe internet, și chiar destul de multe filme, dar nu credeam că o să se ajungă până aici, încercă Ștefan să facă haz de necaz, aducând zâmbete scurte pe buzele celorlalți doi. Parcă ne face cineva o farsă. Nici ai noștri n-or să fie prea încântați. Dar tata cunoaște niște avocați buni și cred că o să ne scoată repede. Oricum îmi doream să vizitez America.

Laura clătină din cap.

— Nu-ți face niciun fel de speranțe. N-ai auzit bine? Am fost extrădați în Statele Unite, așa că iați gândul de la avocați. N-ai auzit ce le fac americanii celor bănuiți de terorism? Îi duc la Guantanamo, care este baza lor din Cuba. Putem fi închiși acolo cu anii, fără să fim judecați. Așa că principala noastră preocupare va fi cum să supraviețuim. Habar n-am ce o să le spun când o să fim interogați.

— O să le spunem adevărul, rosti Vlad.

— Care adevăr? sări Ștefan. Că am găsit un program străvechi care face predicții despre viitor și l-am rulat pe un supercomputer, așa, ca să aflăm ce se va întâmpla? Îți imaginezi că or să ne creadă? Cine știe ce avea ascuns? Poate un virus capabil să extragă informații militare sau să facă spionaj. Apropo, parcă ai spus că IBM-ul este în Londra. Și atunci, ce vor de la noi americanii?

Laura ridică din umeri.

— Programul nu conține nimic altceva decât ceea ce am presupus că face, cel puțin asta este concluzia mea. Nu am găsit nicăieri viruşi, coduri ascunse capabile de spionaj sau mai ştiu eu ce. De altfel, a fost verificat în laptop de Kaspersky Lab Antivirus, iar IBM-ul are propriile protecţii, mult mai avansate. Totodată, nu uita că a fost scris prin 1985 sau 1986, când în România nici nu se auzise de internet. În afară de controler, programul nu conţine nicio procedură de comunicare cu alte periferice sau calculatoare. Eu i-am ataşat o interfaţă, ca să-l pot rula pe IBM. Pe laptop am primit doar rezultatele pe care le-am transmis mai departe controlerului legat la costumul lui Vlad. Invers, am cules prin controler datele de la costum şi le-am trimis IBM-ului care, într-adevăr, se află la Londra. Am fost de mai multe ori în Centrul de Calcul al facultăţii, l-am văzut cu ochii mei. Nu înţeleg ce treabă au americanii cu asta. Şi nu pricep în ruptul capului pe cine am enervat aşa de rău.

— Trebuie să ne păstrăm cumpătul, spuse apăsat Vlad. Nu credeam că pot să te ia aşa, pe sus, direct din casă. În liceu, la istorie, ne-au spus că astfel de lucruri se petreceau doar în comunism, pe vremea părinţilor noştri.

— Am putea încerca să evadăm, zise Ştefan ceva mai încet.

— Şi unde să mergem, cu toată poliţia pe urmele noastre? îl potoli soră-sa. Eu cred că, mai întâi, trebuie să-nţelegem ce s-a întâmplat, apoi să discutăm cu cei care ne-au arestat şi să le explicăm situaţia.

Duba opri din nou şi urmă ritualul cu paznicii mascaţi care le deschiseră uşa. Recunoscură imediat micul aeroport, aflat în judeţul vecin, care deservea şi oraşul lor. Maşina cu care fuseseră aduşi şi cea de escortă opriseră chiar pe pistă, lângă un cochet avion cu reacţie, cu motoarele pornite. În jur nu se zărea nimeni.

Gărzile îi împinseră spre scara avionului. Lui Vlad i se puse un nod în gât. Odată urcat, speranţa de a-şi relua viaţa de dinaintea descoperirii acelui program, rămas de la tatăl lui, se spulberă ca un vis. Cu toate acestea, nu regretă decât că îi antrenase şi pe cei doi fraţi în această aventură.

— E un LearJet, spuse admirativ Ştefan. Oare aşa îşi transportă ei teroriştii? Pentru că nu mi-e de-loc clar de ce Guvernul Statelor Unite ne asigură o călătorie în condiţii de lux cu un avion de milioane de dolari.

CAPITOLUL 15

„*Ca şi cum le-ar fi ştiut dintotdeauna, Aspirantul văzu cum unele existenţe ale oamenilor începeau şi se terminau descrise în doar una sau două plăcuţe, dar urmări fascinat, de la început până la sfârşit, vieţi complexe, ale căror poveşti se desfăşurau pe sute sau chiar mii de plăcuţe. Foarte rar desenele de pe Panglica Timpului reprezentau o singură persoană. Oamenii se năşteau, trăiau şi mureau înconjuraţi de alţi oameni. Viitorul tuturor se desfăşura în faţa lui. Îl putea parcurge după bunul plac, înainte sau înapoi. Ştiu că, după ce va deveni Călugăr al Timpului, atunci când va simţi, va putea schimba oricând câte o plăcuţă, împingând în acest fel existenţele oamenilor pe căi pe care aceştia nu le bănuiau. Uneori, un simplu desen trasat în lut putea curma firul unei vieţi sau a mai multora.*"

Panglica Timpului

Au urcat şi uşa-scară s-a închis în urma lor. Avionul şi-a început rularea. Cei trei tineri cercetară cu priviri curioase interiorul aeronavei. Patru fotolii îmbrăcate în piele bej, de bună calitate, puse faţă în faţă, fiecare dispunând de o măsuţă pliabilă, ocupau centrul aparatului de zbor. Spatele era ocupat de o canapea în formă de U, învelită în acelaşi material. Dintr-unul dintre fotolii, un bărbat între două vârste, îmbrăcat într-un costum elegant, le făcu semn să se apropie.

— Ar fi bine să stați jos și să vă puneți centu-
rile pentru că decolăm imediat, le strigă acesta, în-
cercând să acopere uruitul motoarelor ambalate la
maximum.

Îi dădură ascultare. Ștefan se așeză lângă băr-
batul în costum, pe locul liber, aflat în dreptul unui
hublou. Vlad și Laura se așezară unul lângă altul;
fata îi strânse instinctiv mâna, ca și cum i-ar fi căutat
protecția.

Bărbatul le arătă cum să tragă din lateralele fo-
toliilor centurile de siguranță în X, asemănătoare cu
cele folosite de piloții mașinilor de curse. Le încheia-
ră peste piept, chiar când avionul căpătase suficien-
tă portanță și se ridică de pe pistă. În câteva minute
aparatul de zbor atinse altitudinea de croazieră, iar
zgomotul motoarelor se reduse până când deveni
aproape insesizabil. Bărbatul își desprinse centura
și le zâmbi. Își desprinseră și ei centurile.

— Eu sunt Nick Avram, se prezentă gazda lor
întinzându-le, pe rând, mâna. Avem multe de vorbit.
Sper, de fapt știu precis, că toți înțelegeți engleza, în
special tu, domnișoară Laura. De când n-am mai fo-
losit-o, româna mea a cam ruginit. La urma urmei,
sunt peste treizeci de ani de când am devenit cetă-
țean american.

Laura se foi în fotoliul ei. Aruncă o privire pe
hublou, dar, cum trecuseră deasupra plafonului de
nori, în afară de faptul că începuse să se însereze, nu
se vedea mare lucru.

— Să înțeleg că suntem arestați pentru o frau-
dă pe care n-am comis-o, spuse ea, înțepat.

— Oh, nici pomeneală! hohoti Avram. Sunteți
oaspeții Unchiului Sam și veți fi tratați ca atare. Vă

rog să scuzaţi acea înscenare, cea cu frauda informatică, la care am recurs ca să vă aduc aici, dar nu am reuşit să improvizez ceva mai rapid şi mai eficient. Faptul că suntem aliaţi în NATO are anumite avantaje. Iar scutul antirachetă de la Deveselu la fel ca şi escadra de pe Kogălniceanu ne-au deschis mai multe uşi. Sper că nu aţi fost bruscaţi.

— Adică aţi aranjat toate astea cu Poliţia? se miră Ştefan. Şi cu mascaţii? Şi cu Procuratura, să elibereze mandate de extrădare pentru noi?

— În primul rând, te rog să-mi spui Nicu, iar asta e valabil pentru toţi. Nu mi-a mai spus nimeni aşa de când am plecat din ţară. De mandatele astea vorbeşti?

Scoase dintr-o mapă de piele cele trei mandate, le arătă, le rupse în bucăţi şi puse grămăjoara de hârtie pe masă. Apoi scoase paşapoartele lor şi li le dădu fiecăruia în parte.

— Ai luat şi paşapoartele noastre? se miră Ştefan.

— Îhî, tot! O să primiţi viză când aterizăm. Am luat şi costumul, casca, mănuşile, iar controlerul, apropo, o să-l ducă cineva mâine-dimineaţă înapoi la ElectroAlfa. Am luat până şi floppy diskul cu predicţii lăsat de tatăl tău, Vlad. Apropo, predicţiile de pe floppy disk sunt depăşite, între timp metoda s-a mai perfecţionat, o să vedeţi. Cineva o să cumpere în locul vostru şi acel calculator de pe eBay. V-am luat şi haine de schimb, dar chiar a trebuit să plecăm urgent şi n-a mai fost vreme să vi le aducă. O să vă cumpăraţi tot ce aveţi nevoie când ajungem, pe cheltuiala Unchiului Sam, desigur. Aşa, gata cu extrădarea, bătu el din palme măturând într-un colţ al mesei grămăjoara de hârtii care până nu demult fuseseră mandatele lor.

— Adică la Guantanamo? se interesă Ştefan, iar Nicu zâmbi din nou.

— Ai văzut prea multe filme cu terorişti. Nici pomeneală! Probabil că o să aterizăm pe un aeroport discret al CIA, în Virginia, la Langley, presupun. O să vă spun totul când ne vom mai apropia şi controlul misiunii mele va fi stabilit acest amănunt.

— Am putea şti totuşi ce vrei de la noi? întrebă Vlad. De ce ne-ai luat cu forţa? Îţi închipui ce vor simţi părinţii noştri?

Nicu ridică mâinile, dând de înţeles că este copleşit de noianul de întrebări.

— S-o luăm pe rând. Părinţii voştri au fost informaţi de voi – mă rog, de un agent a cărui voce a fost prelucrată în direct printr-o aplicaţie gen sintetizator – că plecaţi într-o excursie la Disneyland, în California, pe care aţi câştigat-o la un concurs al unui producător american de jocuri video. O să-i sunaţi zilnic, să le spuneţi ce faceţi şi cât de bine vă distraţi. Sau o s-o facă agentul, dacă voi n-o să aveţi timp. O să le scrie e-mailuri, o să le trimită poze cu voi, distrându-vă.

— Mama n-o să creadă niciodată asta, spuse Vlad. Ar fi trebuit să-mi fac bagajele, să o anunţ. Trebuie să fie foarte îngrijorată.

— Nu este deloc îngrijorată. I-ai explicat foarte clar că a fost o propunere gen *take-it or leave-it* pe care trebuia să o accepţi pe loc. Mă rog, agentul i-a explicat şi chiar a convins-o. Iar cu bagajele, ţi-am spus deja cum a fost.

— De ce ai făcut atâta efort pentru noi? nu mai răbdă Laura.

— Pentru că ați descoperit tehnica de predicție pusă la punct de tatăl tău, Vlad, răspunse Nicu de parcă ar fi fost cel mai firesc lucru din lume.

— Ne-ai urmărit? întrebă Vlad, din nou furios, iar Nicu aprobă clătinând din cap. Și de unde știi de tata?

— Încă de când ați trimis spre decodare primul fișier la IBM-ul de la facultatea ta, Laura. Pot să-ți spun Laura? De fapt, de acolo mi-a și venit ideea cu frauda informatică, pentru care nu-mi rămâne decât să sper că o să mă iertați. Mă voi revanșa eu cumva. Iar despre tatăl tău și ceea ce a creat el, vom vorbi puțin mai târziu.

— Ai avut acces la IBM? Dar cum este posibil? se minună Ștefan.

— Unchiul Sam nu face cadouri fără să se asigure că nu-i dă nimeni în cap cu ele, răspunse Nicu. Computerul ar fi putut fi folosit și în scopuri teroriste, cum ar fi ca să calculeze cineva cât uraniu îi este necesar să radă un oraș ca Washington, să zicem, sau traiectoria balistică a unei rachete capabile să spulbere Casa Albă. Dar mai suntem interesați și de software-ul scris de viitorii programatori. Și unde am putea să găsim așa ceva decât la facultățile prestigioase? Avem zeci de supercomputere pe care le-am donat universităților, peste tot în lume. O echipă de la Langley verifică tot ce se rulează și oprește ceea ce i se pare interesant. Ne-am ales cu o grămadă de aplicații, așa că pot să spun că afacerea asta cu donațiile și-a scos banii cu vârf și îndesat.

— Ați lăsat un *back-door*, concluzionă Vlad.

— Exact, aprobă entuziast Nicu. Iar când dăm de ceva „fierbinte", mergem pe fir, cum am făcut cu voi. Din fericire, nu se întâmplă prea des. A trebuit să deschid larg cutia cu favoruri ca să vă iau în America. Dar cred că vă este foame, aşa că vă propun să mâncăm ceva.

Apăsă pe un buton încastrat în mânerul fotoliului şi ceru în engleză cina. De după o uşă aflată în dreptul cabinei pilotului ieşi o stewardesă elegantă, împingând un cărucior. Le zâmbi profesional, luă grămăjoara de hârtii care fuseseră cererile lor de extrădare, aranjă mesele pliante dintre fotolii şi scoase din cărucior mai multe farfurii metalice, acoperite cu capace, o sticlă cu vin şi una cu apă. Le puse în faţă şerveţele, pahare şi tacâmuri din argint, cu monogramă, după care îşi luă căruciorul şi dispăru în spatele uşii de după care ieşise.

— Nu ştiam că CIA are asemenea personal, rosti admirativ Ştefan.

— Nici nu are, îi răspunse Nicu ridicând preocupat capacul farfuriei sale. Vine la pachet cu avionul. De fapt, tot acest zbor este o favoare întoarsă de cineva care, la un moment dat, a avut nevoie de ceva. Stewardesa nu ştie română aşa că, dacă vreţi să-i cereţi ceva, să o faceţi în engleză. Apropo, cum aţi dat de cercetările inginerului Pintea? Cel bătrân, vreau să zic.

— Adunam deşeuri, fier vechi, îi răspunse Ştefan. Din întâmplare.

— Nu există întâmplare, zâmbi Nicu tăindu-şi o bucată zdravănă de carne.

Cei trei tineri îl imitară, dându-şi, brusc, seama cât sunt de flămânzi şi de însetaţi. Biftecul de vită era fierbinte şi mediu făcut, iar legumele care îl însoţeau păreau că abia fuseseră scoase din cuptor.

Rămase un mister felul în care fusese pregătită cina. Stewardesa reveni împingând căruciorul, luă vesela folosită şi le dădu cupe cu îngheţată şi cafele. Nicu îşi turnă încă o cantitate generoasă de vin. Cei trei abia se atinseră de paharele lor.

— Dacă aţi avansat aşa cum aţi spus înseamnă că sunteţi pe cale să găsiţi o metodă de a călători în timp, afirmă Ştefan cu gura plină. Aşa ca în *Experimentul Philadelphia de...* nu mai ştiu cine a făcut filmul.

— Stewart Raffill, pe cel din 1984, completă Nicu. Şi mie mi-a plăcut. Însă nu am spus că ne ocupăm de călătoria în timp. Inginerul Pintea a descoperit o metodă de a recepta şi decoda informaţii din viitor, însă nici măcar nu şi-a pus problema să transporte ceva fizic acolo. El crede că nu este posibil şi argumentează că încă nu s-au scris ecuaţiile unui astfel de proces care să elimine paradoxurile. În schimb, aducerea informaţiilor din viitor nu creează paradoxuri.

— Ba da, sări Laura, am analizat şi noi problema. Câtă vreme afli despre un eveniment şi îl previi, atunci acel eveniment nu va mai avea loc în viitor, prin urmare, nu îl mai poţi prezice în trecut, deci va avea loc. Ce spui de acest paradox?

— E perfect valabil, în logica liniară, însă câtă vreme timpul este liniar doar pentru că aşa îl percepem noi. Tot la fel s-a crezut şi despre Soare, că se învârte în jurul Pământului. Este o chestiune care ţine de sistemul de referinţă. Nu aş vrea să intru în detalii matematice pe care nu le stăpânesc, dar, în esenţă, vă spun că evenimentele se desfăşoară simultan în timp şi toată matricea multidimensională a continuumului seamănă cu suprafaţa oceanului. Vedem valurile mari doar atunci când este furtună. Păstrând analogia, acesta este motivul pentru care numai marile evenimente pot fi determinate, adică numai acelea care deformează matricea suficient de mult.

— Ca de exemplu? sări Laura.

— Ştiu şi eu, căderea meteoritului care a ucis dinozaurii. Al Doilea Război Mondial. Valul tsunami din 2004. Evenimente care, chiar dac-ar fi fost pre-văzute, nu s-ar fi putut face nimic pentru a fi oprite.

— Dar, dacă s-ar fi dat alarma de tsunami, ar fi fost salvate o mulţime de vieţi!

— Şi ce dacă? Gândeşte-te că ai trecut peste un muşuroi de furnici. Talpa ta a strivit, poate, câteva mii. Dacă ai fi călcat alături, acele furnici ar fi supra-vieţuit. Ţi-ar fi păsat câtuşi de puţin? Sau s-a modifi-cat cumva istoria acelui muşuroi în vreun fel?

— Mda, şi eu cred că noi, oamenii, ne socotim uneori prea importanţi, se recunoscu Laura învinsă.

— Totuşi, e un punct bun de plecare, insistă Ştefan. Mai întâi captezi informaţia, iar apoi faci po-sibile călătoriile.

— Ştii cumva ca vreun om să fi călătorit pe mi-croundele emise de telefonul său mobil? Sau să fi ajuns instantaneu dintr-un loc în altul, odată cu ima-ginea sa transmisă de televiziune? Înţelegi? Mă refer aici la tehnologii de transmitere a informaţiilor care sunt cunoscute şi folosite, unele de peste o sută de ani. Transmiterea şi captarea informaţiei reprezintă o problemă, iar transportul aproape instantaneu al obiectelor însufleţite sau nu, adică teleportarea, o alta.

— Parcă văzusem pe Discovery Channel că s-a reușit teleportarea unui foton, nu se lăsă Ștefan. Adică n-ați reușit să trimiteți nici măcar un foton în viitor?

Interlocutorul lui nu mai spuse nimic, dar zâmbi misterios, privind spre ușa închisă a cabinei de pilotaj.

— Ce spuneai că știi de tata? redeschise Vlad discuția.

— Sper că nu vă deranjează, rosti Nicu și scoase un tub din aluminiu dintr-un buzunar interior al hainei. Aerisirea este foarte bună.

Vlad ridică din umeri, preocupat să afle răspunsul care îl interesa. Nicu desfăcu tubul și extrase un trabuc lung pe care îl mirosi după ce îi rupse ambalajul transparent. Îl plimbă între degete și ascultă satisfăcut foșnetul frunzelor moi de tutun. Ca și cum i-ar fi citit gândurile, stewardesa îi aduse un pahar de coniac, așteptă să taie trabucul cu o mică ghilotină la un capăt și i-l aprinse. Înainte de a se retrage, strânse totul de pe măsuțe. Bărbatul pufăi fericit, ridicând un nor aromat, gălbui. Laura se pregăti să protesteze, dar sistemul de ventilație al aeronavei reacționă imediat și un curent puternic mătură fumul, iar aerul deveni din nou respirabil.

— Uite asta îmi place mie la avioanele private, că poți să fumezi cât vrei, spre deosebire de cursele de linie unde intri în sevraj după nicio oră. L-am cunoscut pe tatăl tău. L-am ajutat să plece din România. Am făcut parte din echipa de extracție.

— Cum așa? De unde a aflat CIA-ul ce lucra un inginer anonim într-o fabrică plină cu ingineri, aflată în capătul țării?

— Chiar dacă Securitatea era prezentă peste tot, aveam şi noi ceva posibilităţi şi pe atunci, ce-ţi închipui? Cred că acum pot să vă spun că infiltrasem şi acea instituţie. Unde sunt oameni, există şi slăbiciuni, iar noi n-avem decât să ne folosim de ele.

— Cum ar fi colonelul Vârtejan, spuse Ştefan. Cic-ar fi dispărut.

— Te prinzi repede, rosti admirativ Nicu, dar nu pe el l-am recrutat. Era comunist convins şi devotat, numai că, la o bere cu colegii, a lăsat să-i scape câteva informaţii despre un inginer lunatic pe care trebuia să-l păzească. L-a auzit şi omul nostru şi aşa a început totul.

— De la Vârtejan am aflat şi noi câte ceva despre tata, interveni Vlad. Spunea că are şi dosarul lui.

— După Revoluţie, înainte de a se pensiona, căpătase obiceiul să ia acasă copii ale dosarelor la care lucrase. A trebuit să-l luăm pe cel întocmit pentru tatăl tău. După ce am aflat că v-aţi întâlnit, a fost brusc reactivat şi dus să păzească o casă conspirativă din Bucureşti vreo câteva zile. Şi-a sunat nevasta care a fost foarte fericită că va mai primi ceva bani. Ca să n-o mai întind, eram la curent cu cercetările tatălui tău încă de când a făcut prima predicţie.

— Cea cu Cernobîlul? se interesă Ştefan.

— Nu, aia a fost mai târziu. Mai întâi, a reuşit să prevadă cu mare precizie catastrofa navetei Challenger, cu câteva luni înainte, însă noi am ignorat-o. Dar ne-a atras atenţia. Au urmat apoi alte predicţii, greu verificabile sau discutabile şi apoi a venit cea despre Cernobîl, făcută tot cu luni de zile mai devreme. Pe asta n-am mai ignorat-o, dimpotrivă, ne-am şi sfătuit dacă să-i anunţăm pe cei de după Cortina de Fier,

dar capetele luminate de la noi au ajuns la conclu-
zia că mai bine nu, să-i lăsăm pe ruşi să se spele pe
cap, ca să vedem cum se descurcă. Nu se făcea să le
dăm de veste că avem acces la o tehnică prin care se
poate prevedea viitorul, mai ales că persoana care o
inventase se afla, practic, în curtea lor.

— Şi atunci v-aţi decis să-l luaţi în America,
concluzionă Vlad.

— Nu, nu atunci, răspunse Nicu slobozind un
alt nor de fum. În primul rând, tatăl tău nu voia să
plece. Era căsătorit, iar soţia lui — mama ta — era
însărcinată cu tine. Numai că, dup-aia a scos predic-
ţia Revoluţiei române şi a prăbuşirii comunismului
în Europa de Est, iar asta chiar ne-a silit să îl scoa-
tem. Sursa noastră ne-a spus că intrase primejdios
de mult în atenţia Securităţii care, deşi îl suprave-
ghea permanent, preferase să-i ignore rezultatele
cercetărilor.

— De ce n-aţi luat-o şi pe mama? întrebă încor-
dat Vlad.

— Pentru că nu a fost posibil, îi răspunse Nicu,
privindu-l pe tânăr drept în ochi. A fost nevoit să-şi
lase soţia gravidă acasă. Era iarnă şi circulaţia au-
tomobilelor fusese interzisă. Mai trebuia trecută şi
Dunărea, eventual înfruntaţi grănicerii, iar tensiu-
nea era enormă. Tatăl tău mi-a povestit când ne-am
întâlnit că îi sărea inima din piept de fiecare dată
când vedea o caschetă, s-a speriat până şi de contro-
lorul de bilete, în tren.

Laura strânse tare mâna lui Vlad. Îi dăduseră
lacrimile.

— Şi în anii ce au urmat, n-a încercat să o aducă
la el?

— Cât a ținut regimul comunist, nici nu s-a pus problemă. Analiștii noștri au estimat că v-ar fi făcut mai mult rău, pentru că mama ta și cu tine ați fi fost folosiți pentru a-l șantaja și, mai ales, ar fi atras serios atenția asupra invenției tatălui tău. A trebuit să ne folosim de toate resursele pentru ca problema să fie minimalizată și, mai apoi, uitată. Însă el ne-a cerut mereu vești despre voi. I-am adus o grămadă de fotografii, ba chiar și filmulețe cu primii tăi pași. V-a trimis mereu scrisori, bani și diverse pachete. Noi l-am mințit, spunându-i că vi le-am dat, dar nu era posibil. Ar fi atras imediat atenția asupra voastră. Scrisorile au fost păstrate și o să ți le dau când ajungem în State. Și banii, desigur.

— Dar după Revoluție? Și-a refăcut viața și s-a recăsătorit, poate are alți copii... De ce n-a venit să ne caute? strigă Vlad.

Nicu clătină din cap.

— Pentru că n-a putut. Nu are pe nimeni și s-a gândit mereu numai la voi. Dar ajungem și acolo. După un an în care a lucrat continuu, ajutat de resursele noastre, și-a perfecționat mult metoda. I-am făcut rost de un Cray, care pe atunci era unul dintre cele mai puternice super-computere din lume. Atunci a atins și maximul a ceea ce se putea obține cu metoda sa. A făcut predicții valabile, folosite pe larg de președinții noștri și aici pot să vă dau de exemplu prăbușirea URSS-ului și negocierile duse de noi cu sovieticii pentru reducerea numărului de focoase nucleare. Le-am acceptat condițiile pe la începutul anilor '90, după ce am aflat că în viitoarele decenii nu va fi niciun fel de război mondial. În acest fel a început dezarmarea nucleară.

— Tatăl lui a contribuit la dezarmarea nucleară? întrebă neîncrezător Ştefan.

— Da, şi nu numai. După ce s-au convins de potenţialul uriaş al predicţiilor, politicienii i-au dat tot ce a vrut. Conducea o întreagă echipă care primise numele de cod Pithya, la fel ca oracolul din Delphi. Se ajunsese până acolo încât cei aflaţi la vârful puterii nu făceau nimic fără să ceară şi predicţia sistemului Pithya. Secretul era bine păstrat. Ştiau doar că există un software care rula pe un supercalculator şi asta era suficient. Dar despre interfaţa acestuia cu tatăl tău şi despre faptul că, de fapt, el era cel care elabora predicţiile împreună cu acel calculator ştiau doar o mână de oameni.

Nicu se opri pentru a se căuta în buzunare. Scoase o brichetă şi îşi reaprinse trabucul care se stinsese pentru că uitase să mai tragă din el. Îşi muie buzele în paharul de coniac şi continuă:

— Îşi perfecţiona continuu metoda. Nu scria nimic, păstra totul în cap. I-am cerut să-şi listeze programul, să îi organizăm noi bazele de date, dar el spunea că n-are cum să facă asta câtă vreme programează computerul direct cu gândul. Ajunsese să stea conectat şi câte şaisprezece ore pe zi, fără pauză. Slăbise foarte mult şi abia dacă se mai hrănea. A prevăzut corect, dar cu marjă mare de eroare, Primul Război din Golf şi chiar atacul asupra Turnurilor Gemene, pe care însă analiştii noştri l-au confundat cu atentatul din Oklahoma City, care a avut loc câţiva ani mai devreme. Spunea că este pe punctul de a extrage o predicţie foarte importantă pentru omenire, chiar dacă era ceva mai îndepărtată, iar pentru asta merita să stea oricât de mult legat la computer. Ne-a spus doar că în viitor vor fi în continuare oameni, mult mai puțini, dar nu ne-a dezvăluit ce anume urmează să se întâmple. A făcut însă o estimare în care a indicat cu marjă de trei ani ca fiind cel mai probabil să se petreacă evenimentul major care îl obseda. Ne aflăm în mijlocul acestei perioade. A încercat din greu să afle mai mult și, într-o zi, n-a mai putut fi decuplat de la calculator. Acesta este și motivul pentru care nu v-a căutat după Revoluție, deși își dorea din tot sufletul să fie cu voi. Dar a vrut foarte mult să obțină acea predicție.

— Vrei să spui că a murit? întrebă încordat Vlad.

— Nu, n-a murit. Sau cel puțin trupul îi funcționează, îl alimentăm cu perfuzii, îi facem masaje, ca la paraplegici. Dar spiritul sau ce o fi l-a părăsit. A rămas în continuare legat la computer. Am încercat să-l decuplăm, dar a intrat în fibrilație și era să-l pierdem. Poate o fi rămas pe undeva înăuntru, numai că noi, oricât am încercat, nu am reușit să-l găsim. Dacă vrei, o să aranjez să-l vezi.

Tăcură cu toții meditând la cât poate fi de cumplit să fii prizonier în propriul trup, fără să te poți folosi de el.

— De asta ne-ați luat pe noi? întrebă Laura spărgând liniștea.

— Da. Urmărim de mai mulți ani supercomputerele pe care le-am donat celor mai tari universități din America și din Europa cu speranța că, la un moment dat, cineva o să redescopere algoritmul inventat de tatăl tău. Nu ne-am gândit că se mai găsește pe undeva programul inițial, deși credeam că am scormonit bine de tot la Electrocontact după Revoluție.

Voi l-aţi rulat, IBM-ul ne-a dat de veste şi am venit după voi. Restul îl ştiţi.

— Nu este numai atât, nu-i aşa? întrebă Vlad.

— Într-adevăr, mai e ceva, oftă Nicu strivind restul trabucului în scrumieră. Evenimentul pe care tatăl tău l-a prevăzut se apropie. Să ştiţi că a nimerit-o de prea multe ori ca să mai fie ignorat, de fapt, a devenit o legendă vie, transmisă oral de la un politician la altul, care rezistă de un sfert de secol. După cum ştiţi, situaţia geopolitică este foarte complicată. Probabil mai complicată de atât nu a fost niciodată. Consilierii de la Casa Albă sunt depăşiţi de evenimente. De exemplu, am cucerit Irakul, dar foloasele le trag companiile chinezilor, care au pus mâna aproape pe tot petrolul. Ne-am avântat în Afghanistan şi acum nu mai putem să ieşim de acolo cu faţa curată. Preşedintele are nevoie mai mult decât oricând de un oracol care să-i spună ce consecinţe pot avea deciziile lui. Iar tatăl tău a prevăzut că urmează ceva major. Şi tare-am vrea să ştim ce ne aşteaptă. Sperăm că voi aţi putea să ne ajutaţi.

CAPITOLUL 16

„Pentru a doua oară, în sufletul Aspirantului în-colți îndoiala. De această dată, se îndoi că va fi capabil să se ridice la înălțimea cosmică de care era nevoie pentru a deveni unul dintre călugării care desenau destine și le așezau pe Panglica Timpului fără să-i pese de ceea ce simțeau, de fapt, ființele omenești al căror viitor îl contura. Pentru că ei, oamenii, reprezentau doar niște marionete animate de sfori mânuite abil de Călugării timpului. Mai văzu și că mulți alți oameni, surprinși în desenele de pe lut încercau, și foarte rar reușeau, să sfredelească Timpul pentru a afla înainte de vreme ce le va aduce viitorul, fie prin magie, fie folosindu-se de științele inventate sau care urmau să fie inventate, ceea ce tot un fel de magie era."

Panglica Timpului

Vlad nu putu să adoarmă multă vreme după ce Nicu le arătase butoanele care transformau fotoliile în paturi comode, sfătuindu-i să încerce să prindă măcar vreo câteva ore de somn. Și nu sforăitul ușor al lui Ștefan l-a împiedicat și nici huruitul la limita audibilului al reactoarelor aeronavei. Oboseala i-a fost biruită de gândurile răzlețe și mai ales de faptul că, în sfârșit, își va putea cunoaște tatăl, chiar în starea dintre viață și moarte în care i se spusese că se află. Alături de el, Laura respira regulat în fotoliul ei lăsat la orizontală. În iureșul ultimelor zile, dobândise convingerea că fata este sufletul lui pereche. Ba chiar se întreba de ce trebuise să treacă atâta vreme pentru a recunoaște un adevăr evident, iar asta la zece mii de metri deasupra pământului.

Deschise ochii pentru a suta oară și privi prin hublou la stelele reci care se prelingeau încet pe lângă avionul ce despica vâjâind noaptea, asemenea unui dragon din legendele străvechi.

Cu toate că își închipuise de nenumărate ori cum va fi când își va întâlni tatăl — pentru că nu acceptase niciodată ideea că acesta dispăruse, pur și simplu, fără urmă — în niciunul dintre scenariile pe care încă de mic copil le derula în spatele pleoapelor, părintele lui nu se afla pe tărâmul dintre viață și moarte. Era foarte dezamăgit. Urma să întâlnească, de fapt, o carcasă din carne și oase în care se aflase odată cel pe care dorise atât de mult să-l cunoască.

Cântări din nou incredibilul lanț de evenimente care îl aduseseră alături de un agent CIA care credea că și el, asemenea tatălui său, poate să facă predicții despre viitor, de parcă această capacitate ar fi fost vreun dar de poveste, care se moștenea în familie, de generații. Încercă iar, fără să reușească, să-și amintească ce anume i se întâmplase cât stătuse în piscină, înainte de a fi fost scos de mascați. Însă era sigur că fusese ceva. Într-un târziu reuși să adoarmă, dar somnul îi fu bântuit de vise în care lumea era sfâșiată, iar tatăl său se afla acolo, strigându-i avertismente.

Îl trezi o atingere ușoară.

— Trebuie să aterizăm, îi șopti blând Laura. Ne-a cerut să ridicăm scaunele și să ne legăm centurile.

Îşi simţea capul greu, ar mai fi dormit, dar se ridică şi se frecă la ochi. Era speriat de tăria visului pe care, de această dată, şi-l amintea bine. Puse asta pe seama ultimelor evenimente din incredibilul lanţ care îl ducea la părintele pe care nu îl cunoscuse. Constată că cineva îl învelise cu o pătură. Era ultimul care se trezise.

— Nu mai mergem în America, îl informă prompt Ştefan. Vom ateriza pe un portavion.

— Pe un portavion? repetă Vlad năucit.

— Pe *John C. Stennis*, confirmă Nicu. Aşa s-a decis la Washington.

— Parcă portavioanele primeau numele preşedinţilor americani, comentă Ştefan. Şi nu cred că l-a chemat aşa pe vreunul.

— N-a fost preşedinte, confirmă Nicu. A fost senator de Mississippi vreme de peste patruzeci de ani, cel mai longeviv în această funcţie. Nu toate portavioanele au nume de foşti preşedinţi. Cred că ai auzit de *Entreprise*.

— Desigur, de cel din *Star Trek*, îl înţepă sora-sa.

— Şi ce să căutăm noi pe un portavion? întrebă Vlad. Spuneai că mergem la tata.

— A apărut o prioritate. Tatăl tău a descoperit încă de acum douăzeci de ani că predicţiile se fac cu atât mai uşor cu cât sistemul om-computer este mai aproape de locul unde urmează să se petreacă evenimentele. De altfel o să-l întâlneşti, aşa cum ţi-am promis. L-au luat şi pe el. Grupul naval *John C. Stennis* se îndreaptă spre strâmtoarea Hurmuz pe care Iranul se pregăteşte s-o închidă. Ceea ce vrem să aflăm este dacă într-adevăr o va face sau numai îşi zdrăngăne armele ca să ne impresioneze.

— L-au luat pe tata? Parcă spuneai că e... bol-nav.

— Se cheamă stupoare catatonică, dacă țin bine minte. Nu mișcă și nu comunică în niciun fel. Sunt voci care cred că nu acesta este, de fapt, diagnosticul, ci cu totul altul, încă necunoscut, chiar dacă simpto-mele sunt la fel. E în continuare cuplat la computer, l-au adus și pe Cray împreună cu el. Miza este prea mare. Prin strâmtoare trec în fiecare zi aproape ju-mătate dintre petrolierele lumii.

Laura mări ochii și duse mâna la gură.

— Pe acolo se face legătura cu Golful Persic. Dacă Iranul își duce intenția până la capăt, întrea-ga planetă va suferi de pe urma lipsei petrolului, iar consecințele sunt incalculabile. Poate acesta este evenimentul pe care îl anticipa tatăl tău, Vlad.

— Probabil, răspunse prompt Nicu. Cu toate că nu este prima oară când iranienii încearcă așa ceva. Dar nu trebuie neglijată nicio posibilitate. Mai ales în actualul context internațional, foarte tensionat, în care Rusia a anexat Crimeea împreună cu porțiuni mari din Ucraina și amenință pe față Uniunea Euro-peană cu sistarea livrărilor de gaze. Asta-i tot ce mai lipsește acum, ca Iranul să blocheze și petrolul din Golf pentru ca lumea să ia foc. În sfârșit, ar trebui să ne pregătim. Vom ajunge imediat.

— Nu știam că avioanele LearJet pot ateriza pe portavion, comentă îngrijorat Ștefan.

— Acesta poate. Are cârlig de apuntare și adap-tor pentru catapultă, ca să putem pleca, îl liniști Nicu. Nu e prima oară când aterizează pe portavioane. Atâta doar că o să ne scuture zdravăn. O să trebuiască să vă puneți centurile. Înțelegeți acum de ce sunt diferite de cele obișnuite din avioanele de pasageri.

Își trase primul din lateralele fotoliului său cele două bretele și le încheie la mijloc, peste stern. Le arătă cum să-și orienteze fotoliile în sensul opus mișcării pentru ca impulsul frânării să fie preluat de spătare. Vlad abia apucă să arunce o privire pe hublou, spre navele maiestuoase, presărate pe ocean, ce lăsau în urma lor siaje lungi de spumă, când avionul lor se lăsă brusc pe o aripă, se alinie cu vârful spre portavion și păru că se lasă în jos ca un bolovan. Laura strânse mai tare mâna lui Vlad, dar și el se încordase ca un arc în fotoliu. Ștefan făcu ochii mari și scoase un geamăt îngrozit. Numai Nicu părea impasibil.

Totul decurse foarte repede. Roțile trenului de aterizare zdrăngăniră puțin pe puntea de metal, iar avionul scrâșni scurt din toate încheieturile și se opri ca și cum ar fi fost prins de o mână uriașă, care apăsă și piepturile pasagerilor afundați în fotolii, scoțându-le aerul din plămâni. Trupurile le zvâcniră puternic în centuri când avionul se opri de tot.

După ce răsuflă ușurat că nu i se adeveriseră cele mai negre temeri, Ștefan deveni surescitat.

— Nu mi-aș fi imaginat că voi ajunge prea curând pe un portavion american, cel puțin nu de când am vizitat *Intrepid*-ul, muzeul ăla plutitor ancorat la New York!

— Pe ăsta n-o să-l vizitezi, îl potoli Nicu în timp ce se deschidea ușa-scară. Misiunea asta este atât de secretă, încât doar foarte puțini știu de ea. N-o să ne întâmpine căpitanul, cum de altfel nu o să întâlnim pe nimeni care nu are legătură cu ceea ce trebuie să facem, cât suntem la bord.

— Sau poate că militarilor le este ruşine să spună despre chestia asta, rânji Ştefan. Ar fi catalogaţi de marinari drept nişte ţicniţi care încearcă să ghicească viitorul folosind un computer pe post de bol de cristal.

În frunte cu Nicu, coborâră pe puntea imensă de metal care abia se legăna pe valurile înalte ale oceanului.

— Rămâneţi aici, lângă avion, le strigă Nicu reuşind să se facă auzit peste hărmălaia de pe punte.

Nici piloţii şi nici stewardesa nu ieşiră să-şi ia rămas-bun. Cei trei tineri îşi plimbară privirile peste avioanele de luptă ordonat aranjate, cu aripile pliate, peste structurile de comandă şi peste marinarii care roboteau în toate părţile, ceva mai departe de ei. Vântul tăios îi făcu să se zgribulească. Cu un uruit de mecanisme grele, se porni un uriaş elevator mecanic, iar avionul cu care veniseră începu să coboare lent, împreună cu ei, în pântecele uriaşului vas de luptă. După vreo zece metri, platforma mobilă se opri într-o sală de mari dimensiuni, pe jumătate plină cu avioane. Nicu porni hotărât spre una dintre multele uşi ale incintei, urmat de cei trei. În urma lor veni un electrocar care apucă braţul roţii din faţă al LearJet-ului cu două gheare şi îl trase încet spre celelalte avioane.

Nicu roti mânerul circular şi zăvoarele uşii din metal se retraseră, scârţâind. Păşiră atenţi să nu se împiedice şi totodată să nu se lovească la cap prin deschizătura îngustă, cu părţile de sus şi de jos rotunjite. Nicu închise uşa în urma lor. Merseră pe un culoar lung, luminat doar de neoane albe şi reci, pe ale cărui laturi se găseau uşi marinăreşti identice. Nicu se opri în dreptul uneia.

— Aici, strigă, încercând să acopere zgomotele navei, şi o deschise.

Înăuntru era semiîntuneric şi, după ce uşa a fost din nou închisă, surprinzător de linişte. Până şi mişcarea şi vibraţiile navei încetaseră. Nicu manevră câteva întrerupătoare care aprinseră lămpi discrete, cu lumină gălbuie, plăcută. Încăperea avea, poate, cincizeci de metri pătraţi şi era dominată de o masă mare, dreptunghiulară, plasată în centru, înconjurată de scaune albe, cu picioare din metal şi tăblii din plastic. Nicu le făcu semn să se aşeze. Îşi trase şi el un scaun.

— Aceasta este sala noastră de şedinţe. Iar acolo este laboratorul, spuse şi arătă spre o uşă mare de sticlă polarizată. Întreg ansamblul dispune de compensatoare de ruliu şi tangaj şi, dacă nu nimerim într-un uragan, n-o să simţim că mergem pe ocean. În stânga sunt două cuşete echipate cu câte două paturi suprapuse, toalete şi duşuri. În dreapta, una din cuşete a fost transformată în cabinet medical. Acolo este instalat tatăl tău, Vlad, împreună cu un medic care îl supraveghează permanent. O să-l cunoaşteţi imediat. Medicul este singura persoană cu care veţi intra în contact cât vă veţi afla pe acest vas. Vom vedea cum ne împărţim cuşetele care ne-au fost repartizate, asta-i tot ce ne-a putut oferi Marina Statelor Unite. Mâncarea o vom primi aici, printr-un mic lift pentru materiale. Dacă aveţi nevoie de ceva, îmi spuneţi mie. Eu voi asigura şi partea tehnică. Am lucrat la sistemul Pithya încă de la început. Şi încă ceva: eu sforăi destul de tare noaptea.

— Şi eu, anunţă Ştefan. Aşa că vom sta împreună.

— Foarte bine, spuse Laura cu seninătate. Vlad, eu o să iau patul de sus. Dar ceva haine de schimb, săpun şi alte de-astea de unde putem obţine? Poliţiştii ne-au luat doar cu ceea ce aveam pe noi.

— O să găsiţi în cuşete cosmetice şi schimburi de-ale marinei, îi asigură Nicu. Nu sunt foarte sigur de mărimi, dar o să vă descurcaţi cumva. Pe navă există şi o mică zonă comercială. Nu cred că o să vă lase acolo, dar pot să vă cumpăr eu câte ceva, dacă aveţi nevoie.

— Pe tata când putem să-l vedem?

— Oricând vreţi, îi răspunse imediat Nicu. Mi s-a spus că a fost foarte greu să-l aducă aici în doar câteva ore după ce au primit ordin, asta fără planificare, şi încă nu îmi pot imagina cum o să-l transportăm înapoi în condiţii strict secrete. Când am venit după voi, încă nu eram siguri că o să-l putem instala pe navă şi trecuserăm deja la celălalt plan, de la Langley. Noroc că nava se afla la chei pentru reaprovizionare şi reparaţii. În sfârşit, puteţi să-l vedeţi şi acum, dacă doriţi. Dar mă gândeam că poate vreţi mai întâi să faceţi un duş şi să vă schimbaţi.

Uşa unei cuşete se deschise şi ieşi un bărbat cu figură asiatică, tuns scurt, dar pe jumătate pleşuv, ceva mai bătrân decât Nicu. Curentul de aer produs de deschiderea uşii făcu să-i fluture poalele salopetei albe.

— El este doctorul Michael Chang, îl prezentă Nicu în engleză. A lucrat cu tatăl tău în partea finală a experimentelor, înainte de a... pierde contactul cu el.

— Bine aţi venit, spuse Chang în română, cu accent puternic, strângându-le mâinile cu câte o plecăciune respectuoasă. Bucuros cunoştinţa. Tu, băiat lui Dan, aha. Bun, bun!

Dădu din cap de mai multe ori, apoi se aşeză şi el la masă.

— A învăţat câteva cuvinte de la mine, explică Nicu. Nu prea multe, aşa că de acum înainte vom vorbi în engleză, când e şi doctorul de faţă.

— Am auzit zgomot şi am ieşit să văd ce se petrece, continuă Chang.

— Sunteţi doar voi doi? se mira Ştefan.

— În vremurile de glorie, echipa care lucra pentru Dan Pintea ajunsese la aproape o sută de specialişti, oftă asiaticul. Primeam orice visam. Dar, de când el nu mai comunică, s-a tot redus. Ce-i drept, încă nu am ajuns să fim singurii care mai lucrează cu el, însă doar noi doi am fost autorizaţi să participăm aici, la acest proiect.

— Ar vrea să ştie cum se simte tatăl lui, spuse Laura înfrigurată.

— La fel ca în ultimii douăzeci şi ceva de ani de când se află în starea asta, râse amar doctorul. Din punct de vedere medical, este perfect sănătos. Nu s-a întâmplat nimic după ce l-am adus pe portavion. Nicio reacţie, cu excepţia momentului în care am vrut să-i schimbăm computerul când, la fel ca la prima tentativă, a intrat în stare de şoc. Aşa că a trebuit să-l cărăm cu tot cu Cray, iar asta a însemnat de fapt partea grea, i-am spus şi lui Nick. Dac-ar fi fost după mine, l-aş fi lăsat în pace. Dar n-a fost. Dacă vreţi, puteţi să-l vedeţi. Numai că nu e mare lucru de văzut.

Vlad sări primul în picioare, un pic prea repede, iar scaunul lui se dezechilibră şi căzu, bufnind înfundat pe podeaua acoperită cu linoleum moale. Încăperea în care se afla Dan Pintea era formată din două cuşete vecine dintre care se înlăturase peretele despărţitor. Într-unul din cele două paturi, lipite de pereţii laterali, abia se distingea o siluetă firavă cu ochii închişi, învelită cu un cearceaf alb, de sub care ieşeau tuburi de perfuzii şi mănunchiuri de fire gri care îl uneau cu aparatele de urmărire a semnelor vitale. Pe cap avea o plasă argintie, ca o scufie, de la care pleca un fir foarte subţire de fibră optică. Obrajii scofâlciţi ai lui Dan Pintea erau acoperiţi cu o barbă de câteva zile, iar părul alb, rar şi scurt de pe creştet fusese îndepărtat în locurile în care erau conectaţi electrozii argintii ai plasei.

— Aici nu avem asistentă, se scuză Chang. Bărbieritul şi celelalte vor trebui să mai aştepte până îl ducem înapoi. Masajul zilnic i-l face o maşinărie.

Din ochii lui Vlad ţâşniră lacrimi fierbinţi. Pentru prima oară în viaţă îl avea în faţa ochilor pe cel care îi era tată. Însă omul cu care aşteptase atâţia ani să se întâlnească era incapabil să comunice. Laura îl strânse în braţe şi îşi lăsă capul pe umărul lui.

— Are activitate cerebrală, ba chiar foarte intensă uneori, aşa că, într-un fel, el continuă să trăiască ajutat de computer, le spuse impresionat doctorul. La scurtă vreme după ce am început experienţele de predicţie, ca să nu-i fie limitat timpul în care stătea legat la computer de nevoile fizice, a programat computerul să îi urmărească funcţiile vitale şi să intervină de fiecare dată când avea nevoie de masaj, de soluţii nutritive sau de hidratare. Când n-a mai revenit, l-am lăsat legat la computer şi aş putea să jur că, într-un fel pe care nu îl înțelegem, încă îl mai controlează. Noi n-am făcut altceva decât să completăm recipientele cu apă și nutrienți. Totuși, au mai rămas și amănunte care încă nu au putut fi automatizate, cum ar fi spălatul sau tunsul. Și bărbieritul sau tăiatul unghiilor. Cu aceste excepții, Dan a reușit să-și construiască interfața perfectă și datorită ei se află în viață, ba chiar este într-o formă cu mult mai bună decât alții în situația lui... scuze, asemănătoare cu a lui. Desigur, urmărim și noi activitatea computerului, dar nu am reușit să pricepem mare lucru, deși nu de analiști am dus lipsă.

Vlad îi atinse ușor fruntea. Pielea era caldă și uscată. Își retrase imediat mâna pentru că avu impresia că bărbatul din pat tresărise. Se pregăti să le spună asta, dar cei din jur nu remarcaseră vreo mișcare și nici aparatele la care era legat tatăl său nu înregistraseră nimic.

— El va rămâne aici, iar noi vom merge în laborator imediat ce veți fi gata, spuse Chang. De fapt, imediat ce tu, Vlad, vei fi gata. S-a teoretizat că există o anumită compatibilitate între echipamentul proiectat de tatăl tău și tine.

— Cam la fel cum a fost cu costumul, rosti Ștefan. Parcă era făcut pe măsura ta. Aveți și aici un costum sau îl vom folosi pe cel pe care l-am găsit noi?

— Am depășit de mult faza cu costumul, zâmbi Chang. Avem, în schimb, un ser care induce subconștientului o stare mult mai profundă. Creierul devine foarte permeabil la sugestii, cu toate că păstrăm casca, evident, o versiune modernă, asemănătoare cu modelul pe care îl poartă și tatăl tău.

— De ce nu identică? se miră Ștefan. Adică tatăl

lui Vlad poartă un model mai vechi?

— Nu. De fapt, a lui este ultima versiune. Periodic, pentru cel mult un sfert de oră, facem lucrări de întreţinere la computer sau la cască şi la reţeaua de senzori, iar Dan nu reacţionează în niciun fel, de parcă ar fi la curent cu ceea ce se întâmplă. Aşa că i-am construit un model foarte avansat, cuplat direct la nervii optici şi auditivi. Este al cincilea sau al şaselea, nici nu mai ştiu. Din păcate, nu îl putem folosi la tine, Vlad. Chiar dacă ai fi de acord, ar trebui să te operăm pe creier, iar aici, chiar dacă doctorul Chang ar putea să o facă, nu are nici echipa, nici echipamentul necesar.

— Ăsta-i computerul? arătă Ştefan spre o cutie mare, plină de leduri, înghesuită într-un colţ al încăperii. Pare destul de retro.

— Nu-i ăsta, sublinie Nicu, deşi am adus Cray-ul original. Ceea ce vedeţi aici e doar o interfaţă, şi ea de mai multe ori modernizată în douăzeci de ani. Este ca un fel de controler din acela cu care aţi experimentat voi, dar la un alt nivel. Include şi conexiuni cu aparatura medicală. Computerul se află alături, în laborator, şi e destul de voluminos. Întreţinerea lui, mai ales a sistemului de răcire cu heliu lichid este un coşmar, iar piese de schimb se mai fabrică doar special pentru noi. Bineînţeles, păstrăm şi vechiul sistem de răcire, ca *backup*. Majoritatea specialiştilor care l-au proiectat au ieşit la pensie şi nici nu vreau să mă gândesc ce o să se întâmple când vor muri. Hardware-ul original nu am putut să-l schimbăm pentru că este locul unde se află programul. Dar am mai adăugat periferice.

— Planul este să te cuplăm şi pe tine, Vlad, la

computer, interveni Chang. Mai avem o interfață în laborator. Va fi ceva asemănător cu experiența pe care ai avut-o cu IBM-ul de la Londra, la care te-a legat Laura. Credem că tu ai cele mai bune șanse să afli despre ce-i vorba și, totodată, să ne ajuți să înțelegem ce i s-a întâmplat tatălui tău.

— Nu există riscul ca și Vlad să pățească același lucru? întrebă iute Laura. Să devină catatonic?

— Dan a petrecut perioade mari de timp în starea în care se află acum. Rămânea cuplat cu zilele în mod frecvent. O dată a rămas așa o săptămână. După care ne-a spus că pierde vremea și, când s-a legat iar la computer, n-a mai revenit. Însă Vlad, din motive de siguranță, va rămâne cuplat pentru început doar un minut. Dacă funcționează, vom crește progresiv până la o oră, în niciun caz mai mult. Îl vom decupla imediat ce ni se pare că e ceva în neregulă, fie și dacă inima îi bate ceva mai repede sau dacă transpiră excesiv, de exemplu. Însă nu neg faptul că există un anume risc așa că, Vlad, poți să refuzi.

— Ba accept, spuse hotărât acesta. Când începem?

Nicu răsuflă ușurat.

— Mâine-dimineață grupul naval va ajunge în Golful Oman la ora două a.m.

— Adică la ora două noaptea, traduse triumfător Ștefan, fără să fie nevoie.

— Credem că atunci ne vom afla la distanța minimă de la care putem obține predicții. Asta dacă le vom obține. Până atunci vom mânca și vom încerca să ne odihnim pentru că plimbarea noastră cu avionul ne-a adus pe un fus orar aflat cu o oră și jumătate mai târziu decât cel al României, de unde am plecat.

— Ar mai fi ceva, începu Laura. Ştiu că ai aranjat cu ai tăi să dea telefoane în locul nostru. Însă cred că toţi am vrea să ne sunăm părinţii.

— Nu cred că se poate, zise Nicu după ce se gândi o clipă. Suntem pe o navă de război şi nu putem telefona pur şi simplu unde dorim. Fii însă convinsă că echipa mea de acoperire face o treabă foarte bună. Deocamdată va trebui să vă mulţumiţi cu atât.

CAPITOLUL 17

„Trecu un ceas şi încă unul. Noaptea şi cerul în-
norat de afară adânciră şi mai mult întunericul din
grotă. Cu toate că era obişnuit cu privaţiunile, limba
şi buzele Aspirantului se umflaseră din cauza lipsei
apei şi era sigur că nu mai gândea limpede. Poate din
acest motiv ezită pentru o clipă, iar credinţa profun-
dă în Timp se zgudui, doar puţin, până când îndoiala
trecu de valul de durere şi suferinţă, făcându-şi loc să
ajungă undeva mai presus de raţiune. Acolo se lovi,
ricoşă şi se sparse în cioburi, se măcină până se trans-
formă în fire de nisip ce se spulberară prin răsuflarea
tot mai slabă a Aspirantului ajuns la credinţa supre-
mă în Timp şi în Panglica pe care acesta o desfăşura
fără încetare."

Panglica Timpului

Întins pe patul lui, cu mâinile sub cap, lui Vlad
îi trecu prin minte gândul prozaic că raţiile milita-
re americane se dovediseră mai gustoase decât se
aşteptase. Comandase, folosind o tabletă cu ecran
senzitiv, dintr-o listă unde fiecare fel din meniu era
însoţit şi de capturi de imagini.

Cu toate că nu era consumator frecvent de *junk*
food, ceruse hamburger cu cartofi prăjiţi şi salată, o
prăjitură cu nucă de cocos şi o cutie de Doctor Pe-
pper. Laura, care dormea în patul de deasupra, se
mulţumise cu paste de orez şi câteva fructe, însă cei
doi însoţitori ai lor de la CIA se răsfăţaseră cu porţii

generoase de friptură în sânge, demne de un restaurant bun; Ştefan le urmase exemplul.

Trebuise să recunoască faptul că tot ceea ce sosise prin liftul pentru mâncare semăna foarte bine cu fotografiile de pe tablete.

În pofida oboselii, Vlad nu reuşea să adoarmă. Deschise ochii, dar iniţial nu sesiză vreo diferenţă. Bezna era absolută, parcă şi mai accentuată de punctele palide, albăstrui, ale ledurilor care indicau poziţia întreru-pătoarelor electrice.

Tatăl său se afla la numai câţiva metri, dar erau despărţiţi de mult mai mult decât de distanţa dintre cei doi pereţi şi de sfertul de secol în care părintele fusese absent. Se întrebă, pentru a mia oară, dacă va reuşi măcar să îşi trezească tatăl, pentru că nu se credea în stare să facă predicţiile pe care americanii sperau să le obţină de la el.

Abia dacă zgâriase puţin suprafaţa cercetărilor pe care tatăl său le făcuse înainte să fie luat de americani. Şi-l imagină tânăr, arătând ca în fotografiile găsite în dulapul de acasă, stând cu orele într-un laborator, cu un letcon într-o mână şi cu cealaltă desenând scheme logice şi electrice pe spatele unui listing. Era greu de înţeles ce anume o atrăsese atunci pe tânăra frumoasă care era mama lui la un bărbat preocupat de chestiuni atât de tehnice.

Speră că schema cu telefoanele liniştitoare date de CIA funcţiona şi că mama nu era îngrijorată. Zâmbi în întuneric, imaginându-şi ce ar crede ea dacă ar şti că se află atât de aproape de soţul dispărut în urmă cu mulţi ani. Dacă ar fi aflat prin ce-i trecuse fiul ca să-şi găsească tatăl, în mod sigur că l-ar fi iertat.

Şi-i imagină pe ei doi, împreună, la masa din sufrageria apartamentului, privindu-se drăgăstos, cu câte un pahar de vin roşu în faţă şi cu o lumânare între ei. El ar fi plecat de acasă mergând pe vârfuri, ar fi închis încet uşa în urmă şi s-ar fi plimbat fericit toată ziua şi noaptea sau oricât ar fi fost nevoie, lăsându-i să se redescopere după atâţia ani în care îşi lipsiseră.

Ca de la sine, gândurile îi fugiră către Laura, fata care dormea în patul de deasupra lui. Se ştiau de când erau copii, de aproape o viaţă. Crescuseră împreună. Se încăieraseră şi se sfădiseră, nu doar o dată, mai întâi disputându-şi o jucărie, mai apoi întâietatea în vreo competiţie stârnită ad-hoc, ca între puşti, sau concurând încrâncenaţi pentru media cea mai mare finală, chiar dacă erau în ani diferiţi.

Cu toate acestea, învăţaseră să se respecte şi să-şi aprecieze reciproc talentele şi puterea de muncă. Îl străbătu un fior plăcut, din creştet până la stomacul parcă plin cu fluturi când rememoră momentele în care făcuseră, el şi Laura, o echipă invincibilă la faza naţională a Concursului de Creaţii Ştiinţifice şi Tehnice ale Elevilor, chiar dacă primiseră pe nedrept doar locul doi cu proiectul lor complex, botezat Maelzel. Se completau de parcă îşi citeau gândurile, aşa cum făcuseră când, ajutaţi şi de întâmplare, desluşiseră misterul dispariţiei tatălui său.

Se despărţiseră chiar înainte să fie împreună, dintr-o ceartă stupidă de adolescenţi, când, acum era atât de clar, nu făcuseră altceva decât să îşi nege sentimentele, cuprinşi de frica tainică dată de fiorul primei iubiri. El cunoscuse câteva fete, fără să reuşească vreodată să şi-o scoată de tot din cap pe Laura. Din câte ştia, şi Laura avusese prieteni, ba chiar în urmă cu vreun an auzise că se logodise cu un englez, coleg cu ea, şi fusese pe punctul să se mărite.

Într-un fel, păstraseră legătura. Îşi trimiteau prin internet felicitări la aniversări sau de sărbători, uneori şi câte un filmuleţ haios. Se mai întâlneau în vacanţele dintre anii de studenţie, pe la petreceri sau pur şi simplu întâmplător. Se salutau atunci cu prefăcută nepăsare, pretinzând că sunt doar nişte vechi cunoştinţe care s-au revăzut pentru scurt timp, pentru ca apoi să-şi vadă fiecare de propriul fir al vieţii.

Însă nu putea să uite cum, atunci când o vedea, îi tresărea inima şi îi pândea cel mai mic gest, sperând că ea nu îl vede, după cum nu putea să uite nici sentimentul de profundă neîmplinire care îl marca zile în şir după ce se despărţeau şi plecau la facultate.

Pierdut în reverie, nici nu auzi scârţâitul arcurilor patului de deasupra şi tresări surprins când simţi cum trupul suplu al fetei se lipeşte de pieptul lui, iar respiraţia ei fierbinte se împleteşte cu gândurile sale. Se încordă, potopit de dorinţă, teamă şi... ruşine.

— Dar... încercă să protesteze în şoaptă. O să ne audă...

— Nu-mi pasă! i-o tăie fata cu voce tare, iar buzele ei le căutară lacome pe ale lui şi apoi, o vreme, nu mai putu vorbi niciunul din ei.

Vlad simţi că ia foc. Senzaţia semăna cu aceea pe care o trăise când trăsese din prima şi ultima lui ţigară. Era o ameţeală plăcută, acum lipsită de gustul iute şi aspru al tutunului. Era împlinirea. O cuprinse pe Laura pe după umeri, iar ea îşi trecu leneş un picior peste picioarele lui, iar el o mângâie şi îi şopti firesc la ureche vorbele care îi zăcuseră acolo, în piept, de multă vreme şi care acum ieşeau aproape fără voia lui, iar ea îi şopti alte vorbe care, împreună, topiră zăgazul pe care îl ridicaseră pentru a-şi ascunde unul altuia ceea ce, de fapt, simţeau cu adevărat.

— Te iubesc, şopti el.

— Te iubesc, şopti ea.

Iar trupurile li se uniră iar şi iar, până când adormiră îmbrăţişaţi, ea lipită de spatele lui, cu mâinile cuprin-zându-i mijlocul, el cu degetele împletite în ale ei, având în comun viitorul, fie el previzibil sau nu, dar pe care nici unul, nici altul nu îl mai concepeau altfel decât împreună.

* * *

Îi treziră seriile de bubuituri înfundate care reuşiseră să treacă chiar şi de ecranarea fonică a încăperilor în care se aflau. Niciunul dintre cei trei tineri nu ar fi putut să spună dacă este zi sau noapte fără să arunce o privire spre ceasul mare, digital, aflat în sala comună. Ieşiră din dormitoare aproape toţi odată.

— Sunt avioanele care execută misiuni de luptă, le explică Nicu. Imediat ce se sincronizează, sistemul de antifonare va genera sunete în antifază şi nu veţi mai auzi mai nimic.

Într-adevăr, în scurtă vreme bubuiturile pierdură din intensitate, apoi deveniră abia audibile. Îşi comandară micul dejun folosind tabletele. La fel ca Nicu, Laura se mulţumi doar cu o cafea, însă Vlad şi Ştefan cerură şuncă prăjită cu ouă şi clătite cu ciocolată, urmând exemplul lui Chang. Nicu dispăru pentru câteva minute, luându-şi cana de cafea. Se întoarse mirosind puternic a tutun.

— Recunosc, este cam devreme pentru micul dejun, dar chiar şi aşa este tot mai greu să găseşti un loc în care să poţi savura o ţigară, se văită el. Toţi îi dau cu drepturile nefumătorilor, dar cele ale fumătorilor unde sunt?

După micul dejun, Chang îi primi în laborator. În mijloc trona un fotoliu sofisticat, aşezat pe un sistem de pârghii şi motoraşe care antrenau mecanisme complicate. Pe peretele din spate, interfaţa clipea dintr-o matrice de leduri roşii şi verzi.

Pe peretele opus se găseau câteva scaune metalice, identice cu cele din sala comună, deasupra cărora fusese montat un ecran plat, de mari dimensiuni, pe care se derulau imagini aeriene în infraroşu, din diferite unghiuri, trimise de drone şi de avioanele de cercetare ale flotei.

— După cum vedeţi, putem urmări şi noi manevrele militare, rosti Nicu arătând cu bărbia spre ecran. În spatele controlerului, după perete, într-o alveolă proprie, climatizată, în care mai mult de jumătate este ocupată de sursele electrice de *backup* şi de sistemul de răcire, se află *Cray 3*, supercomputerul revoluţionar de la sfârşitul anilor optzeci.

— Parcă îmi amintesc că a treia variantă a fost gata prin 1991, spuse Vlad. Cel puţin, aşa ne-au spus la facultate.

— În principiu, v-au învăţat corect, rânji Nicu. Dar să zicem că această comandă specială a fost un prototip livrat ceva mai devreme. Să ştiţi că a fost adus la zi, pe cât posibil. Cel mai greu ne-a fost să refacem sistemul de răcire pe bază de heliu lichid fără să decuplăm computerul. Cel vechi folosea chimicale foarte toxice, printre care un compus numit fluor-carbon, care pur şi simplu nu se mai fabrică de vreo cincisprezece ani, parcă. Desigur, povestea ne-a costat mult mai mult decât dacă am fi cumpărat un supercomputer modern. Dar, aşa cum v-am spus, numai aici avem programul modificat şi remodificat de Dan.

— N-ai vrea să ne spui ce urmează să se întâmple? se interesă Laura.

Asiaticul îşi împinse ochelarii ceva mai sus pe nas şi miji ochii spre ea.

— Sigur. Vlad va sta aici, pe fotoliu. Voi, ceilalţi, aveţi scaunele alea. O să-i ataşez o perfuzie după care o să-i fixez pe cap o reţea asemănătoare cu cea pe care o are Dan. Cuplez reţeaua la computer. După un minut, îl decuplăm şi aflăm ce s-a întâmplat. Asta-i tot.

— Faci ca totul să pară foarte simplu, comentă fata. Cum te-ai gândit să previi incidentele?

— Interfaţa lui Vlad are mai multe protecţii pe care le-am dezvoltat ulterior, după ce Dan a încetat să mai comunice. Am avut şi noi tentative de a ne lega la computer, dar nu am reuşit. Au fost şi... cazuri mai grave. Dar am învăţat din astea.

— Ce fel de cazuri? sări ca arsă Laura.

— De cele mai multe ori, cei care au experimentat pur şi simplu nu au reuşit să iniţieze conexiunea. Au fost rejectaţi de sistem fără să păţească ceva. Dar au fost cazuri când nu s-au mai recuperat decât după tratament îndelungat, spuse Nicu. Au fost şi două persoane care nu şi-au mai revenit deloc. În toate situaţiile cu probleme, cuplajul a durat o oră sau mai mult. Dar lui Vlad nu i se poate întâmpla nimic rău. Cel puțin, nu în această fază. Este mult prea scurtă. După ce trecem de ea, vom decide ce vom face în continuare.

— O să încerc oricum, indiferent cât ar fi de primejdios, Laura, rosti Vlad cu blândețe prinzându-i mâna. Este vorba de tatăl meu.

— Nu te omoară nimeni, băiatule, nu-ți face atâtea griji, râse Nicu, bătându-l cu palma pe umăr. În toți acești ani mai mulți oameni au încercat să folosească sistemul construit de tatăl tău, însă nimeni nu a reușit cu adevărat. Unii pretind că l-ar fi găsit acolo pe Elvis și ar fi stat la taclale cu el. Iar aici vorbesc despre oameni serioși, rămași aparent teferi când au fost decuplați. Alții pur și simplu au adormit și atât. La început, au fost și două cazuri ceva mai grave, despre care a pomenit Michael. De atunci nu am mai permis accesul subiecților femei.

Doctorul Chang scoase din învelișul de protecție o seringă de plastic în care trase puțin ser dintr-o sticluță.

— Injecția îți va induce starea de pseudoimponde-rabilitate pe care ai avut-o în piscină. Unii spun că senzația este cu mult mai profundă. Momentul în care are loc cuplarea la computer diferă de la individ la individ, dar elementul comun este senzația de absorbție, ca și cum ai fi tras din trupul tău.

— Adică spiritul lui trece în computer? întrebă, cu respect, Ștefan.

Chang îl privi, enervat.

— Este numai o iluzie. Nu există vreun transfer de personalitate sau de suflet sau mai știu eu ce năzbâtie. Subiectul are activitate cerebrală normală,

semnele vitale sunt cele obișnuite, există în continu-
are reflexe somatice. O să te convingi singur, știu că
ai ceva pregătire medicală. Dar întreaga experiență
este unică și relatările subiecților diferă mult. Cre-
deți-mă, știu ce spun.

— Ai încercat și tu? se interesă Laura cu voce
scăzută, de parcă i-ar fi cerut să-i dezvăluie o taină.

— De mai multe ori, admise doctorul cu triste-
țe. Însă fără să reușesc mare lucru.

— Să-i dăm drumul, spuse hotărât Vlad și se
așeză în fotoliu.

Chang îi blocă brațele de mânerele fotoliului cu
niște curele care se închideau cu velcro. Îi fixă cas-
ca-plasă, după care îi trecu o altă curea peste frunte
și o strânse. Îi petrecu centuri late peste picioare și
peste piept. După care îi lipi mai mulți senzori pe
piept, pe tâmple, la încheieturile mâinilor și conectă
firele acestora la un analizor medical legat la interfa-
ță, îi prinse potcoava laringofonului în jurul gâtului
și îl conectă la o intrare audio a interfeței cu compu-
terul *Cray*.

— Așa, spuse el satisfăcut. Te-am legat pentru
ca, în timpul cât ești cuplat la computer, mișcările in-
voluntare să nu-ți provoace o deconectare acciden-
tală. S-a mai întâmplat și nu este prea grozav să revii
brusc din lumea virtuală în cea reală.

— Da, cunosc, mormăi Vlad. Cam așa a fost
când m-au scos polițiștii din piscină.

— Senzorii îți vor monitoriza semnele vitale.
Ana-lizorul dispune și de canale paralele, indepen-
dente de computer. Dacă ceva este în neregulă, re-
curgem la revenirea de urgență. Prin canula ce ți-o
voi fixa în venă o să-ți injectez, dacă va fi cazul, un

compus care te va decupla imediat, chiar dacă de năuceală – noi îi spunem „mahmureală de contact" – nu o să scapi. Iar canula trebuie să ţi-o ataşez oricum, prin ea îţi voi injecta serul care facilitează conectarea. În principiu, această înţepă-tură ar fi cea mai mare durere pe care trebuie s-o suporţi. Să-mi spui când eşti gata.

Vlad îşi luă cu greu privirea de pe faţa îngrijorată a Laurei pentru a şi-o muta spre chipul impasibil al lui Chang. Strânse pumnii şi dădu hotărât din cap, semn că putea să înceapă. Într-o clipă, doctorul îi localiză vena de pe antebraţ, dezinfectă cu un tampon pe care pusese puţin alcool, înfipse hotărât acul canulei şi o fixă bine cu leucoplast. Apoi descărcă seringa în canulă. Vlad se relaxă imediat şi închise ochii.

Secundele treceau într-o tăcere mormântală. Cei prezenţi aproape că nu îndrăzneau să respire. Ba chiar Laura îşi ţinuse de-a binelea răsuflarea privindu-şi iubitul care încremenise în fotoliu. Tresăriră cu toţii când difuzoarele transmiseră primele sunete.

— Maaa... muuu....

Chang se năpusti la tastatura computerului. Bătu concentrat în taste.

— Ce spune? dădu glas Laura întrebării care stătea pe buzele tuturor.

— Maaa... muuu... tiiii... oftă iar Vlad prin difuzoare.

— Mai mult timp, asta vrea, strigă Nicu care privea pe monitor, peste umărul lui Chang.

Traduse în engleză pentru doctor. Acesta luă seringa de plastic, mai trase puţin ser şi îl introduse în canula de la vena tânărului.

— Ce faci? strigă şi Laura. Ai spus că este primejdios. Decuplează-l imediat!

— Lasă-l! interveni Nicu. Vlad ştie ce face. Dacă are nevoie de mai mult timp înseamnă că a descoperit ceva.

— Am mărit intervalul la doar zece minute, o linişti şi Chang. Este cu mult sub marja de risc. Într-adevăr, un minut e mult prea puţin.

Ochii li se plimbară de la Vlad la ceasul din cuarţ, atârnat deasupra uşii. Când trecură cele zece minute, doctorul Chang introduse în canulă serul pentru revenirea de urgenţă şi Vlad deschise imediat ochii. Nicu sări să-i desfacă legăturile, iar Ştefan şi Laura se repeziră şi ei, mai mult încurcând decât fiind de folos.

— E acolo, spuse Vlad, încă năuc. Tata e prins acolo.

— Ia-o uşor, îl îndemnă Nicu.

— Ştiu, sunt sigur. L-am simţit. E acolo, încercând să rezolve, cumva, principala predicţie pe care a făcut-o asupra viitorului. Este convins că urmează să se petreacă în curând ceva major. Cred că ştie cât timp a trecut, dar nu îi pasă. Şi mai cred că este la curent cu evenimentele din anii în care a oprit în mod intenţionat contactul cu voi. Timpul se dilată foarte mult când eşti cuplat la computer. Tata nu vrea încă să revină. Încearcă să afle ce o să se întâmple. A rulat milioane de variante pe Cray.

— Crezi că îl poţi anunţa că suntem pe-aici? rosti încordat Nicu.

— Nu ştiu. Nu face nimic altceva decât să programeze întruna computerul. Îi vine destul de greu. Este limitat de hardware.

— Şi noi am păţit la fel acasă, comentă Ştefan, dar Vlad clătină din cap.

— E cu totul alt ordin de mărime. Avem nevoie de ceva mai tare decât Cray-ul.

— Eşti sigur? gemu Nicu. Of, dac-am fi ştiut că asta vrea, îi aduceam la Langley o turmă de super-computere.

— Cred că are nevoie acum de unul, insistă Vlad.

— De unde? Cel mai apropiat supercomputer se află la zeci de mii de kilometri, în California.

— Poate ne-am putea conecta online, cum am făcut eu cu IBM-ul de la Londra, sugeră Laura. Numai că am avea nevoie de bandă mare de trafic.

— Nicio şansă. Ne aflăm într-o zonă de potenţial conflict. Iranienii, ca şi noi, de altfel, au pornit bruiajul pe toate frecvenţele, iar comunicaţiile ne sunt foarte limitate. Abia dacă se pot transmite ordinele pentru manevre, dar în niciun caz volume mari de date.

— Ar exista totuşi un computer suficient de puternic, cred, îndrăzni Ştefan. Această navă este dotată cu sistem AEGIS, nu-i aşa?

— Ce fel de sistem? întrebă Laura.

— E un sistem de război automatizat. Preia controlul sistemelor de armament şi poate angaja în luptă, simultan, nave ostile, submarine, avioane, ba chiar poate conduce şi apărarea împotriva torpilelor şi rachetelor. Mă gândesc la computerul portavionu-lui.

— Fii serios! spuse Nicu. Ai vrea să laşi nava fără apărare?

— Nu, în niciun caz. Dar în *BattleShip Combat*,

un portavion călătoreşte întotdeauna împreună cu un grup naval care preia din funcţiile de apărare. Dar chiar şi fără escortă, sistemul lui a fost proiectat în mod intenţionat cu redundanţă.

— Adică tu ştii toate astea dintr-un joc pe PlayStation? se minună Laura.

— De pe PC, mărturisi Ştefan. Am avut o perioadă în care mi-au plăcut mult luptele cu nave de război. Apoi am trecut la invazii extraterestre.

— Jocurile video prezintă scenarii foarte realiste, întări Vlad. Se spune că unele dintre ele sunt folosite pentru antrenamentul marinarilor, pe simulatoare.

Nicu îşi frecă tâmplele.

— Ar putea fi o idee. Sistemul AEGIS al portavionului este controlat de trei computere, tot din raţiuni de *backup*. Ar putea să se lipsească de unul dintre ele pentru vreo oră sau cât o fi nevoie ca tatăl lui Vlad să facă odată predicţia aia. Am să încerc să-i conving.

Apăsă butonul care deschidea uşa blindată şi plecă în grabă. Prin uşa lăsată deschisă văzură doi soldaţi cu armele pregătite. Unul din ei le aruncă o privire neutră şi închise repede uşa. Ştefan ridică din umeri şi întrebă curios:

— Cum a fost?

— E greu de spus. Nu e ca într-un joc video, fie el şi de realitate virtuală. Chang, ai avut dreptate. Este foarte profund. Sistemul actual e cu mult mai avansat decât ceea ce am încercat noi.

— Plasa acţionează direct asupra zonelor cervicale, aprobă acesta. Nu mai este nevoie de ochelari video şi nici de căşti. Am reuşit să înţelegem şi să reproducem undele cerebrale, aşa că inducem direct în creier sunete, imagini, ba chiar şi senzaţii sau sentimente, dar, în principiu, subiectul are tot timpul control asupra a ceea ce i se întâmplă.

— Unde cerebrale? Cum aţi reuşit să le reproduceţi? se miră Laura.

— Este vorba de componenta lor electromagnetică, explică doctorul. Le-am măsurat cu un electroence-falograf ceva mai sensibil şi apoi le-am catalogat. Să le reproducem n-a fost chiar atât de complicat.

— Nu, spuse Ştefan. Nu poate fi chiar aşa de simplu! Electroencefalograful a fost inventat de aproape o sută de ani sau cam aşa. Trebuie să fie mai mult de-atât.

— Da, este mai mult decât atât. Citim semnalele neuronale, dar şi asta se practică de prin anii 1990. Interpretăm biofeedbackul şi procesăm rezultatul cu ajutorul computerului. Nu e ceva nou, atâta doar că am dus puţin mai departe metodele deja existente. În plus, am reuşit să generăm şi să modulăm biocâmpul. Am conectat creierul uman cu computerul folosindu-ne de toate aceste tehnici.

— E cam ca în *Matrix*, cu Keanu Reeves, concluzionă Ştefan.

Laura, mirată că fratele ei nimerise atât filmul, cât şi actorul, ridică apreciativ o sprânceană.

— Mda, cred că seamănă, spuse Vlad. Am văzut şi am auzit câte ceva, dar pur şi simplu nu pot să-mi amintesc. Cred că a fost mai degrabă un fel de caleidoscop de culori şi de sunete. Iar informaţiile au ajuns la mine altfel decât prin imagini sau sunete.

— Dar nu este deloc aşa, sări Chang. Dacă tot

a venit vorba, în *Matrix* personalitatea oamenilor trecea în computer. Vă mai amintiți? Spre exemplu, în film, cine murea în computer, în lumea creată în mod virtual, murea și în realitate. Eu nu știu să se fi inventat o asemenea tehnologie și nici nu cred că ar fi posibil. Ceea ce facem noi este exact pe dos. Computerul generează imagini, sunete și senzații, inducând undele cerebrale sau combinațiile de unde corespunzătoare. Ai fost tot timpul conștient de faptul că te afli într-o realitate virtuală, nu-i așa?

Vlad aprobă dând din cap.

— Totuși, cum ți-ai dat seama că acolo este tatăl tău? întrebă Laura.

Vlad trase adânc aer în piept, se gândi puțin și se pregăti să răspundă. Chang i-o luă însă înainte.

— Nu și-a dat seama. El a perceput numai ceea ce a generat computerul. Presupun că a identificat tiparele tale cerebrale și a constatat că sunt foarte asemănătoare cu ale tatălui tău. Probabil te-a confundat. Desigur, mașina nu a dedus nimic, ci doar a executat o secvență din program. Mergând mai departe cu presupunerea, sunt de părere că și tatăl tău a fost informat, pentru că ai creat un conflict: au existat simultan doi programatori aparent identici și mă îndoiesc că tatăl tău nu a prevăzut o astfel de situație.

— Atunci de ce nu s-a manifestat în vreun fel?

— Și tu ai remarcat că, atunci când ești conectat, are loc o dilatare subiectivă a timpului, datorată vitezei uriașe de procesare a computerului. Știm asta și de la tatăl tău, de pe vremea când începuserăm experiențele. Lucrurile stau cam așa: ca să se sincronizeze cu viteza lentă a creierului, computerul face pauze foarte mari. Am putea spune că mai mult stă decât lucrează. Pentru om, în schimb, lucrurile se accelerează cu mult, pentru că tot ceea ce primeşte prin sistemul senzorial vine de la computer, gata prelucrat. De aici apare dilatarea timpului.

— Foarte interesant, rosti Ştefan. Şi logic, totodată. Aşadar, să spunem, dacă pun mâna pe un vas fierbinte, durează câteva zecimi de secundă până când informaţia ajunge la creier. Este vorba de viteza de transmitere a informaţiei prin sistemul nervos. Simulată de computer, aceeaşi chestie se petrece, practic, instantaneu. Aşa-i?

— Ai înţeles corect, îl lăudă doctorul Chang. Presupun că Dan a reuşit să se apropie de viteza computerului. Sau poate că a reuşit să lanseze mai multe prelucrări paralele şi este foarte prins să analizeze rezultatele, aşa că nu a avut vreme să reacţioneze în timpul cât ai intrat şi tu în sistem. Din punctul lui de vedere, ai fost o distorsiune pe care încă n-a studiat-o. Dar sunt sigur că, la următoarea conectare, nu o să-l mai găseşti nepregătit. Ba chiar cred că n-o să te mai lase să ieşi până nu se lămureşte ce-i cu tine.

CAPITOLUL 18

*„Lacrimi fierbinți de extaz și de durere, și de ui-
mire îi porniră din colțul ochilor pe obrajii scofâlciți,
acoperiți de barba-i încâlcită. În acel moment însă,
printr-o miraculoasă optică, imaginile trecute prin
lentila de gheață și prin picăturile de lacrimi, se mă-
riră foarte mult și Aspirantul se văzu pe sine, desenat
pe una dintre plăcuțele așezate pe panglica timpului.
Aceasta se crea singură, iar Călugării erau, de aseme-
nea, creația și instrumentele ei. De uimire, pentru o
vreme, a uitat și să respire. Miracolele se succedau cu
o viteză pe care mințile omenești obișnuite nu o pu-
teau percepe. Însă el fusese prevenit și antrenat exact
pentru asta."*

Panglica Timpului

Trecuse de amiază, când ușa blindată a habita-
tului lor fâșâi din nou, și Nicu intră îngândurat. Curi-
oși, se adunară cu toții în jurul lui.

— Vom avea acces la unul dintre computere,
spuse el cu voce obosită. Nici nu aveți idee pe unde
a trebuit să intervin. Mi-am pus fundul la bătaie. Și
pe-ale voastre. Poate n-aș fi reușit, dar un fost pre-
ședinte, bun prieten cu actualul, și-a amintit despre
predicțiile sistemului Pythia. Ce mai, ordinul a ve-
nit direct de la Casa Albă, dar chiar și așa marinarii
nu au fost deloc încântați. Avem două ore. Dar, dacă
intervine vreo situație de necesitate, ne decuplea-
ză imediat și fără avertisment. Și, credeți-mă, după

cum i-am văzut, abia aşteaptă o astfel de situaţie. Sau să-şi închipuie doar c-a apărut. Aşa că ar fi bine să-i dăm drumul imediat, până nu se răzgândesc.

— Şi cum o să ne cuplăm? întrebă Laura.

— Toate încăperile din navă au prize cu fibră optică pentru conexiuni la intranetul navei. Pe unde-va există şi un distribuitor. Tehnicienii marinarilor au conectat priza din laborator direct la unul dintre computerele sistemului AEGIS. Sau au definit o co-nexiune prioritară software, parcă aşa i-am auzit că vorbeau între ei. Nu ştiu, nu mă pricep prea bine la transmisii de date, dar ar fi bine să ne mişcăm repe-de. Cray-ul are un modem modern, de mare viteză, modulul a fost recent integrat. Ar trebui să fie com-patibil cu ultimele standarde, fie şi numai pentru că ne-a costat o avere.

— Va trebui să transferi programul de predicţii în computerul navei, spuse Chang, altminteri totul este în zadar.

— Dar tata controlează totul, protestă Vlad.

— Atunci trebuie să-l convingi pe el. Hai, să-i dăm drumu'!

Vlad fu ancorat din nou în fotoliu, iar doctorul îi aranjă plasa-cască şi îi injectă o doză de ser în ca-nulă.

* * *

Tânărul avu impresia că se trezeşte dintr-un somn lung şi greu. Constată, mai întâi uimit, iar apoi speriat, că nu îşi mai simte mâinile şi nici picioarele. De fapt, nu simţea nimic. Ar fi putut la fel de bine să se afle în imponderabilitatea şi neantul spaţiului cosmic, cu toate că, măcar acolo, ar fi zărit sclipirea constelaţiilor. Tocmai se întrebă ce mersese prost când i se păru că aude o voce.

— Vlad? Tu eşti? În sfârşit! Am analizat ce s-a întâmplat când te-ai cuplat data trecută. Ai provocat un conflict. Numai tu puteai face asta. Dar tu eşti... atât de matur! Uneori îmi vine greu să cred că a trecut chiar atâta vreme de când sunt aici. Le-am spus de nenumărate ori celor din echipa de suport că trebuie să rămân mai mult timp conectat la computer, dar nu m-au înțeles, aşa că am oprit canalul de comunicații.

Vocea venea de pretutindeni. Vru să răspundă, însă nu reuşi să deschidă gura. Nici ochii nu-i putea deschide.

— Nu-ți fie frică, relu vocea. La fel ca mine, eşti cuplat la computer. Comunicăm prin el: îmi citeşte centrii vorbirii şi-i transferă spre nervul tău auditiv. Şi invers. Concentrează-te şi voi putea înțelege ce vrei să-mi spui. N-am mai comunicat în acest fel cu nimeni. Mă bucur mult c-ai ajuns aici.

Vlad făcu un efort uriaş să se adune.

— Tu... eşti... tată? întrebă în gând şi simți cum cealaltă prezență îl aprobă. Am fost adus de colaboratorii tăi. Nu este lumină pe aici?

— Nu prea mă pricep să generez decoruri, răspunse Dan Pintea. Consumă inutil din memoria şi puterea de calcul a unității centrale, iar eu m-am obişnuit fără ele.

— Ne-au conectat la un computer mult mai puternic şi ne lasă să-l folosim vreo oră. Dar cum timpul se dilată când suntem cuplați, o să ni se pară mai mult.

— Mda, ştiu că în aceşti ani computerele au progresat. Sunt la curent cu evenimentele, în definitiv ele constituie parametri de intrare. Am avut un modem chiar de la începutul internetului. Însă au oprit conexiunea de câteva zile. Așa, chiar aveam nevoie de mai multă putere de calcul. Ai simțit asta data trecută când te-ai conectat, nu-i așa? Tu le-ai spus. Legătura la computer suprasolicită creierul și acesta se relaxează periodic. Altfel spus, lucrăm un minut și dormim alte zece. Dar în minutul în care suntem activi putem face o mulțime de lucruri. Eu sunt obișnuit cu asta și pot să rămân activ mai multe cicluri. Tu deja ai adormit o dată. Între timp, am setat conexiunea de transfer spre celălalt computer. Ne aflăm pe o navă militară. Ți-au spus ce vor?

— Nicu crede că se apropie evenimentul major pe care l-ai prevăzut. Ne deplasăm spre Golful Persic. Iranul intenționează să închidă strâmtoarea Hurmuz.

— Ca să lase lumea fără petrol. Au avut loc deja războaiele pentru această resursă.

— Da, în Irak au fost deja două intervenții americane.

— Alea n-au fost decât începutul. Nicu are dreptate. Evenimentul major pe care l-am prevăzut este iminent. De mult încerc să-l determin.

— Ce fel de eveniment? În ce fel îl... percepi?

— O să încerc să-ți explic. Seamănă cu acea cușcă din plexiglas în care aerul comprimat amestecă bilele la extragerile jocurilor de noroc. Din mulțimea de bile, absolut identice, iese doar una, care poartă un număr unic. Așa stau lucrurile acum: s-a creat un nod probabilistic, iar ieșirea din el o va constitui rezultatul transformării care se petrece acolo.

— Rezultatul?

— Da, ştiu ce se va întâmpla. Cel mai important rezultat al evenimentului este că numărul oamenilor va scădea foarte repede pentru prima oară în istorie.

— Va fi un... război? Acest război?

— Poate fi şi un război sau un fenomen natural, sau o pandemie, la fel după cum este posibil ca un corp ceresc să ne lovească planeta, sau să suferim o invazie extraterestră, sau combinaţii din toate astea. Poate să se întâmple orice şi asta este ceea ce încerc să aflu de atâţia ani.

— Te-am aşteptat, eu şi mama.

— Doina... Mama ta... Soţia mea... Mi-e foarte dor de ea. Mi-a fost mereu dor de voi. V-am urmărit pe internet, mai ales pe tine. Ţi-am văzut fotografiile. Sunt mândru de câte ai realizat. Dar urmează un eveniment major pentru întreaga omenire. Nu pot să mă decuplez până nu aflu ce se va întâmpla. Este mult mai important decât mine. Mai am puţin de lucru. Pe măsură ce ne apropiem de eveniment şi marja de predicţie creşte, se majorează exponenţial numărul de date care trebuie prelucrate.

— Dar eşti cuplat de peste douăzeci de ani...

— Timpul nu are nicio importanţă. Nu m-am gândit până acum la asta. Când m-am cuplat, tu erai mic, probabil abia învăţai să vorbeşti. Câţi ani ai acum? Douăzeci şi cinci? Este bine că a căzut comunismul, aşa cum am prevăzut. Doamne, cât timp a trecut!

— Cei din echipa ta m-au trimis. Şi ei sunt convinşi că urmează un eveniment foarte important. Nicu a obţinut autorizaţia să folosim unul dintre computerele navei. Este mult mai puternic decât Cray-ul. Ar trebui să transferi acolo programul de

predicţii, să-l rulezi şi să afli ce urmează să se pe-
treacă. Chiar mă întreb de ce n-ai utilizat şi alte su-
percomputere în toţi aceşti ani, dacă ai avut conexi-
une la internet?

— Nu am reuşit. Nu este acelaşi lucru cum a
fost cu tentativa voastră de conexiune la IBM-ul
din Anglia. Uiţi că sunt doar un om. Am dezvoltat
cu acest computer o relaţie simbiotică. Şi sinergi-
că. Am încercat de mai multe ori să mă leg şi la alte
supercomputere, mai ales în ultimii ani când viteza
traficului pe internet a permis asta. Dar sistemul
devenea prea complex. Mă epuiza foarte repede. Nu
am putut să îl controlez singur. Dar acum, că suntem
doi, tu o să mă ajuţi.

În sfârşit, se făcu lumină. Vlad clipi de mai mul-
te ori, surprins. Se pomeni aşezat pe un scaun sim-
plu, din metal, la o masă gri, din acelaşi material. În-
căperea în care se afla părea un cub, cu pereţi albi,
fără nicio deschizătură. Îşi privi mâinile aşezate pe
masă şi nu şi le recunoscu. Semănau cu mâinile unui
personaj din jocurile pe computer ale anilor '90, lip-
site de detalii, aproape schematice. În faţa sa, aşe-
zat de cealaltă parte a mesei, apăru un bărbat între
două vârste, reprezentat tot schematic, care semăna
puţin cu tatăl lui.

— Să te ajut? Cum?

— Ai început deja să o faci. Tu ai generat de-
corurile. Computerul a citit dorinţa ta şi a pus-o în
aplicare. Sper să reuşim împreună ceea ce n-am iz-
butit singur. Din acest motiv te-am adus aici. Trebuie
să actualizez baza de date. Noul computer are capa-
cităţi de-a dreptul uriaşe faţă de Cray. Sunt mulţumit
că am prevăzut toate evenimentele importante.

Vlad crezu că nu a înțeles bine.

— Cum adică *m-ai adus aici*?

Personajul din fața lui zâmbi și dădu îngăduitor din cap.

— Credeai c-a fost o întâmplare că ați mers să adunați fier vechi de la Electrocontact și să-l vindeți la Remat? Eu i-am trimis e-mailul lui Ștefan și tot eu am aranjat ca nea Ilie să vă primească și să vă dea benzile și cartelele. Alea au fost adevăratul test. Dacă reușeai să-l treci, era evident că puteai să mă ajuți să fac predicția cea mai importantă din viața mea. Restul îl știi.

— Ai plănuit asta de la bun început? întrebă oripilat tânărul.

Imaginea inginerului Dan Pintea ridică din umeri.

— Nu chiar de la început. A trebuit să mai și improvizez. Însă lucrurile, odată aduse până la un punct, au început să meargă de la sine. Spre exemplu, știam care va fi reacția sistemului după ce vă veți conecta la IBM și veți rula programul meu. De acolo n-a mai fost nevoie să fac decât mici intervenții.

— Ne-ai sacrificat cu bună știință pe mine și pe prietenii mei! izbucni Vlad. Mama ar fi distrusă dacă ar afla. Cum ai putut să faci una ca asta?

Personajul lui Dan Pintea își plecă fruntea. Când ridică privirea, părea că două flăcări negre îi ard în ochi.

— Tu devii melodramatic, dar eu în niciun caz nu sunt un fanatic lipsit de inimă. Nu am sacrificat pe nimeni. Nici pe prietenii tăi și în niciun caz pe tine. Însă trebuie să pricepi că te-am adus pentru mai mult decât o chestiune de viaţă şi de moarte. Evenimentul iminent va însemna supravieţuirea noastră ca specie sau extincţia, iar în faţa acestei perspective chiar nu mai are importanţă absolut nimic. Nici eu, nici tu, nici mama şi nici prietenii tăi.

Deşi tatăl lui nu ridicase vocea, Vlad avu impresia că îi vorbise un titan ale cărui vorbe răsunară în spaţiul virtual, provocând ecouri. Calitatea proiecţiei se îmbunătăţise considerabil. Analiză atent cele aflate. Hollywood-ul invadase piaţa cu filme catastrofice, aşa că multe dintre scenariile evocate de tatăl său îi erau, în acest fel, cunoscute, chiar dacă le socotise fanteziste şi prea puţin plauzibile. Nu se regăsise niciodată în ipostaza supereroului care salvează lumea. Universul lui însemna, în primul rând, mama sa. Apoi cei câţiva prieteni, nu prea mulţi. Şi Laura. Întrezări uriaşa povară pe care şi-o asumase tatăl său şi fu silit să-i dea dreptate. Se simţi copleşit în faţa părintelui pe care abia îl cunoscuse. Pentru a evita catastrofa prin care urma să treacă specia umană, nimic nu era prea mult. Încercă să-şi imagineze cum ar fi lumea sa fără Laura şi fără toţi cei pe care îi iubea. Se înfioră şi se hotărî pe loc că nu poate să lase să se întâmple aşa ceva. Îşi va ajuta tatăl să îşi facă predicţia. O vor face cunoscută, iar omenirea, ştiind de ce să se ferească, îşi va continua netulburată existenţa. Predicţiile trebuiau să schimbe viitorul, altminteri n-aveau niciun rost.

— Ce trebuie să fac?

— Nu trebuie să faci nimic special. În toţi aceşti ani am dezvoltat mult programul iniţial. Îţi va citi şi interpreta el reacţiile. O să preiei o parte din ce fac eu, secvenţele stimul-răspuns. Cu cât un eveniment afectează mai multă lume, cu atât este mai uşor de prevăzut, dar volumul variabilelor de intrare creşte proporţional. Însă aşa se însumează nenumăraţi vectori către o aceeaşi direcţie, formând unul uriaş. Acel eveniment din viitor străpunge ceea ce noi numim bariera timpului şi devine, astfel, predictibil.

— Ai reuşit să te conectezi la noul computer? Nu avem multă vreme.

— Nu are absolut nicio importanţă dacă vorbim sau nu. Lucrăm concomitent, şi tu şi eu, în acest timp. Se ocupă computerul. Ne citeşte reacţiile creierului şi se autoprogramează. Deşi nu cred, poate va trebui să renunţi la decor şi la conversaţia noastră, când vom avea nevoie de toate resursele, atât ale tale, cât şi ale computerelor, chiar dacă dialogul nostru consumă o cantitate infimă din capacitatea lor. Îţi spun asta doar ca să nu te sperii dacă se va face iar întuneric şi să nu ai impresia că rămâi singur. Am accesat baza de date şi senzorii externi ai navei, iar asta va micşora mult volumul de calcule necesar predicţiei.

— Cum faci asta? Cum afli viitorul?

— Orice om poate să prevadă viitorul. Cred că a fost o funcţie a creierului care astăzi este atrofiată. Te-ai întrebat vreodată cum a reuşit omul primitiv să supravieţuiască? Nu ar fi avut nicio şansă în faţa celorlalte specii. Nu avea blană, gheare sau colţi şi nici nu era prea puternic. Cu toate acestea, a reuşit. Noi îi spunem azi intuiţie. Acceptăm că există, fără să avem o explicaţie ştiinţifică pentru ea. Ba mai mult, o folosim în fiecare zi pentru a lua decizii. Este precum teoria cubului Rubik.

— Cubul Rubik?

— Este o jucărie care a apărut pe vremea mea. Un cub format din douăzeci şi şase de cuburi mai mici. Ca să obţii toate laturile cubului mare colorate la fel...

— Ştiu ce este un cub Rubik.

— Există un număr de cinci ori zece la puterea douăzeci de combinaţii, dar numai una singură este cea considerată corectă şi poate fi rezolvată în cel mult douăzeci şi cinci de mişcări. La fel a fost şi cu evoluţia oamenilor. Au găsit de fiecare dată calea corectă pentru a supravieţui şi a progresa, fapt care este cu neputinţă de explicat doar prin simpla întâmplare. Natura a încercat sute de milioane de ani, dar nici mărimea, platoşele osoase, colţii, veninul, ghearele sau forţa brută şi nici chiar inteligenţa nu au avut câştig de cauză. Eu sunt convins că omenirea şi-a început dezvoltarea după ce oamenii au dobândit posibilitatea de a intui viitorul. Se prea poate ca şi eu însumi să nu fiu altceva decât un produs al evoluţiei omenirii care a ajuns în această etapă.

— Dar nu se poate ca toţi oamenii să prevadă viitorul. Pur şi simplu ar fi... haos.

— Nu, n-ar fi haos. S-ar întâmpla exact ceea ce se petrece în prezent când predicţiile minore se anulează reciproc. Nu trebuie să uităm că şi omenirea s-a înmulţit foarte mult faţă de începuturile ei, probabil acesta este motivul pentru care s-a atrofiat organul care sonda viitorul. Excepţii fac acele persoane a căror capacitate intuitivă este ridicată. Eu nu am făcut altceva decât să măresc acest simţ cu ajutorul computerului. Înţelegi? Computerul stimulează creierul, interpretează activitatea cerebrală şi generează alţi stimuli specifici pentru creier. Asta se petrece în mod continuu. Se obține astfel un efect sinergic prin care intuiția este mult amplificată. Așa se poate prevedea viitorul.

— Dar paradoxurile?

— Nu există paradoxuri.

— Dar, dac-ai fi reușit să împiedici explozia de la Cernobîl, istoria s-ar fi schimbat...

— Cum? Ar fi supraviețuit niște oameni? Crezi că ar fi contat, din atâtea miliarde? Suntem mai neînsemnați decât ne place să credem, Vlad. Suntem, totodată, și orgolioși. Crezi că viitorul îl modifică cei care câștigă o avere pentru că au aflat combinația câștigătoare la loterie? Ce înseamnă câteva milioane sau miliarde din indiferent ce valută pentru Univers? Ce înseamnă un om sau mai mulți, o moarte sau mai multe? Ei bine, ce pot să-ți spun este că viitorul nu poate fi modificat. Dezastrul de la Cernobîl ar fi avut loc oricum.

— Laura este de aceeași părere cu tine. Totuși, atunci de ce mai încerci să afli viitorul? Nu te contrazici? Dacă afli ceea ce urmează să se petreacă și folosești asta în prezent, nu îl modifici?

— Laura este o fată deșteaptă. I-am admirat modul elegant și curat de programare. Am fost mândru când ați construit automatul de jucat jocuri, căruia i-ați spus Maelzel. Prietena ta are dreptate. Chiar dacă eveni-mentele mărunte, din viața de zi cu zi, ar putea fi prevăzute și alterate, linia generală a viitorului nu se modifică. Mă refer la intuiția individuală care poate avea importanță pentru cel care a emis-o și, eventual, pentru un număr de apropiați. Astea sunt doar mici abateri care nu înseamnă nimic. Ceea ce am construit eu nu poate face predicții la un nivel atât de mărunt. Pot determina numai evenimentele majore, care nu pot fi schimbate. Îmi place să mă gândesc la viitor ca la un slalom pe o pârtie de schi. Jaloanele trebuie ocolite, indiferent pe unde face schiorul cristiane. Ele sunt şi rămân acolo. Restul nu contează. Explozia de la Cernobîl ar fi avut loc oricum – a fost unul dintre jaloane. Ceea ce s-ar fi putut schimba într-o oarecare măsură ar fi fost efectul asupra oamenilor, cu condiţia să mă fi ascultat.

— Vasăzică, viitorul poate fi totuşi schimbat.

— Dacă priveşti de jos în sus, cred că da. Dar, dacă cineva va distruge Pământul, acest lucru se va întâmpla oricum, indiferent de predicţii.

— Atunci care este limita? La scara Universului ce importanţă are Pământul? Sau sistemul nostru solar? Sau galaxia, doar sunt atât de multe!

— Există numeroase alte praguri, dar nu am reuşit încă să aflu câte şi nici cât de înalte sunt ele. Ar trebui întrebaţi cei de la MIT. Am lucrat pentru scurt timp în laboratoarele lor până când CIA mi-a aranjat unul propriu. Câţiva cercetători de acolo credeau că există o structură spaţiu-timp şi că tentativele noastre de a o străpunge, spre exemplu, pentru a sonda viitorul, ar putea-o distruge. Presupuneau şi că aceasta s-ar reface, dar într-un mod diferit. Adică s-ar anula Universul nostru, generându-se altul, dar refacerea ar elimina distorsiunea care a provocat ruptura, adică pe noi, oamenii.

— Nu ţi-e teamă că ai putea provoca o asemenea catastrofă?

— Ceea ce cred cercetătorii sunt pure speculaţii. Eu prevăd fapte concrete a căror desfăşurare este iminentă.

— Care afectează oricum foarte mulţi oameni.

— Este adevărat. Am teoretizat că sistemul meu de predicţie detectează o rezultantă a conştiinţei colective a omenirii. Cu cât efectele unui eveniment sunt mai puternice, cu atât acesta este mai uşor de prevăzut. Statistic, probabil că am dreptate. Însă nu există o altă metodă pentru a susţine această teorie. Acum cred că a sosit momentul în care avem nevoie să angajăm toate resursele computerelor. Ştiu că avem multe să ne spunem şi-ţi promit că o vom face pe îndelete. Dar acum, ceva cu mult mai important aşteaptă să fie descoperit de noi.

Decorul virtual dispăru şi Vlad se pomeni din nou suspendat în întuneric. Îşi imagină că aşa se simte, probabil, un cosmonaut lipsit de greutate, plutind liber în spaţiul cosmic. Încercă să analizeze informaţiile obţinute de la tatăl său referitoare la computer. Îi ceruse să îl ajute, dar nu simţea deloc că face asta. Se întrebă dacă părintele lui chiar dusese programarea până la acel nivel la care nu mai era nevoie să se implice conştient, aşa cum îi spusese, sau dacă dialogul lor se apropiase de ceva ce nu dorea încă să-i spună.

„De ce eu?" sări din neantul tăcut un gând rebel pe care se strădui să-l alunge, numai că revolta îi tot crescu şi întrebarea nu mai putu fi ignorată. Ar fi putut să se bucure de o copilărie normală, în care să fi ascultat poveşti citite de un tată prezent sau să fi făcut împreună pase cu mingea de fotbal. Ar fi putut să trăiască o adolescenţă obişnuită, în care să fie ajutat să rezolve problemele de matematică şi fizică primite la şcoală, poate să afle şi câteva chestii despre fete de la un părinte care s-ar fi comportat aşa cum fac toți tații din lume. Însă al lui hotărâse să-și lase familia pentru a-și continua cercetările despre predicții. Ar fi fost fericiți cu toții dacă el nu ar fi făcut acea descoperire. Poate credea că avea să salveze omenirea sau măcar, în numele binelui universal, să o scutească de mari suferințe. Se sacrificase pe sine, dar își sacrificase și familia fără ca aceasta să fi fost măcar întrebată. Decisese el pentru toți deopotrivă, pentru fiul lui, pentru soția sa și, dacă avea dreptate, pentru toți oamenii din lume. Provocarea era uriașă, dar, în ceea ce îl privea, Vlad nu considera că e deloc drept ceea ce i se întâmplase. Cu toate acestea, fu silit să recunoască faptul că începuse să-l prindă jocul planetar în care fusese atras. Dacă ar fi putut, ar fi zâmbit. Nu degeaba era fiul tatălui său!

Încet, ca prin vis, realitatea i se strecură insidioasă în conștiință. Auzi voci, apoi cuvintele începură să capete sens. Clipi de câteva ori, orbit de o lumină puternică, ce venea de peste tot. Deschise larg ochii, recunoscând fețele îngrijorate ale prietenilor lui. Laura se aplecă asupra lui, îl îmbrățișă și îl sărută scurt pe buze.

— Te-ai întors, șopti ea, fericită. Mi-a fost așa de teamă pentru tine!

CAPITOLUL 19

„Zâmbi, apoi râse de-a binelea, aşa cum nici nu îşi mai amintea de când nu o mai făcuse, când văzu, sau poate doar crezu că zăreşte, ce soartă îi pregătiseră călugării care făcuseră în aşa fel încât, pentru el, timpul să îşi înceteze curgerea. Revărsarea zilei aduse de sclipirea zorilor lovi grota cu raze calde de lumină. Întunericul din interior se împrăştie şi peretele de gheaţă deveni din nou alb lăptos, opac, ascunzând îndărătul său tainele nopţii. Dar Aspirantul ştia deja ce trebuie să facă. Ieşi în gura grotei, trase cu nesaţ în piept aerul rece al dimineţii şi îşi ridică braţele la fel cum o pasăre îşi înalţă aripile. Fără să ezite nici măcar o clipă, îşi dădu drumul în hău."

Panglica Timpului

— A spus... fură primele cuvinte pe care gura uscată a lui Vlad le articulă cu greu.

— Ştim ce aţi discutat, îl linişti Nicu. Am urmărit totul pe monitor. Până la tine, Dan nu a mai vorbit cu nimeni.

Încercă să se ridice din fotoliu imediat ce Chang îi desfăcu legăturile; epuizat, căzu imediat îndărăt. Era încă ameţit. Laura îi întinse un pahar cu apă. Bău cu nesaţ, vărsând puţin.

— Cât? Cât am stat?

— A durat aproape o oră în care aţi purtat dialoguri intense urmate de pauze foarte lungi, explică doctorul. Am vrut să te decuplăm la prima dintre

ele, după ce ai adormit, dar apoi ați reluat conver-
sația. Ultima pauză a fost chiar mai lungă. Deși erai
lucid, nu mai conversați. De asta te-am adus înapoi.

— A conectat Cray-ul cu computerul AEGIS, îi
informă inutil Vlad.

Nicu zâmbi înțelegător. Chang se aplecă asupra
lui.

— Cel mai important este că tatăl tău a dat
semne de viață. Este pentru prima oară de când a
încetat să mai comunice. Trupul său a reacționat
mai întâi când și-a dat seama că ești și tu cuplat. S-a
manifestat din nou când ați vorbit de mama ta. Am
înregistrat totul. A avut un spasm muscular, iar rit-
mul cardiac i-a crescut brusc cu treizeci de procente.
Pe urmă și-a făcut singur o injecție cu inhibitori din
consola *life support*.

— Și ce înseamnă asta? întrebă Ștefan.

Doctorul își scoase ochelarii, suflă pe lentile
până se aburiră, după care le șterse cu un capăt al
halatului.

— Nu vreau să dau nimănui speranțe false, dar
cred că există o mare șansă să-și revină.

Se auzi un clinchet ca de clopoței. Nicu scoase
o cască miniaturală din buzunar și o fixă în ureche.
Ieși din laborator, vorbind grăbit în engleză. Reveni
după câteva minute.

— Marinarii își vor computerul înapoi, le spuse
arătând încordat monitorul de pe perete. Se pregă-
tesc de apărare. Iranienii au scos tot ce au pe mare.

Imaginile surprinseră răsăritul soarelui. În lu-
mina încă palidă ce se reflecta în apa golfului, apăru
o flotă numeroasă de nave de război, de toate mări-
mile, care despica furioasă valurile.

Deasupra lor, la mare înălțime, se vedeau dârele de condens ale unor avioane de luptă ce luau înălțime. În zare, mai multe petroliere uriașe se îndepărtau în grabă, asemenea unor balene speriate. Priveliștea era foarte spectaculoasă.

— Ce să spun, mare lucru! comentă Ștefan. Am citit pe un site de știri că doar covatele astea le-au mai rămas de la englezi; sunt de pe vremea șahului. Zice-se că de atunci tehnica lor s-a tot deteriorat și nu le-a mai dat nimeni piese de schimb s-o repare. Iar arabii, pentru că stau cu fundul pe o mare de petrol, nici nu și-au prea bătut capul. Doar știm cu toții ce au pățit vecinii lor, irakienii.

— Sunt perși, nu arabi, punctă Laura. Arabi sunt doar cei născuți în peninsula arabică.

— Au o armată bine dotată, îl contrazise Nicu. Din câte știm, au cel puțin trei submarine second-hand cumpărate de la ruși și au început să-și fabrice singuri altele noi. Au mai cumpărat de la chinezi câteva fregate, iar vedete rapide și-au construit după proiecte proprii sau furate.

— Iranienii au industrie proprie de armament! Hai că asta-i tare, râse Ștefan.

— Dețin câteva tipuri de rachete de luptă, inclusiv intercontinentale, dezvoltate cu sprijinul Coreei de Nord. Au reușit să-și plaseze pe orbită proprii sateliți. Au copiat un tanc rusesc și îl produc pe bandă rulantă. Sunt tari și în drone, le folosesc încă de pe vremea războiului cu Irakul. Au dat jos o dronă de-a noastră pe care o credeam invizibilă și invincibilă; până în prezent, nimeni nu știe cum au făcut-o, deși presupunem că au reușit să intre, cumva, în sistemul ei de operare și s-o reprogrameze. Iar dacă mai punem câteva escadrile de MIG 27 şi MIG 29, tot ru-seşti, plus ceva avioane chinezeşti şi elicoptere, pen-tru care îşi fac singuri piesele de schimb, avem de-a face cu o forţă militară deloc de neglijat. Mai mult, de câţiva ani au început să-şi facă propriile avioane de vânătoare şi bombardament. Crede-mă, Republi-ca Islamică e înarmată până-n dinţi.

Nicu comentă degajat, privind spre monitorul gigant, ca şi cum ar fi urmărit un meci de fotbal. Pe monitor apăru un cronometru care afişă 38:47 re-prezentând minutele şi secundele rămase până la contactul marinei iraniene cu grupul naval american *John C. Stennis*. Cifra secundelor scădea pe măsură ce flota iraniană avansa către largul Golfului Persic. Vlad se simţi atras în discuţie.

— Oricum, este cu mult peste ceea ce avem noi în dotarea armatei române.

— Asta înseamnă să ai ţiţei, spuse Laura, cu obidă.

— Şi noi am avut, dar ni l-au luat austriecii, pro-fită frate-său de ocazie. Dar cum de ne lasă să privim operaţiunile pe monitor? N-ar trebui să fie secrete sau cam aşa ceva?

— Cred că e un soi de tradiţie în Marină care datează din al Doilea Război Mondial, spuse Nicu. Pe atunci, portavioanele puneau pe sistemul audio intern convor-birile piloţilor aflaţi în misiuni, ca să trăiască tot echipajul tensiunea luptelor. Astăzi fac acelaşi lucru, dar cu mijloace moderne. Fii însă con-vins că există şi părţi pe care nu ni le arată.

— Conflictul ăsta care mocneşte are totuşi şi o parte bună, sublinie Michael Chang, care până atunci rămăsese tăcut. Ei bine, la câte au pe cap, se pare că marinarii au uitat de noi. Aşa că nu mai trebuie să-l decuplăm pe Dan de la computerul AEGIS.

Pe ecran, ca într-un joc video, lucrurile prinse-ră viteză. Escadra iraniană se despărți ca şi cum ar fi fost tăiată la mijloc şi porni să încercuiască grupul navelor americane. De la înălțimea de unde trans-mitea avionul AWACS, dârele de siaj ale navelor în apa Golfului păreau arabescuri trasate simultan de un atelier de desenatori iscusiți.

Cerul senin se umplu de drone care se năpus-tiră asemenea unor țânțari furioşi asupra portavi-onului şi escortei sale. Roiul maşinilor zburătoare de război a fost întâmpinat de vălătucii proiectilelor antiaeriene care formară sute de norişori albi, efe-meri pe cerul albastru, răbufnind în câte o explozie spectaculoasă de fiecare dată când îşi atingeau țin-tele.

Însă, inexplicabil, numărul țintelor doborâte scăzu rapid. Portavionul fu scuturat de câteva explo-zii puternice. Luminile de pe tavan clipiră, la fel şi imaginea de pe monitorul gigant, după care se sta-bilizară.

Filmul bătăliei dispăru de pe ecran, fiind înlo-cuit cu chipul unui ofițer superior, transpirat şi fără cască.

— Ce-ați făcut?! zbieră el. Acel lucru blestemat a pus stăpânire pe sistemul AEGIS. Am fost loviți! Opriți-l imediat! Imediat! Dacă n-o faceți voi, o vor face puşcaşii marini pe care i-am trimis.

Un alt rând de explozii făcu să tremure imagi-nea de pe monitor. Ofițerul îşi întoarse fața de la ca-mera video şi îşi strigă ordinele cuiva aflat în afara unghiului de captură al obiectivului.

După care monitorul se închise lăsându-i pe toți perplecși. Vlad reacționă primul.

— Trebuie să mă cuplez! Să-l conving pe tata să lase computerele-n pace.

Nicu se prăbușise absent într-un scaun, cu capul prins în palme. Dar Vlad se trânti în fotoliu. Ca ieșit din transă, Michael Chang se năpusti și-i atașă curelele care îl legau de fotoliu.

După care încercă de mai multe ori să-i pună casca-plasă pe cap, într-atât de tare îi tremurau mâinile; îl ajută Laura. Chang scăpă fiola cu ser care căzu pe linoleumul dușumelei, fără să se spargă. Ștefan o recuperă în grabă, îi transferă conținutul în seringă, scoase aerul și-i injectă lui Vlad o doză de ser.

De această dată, senzația de absorbție nu mai fu atât de evidentă. Dimpotrivă, la început chiar auzi frânturi din conversațiile îngrijorate purtate de prietenii săi. Simți prezența tatălui său, însă acesta nu îl băgă în seamă. Deși nu știa cum ar putea să o facă, încercă să i se adreseze. Subvocaliză sau poate numai se gândi:

— Trebuie să oprești rularea programului de predicție în computerele navei. Ai afectat sistemul de apărare al portavionului. Iranienii ne-au atacat și suntem loviți. Trebuie să încetezi, chiar acum! Sunt mii de vieți în joc!

Repetă în gând de mai multe ori cele câteva cuvinte, sperând că ele pot ajunge la tatăl său, însă, o vreme, nu se întâmplă nimic. Ar fi vrut să-i scuture trupul imaterial.

Predicția pe care tatăl său o transformase în obsesie devenea inutilă dacă portavionul avea să fie scufundat și nu putea fi comunicată. Nădăjduia ca în lumea reală să nu fi trecut decât foarte puţin timp, iar evenimentele să nu fi degenerat prea grav.

Încercă să înţeleagă ce se petrecea în jur. Ajunse-se şi el conectat, prin Cray, la computerele care contro-lau apărarea portavionului. Supraîncărcate, acestea reacţionau cu mare greutate la comenzile multiple primite de senzorii externi. Mai mult din întâmpla-re, Vlad reuşi să găsească un canal video care baleia imagini luate de avionul de recunoaştere AWACS.

Portavionul fusese lovit în mai multe locuri şi lua apă. Întreaga structură se înclinase spre tribord şi provă, iar punţile de zbor deveniseră impractica-bile. Nu mai existau avioane de rezervă. Unul dintre ele devenise epavă după ce se strivise de turnul de comandă. Câteva, cărora nici măcar nu li se depliase-ră aripile, alunecaseră în apă.

Totuşi, cele mai multe dintre aeronavele por-tavionului încă se mai roteau pe cer, schimbând ra-chete aer–aer cu atacatorii iranieni. Pe măsură ce îşi epuizau rezerva de combustibil sau muniţia, ele porneau apoi spre vest, căutând adăpost de cealaltă parte a Golfului Persic, la baza aeriană *Ali Al Salem* din Kuweit.

Nici cele şase nave din escorta portavionului nu păreau să o ducă prea bine. Majoritatea fusese-ră lovite de mai multe ori, iar o fregată cuprinsă de flăcări se afla pe punctul de a se scufunda. Marinarii, asemenea unor puncte portocalii, se zoreau s-o pă-răsească în bărci de cauciuc colorate în roşu aprins. Celelalte nave ale escortei se dispersaseră pe un front larg, încercând să facă faţă valului aparent ne-sfârşit de nave inamice care atacau simultan şi fără încetare, din toate direcţiile.

Pe Vlad îl cuprinse disperarea. Atacatorii erau, pur și simplu, prea mulți și păreau foarte bine organizați. Urmări siajul unei torpile lansate de un avion iranian. Aceasta trasă o linie înspumată pe sub apă și explodă în babordul portavionului. Deși nu era cu putință, simți aproape fizic lovitura.

Mai mulți marinari reușiseră să treacă pe comenzi manuale câteva tunuri antiaeriene și trăgeau din plin, însă fără vreun efect vizibil asupra avioanelor agresoare. Dintr-odată, simți încă o prezență. Era diferită de a tatălui său.

— Eu sunt, spuse Laura. I-am cerut doctorului să mă cupleze și pe mine. Am luat și eu o cască-plasă din cele de rezervă. Michael a fost de acord, dar mi-a injectat doar o doză mică de ser. Nu pot rămâne prea mult timp. Bârr, este așa cum ai spus. M-am simțit atrasă și apoi, totul e negru. Numai că mi-am imaginat altceva.

Frica fetei era aproape palpabilă. Vlad încercă s-o liniștească.

— Știi că poți să ceri decuplarea oricând vrei. Poți fi de mare folos pe aici, dacă tot ai venit. Deși nu ești obligată să faci asta. Deocamdată nu ne paște niciun fel de pericol. Cel puțin nu unul imediat, câtă vreme nava asta mai plutește.

Chiar dacă ultimele cuvinte le rostise doar în gând, ele ajunseră la Laura. Computerul citea centrii vorbirii lui Vlad și transfera cuvintele gândite spre nervul auditiv al fetei. Spaima ei deveni incontrolabilă.

Încercă să se decupleze, dar ceea ce transmise spre exterior era neinteligibil. Vlad se simți asaltat de succesiuni de imagini caleidoscopice, asemenea

unor flashuri, venite dinspre ea: roşu, urlete, silue-
te scheletice care se năpusteau, colţii unor animale
uriaşe, şerpi, o cădere de la mare înălţime. Spaima
începu să-l cuprindă şi pe el.

— Ai putea să te prefaci că nu îţi este teamă,
interveni el în ultimul moment. Ai făcut un an de ac-
torie, ştii cum trebuie să procedezi. N-ai decât să-ţi
imaginezi că joci un rol în care este nevoie de tine ca
să salvezi lumea.

Gândurile Laurei începură să redevină coeren-
te, de parcă ar fi ieşit dintr-o furtună.

— Ca să salvăm împreună lumea, repetă el sim-
ţind-o cum se linişteşte.

— De fapt, dacă stau să mă gândesc puţin... cred
că aici pot crea orice. E un loc în care putem fi tot
ceea ce ne dorim.

Vlad îi arătă cum să acceseze conexiunea către
canalul video. Negrul şi senzaţia de suspendare dis-
părură imediat. Urmăriră împreună bătălia prin sis-
temele optice ale navei.

— Trebuie să facem ceva, spuse Laura cu hotă-
rârea teatrală a unei supereroine. Altminteri suntem
pierduţi.

— Tata a supraîncărcat computerele AEGIS cu
acea predicţie blestemată! Iar el refuză să mă ascul-
te. Nu putem face nimic.

— Trebuie să preluăm noi apărarea navei.

— Cum? strigă în gând Vlad. Abia am reuşit să
înţeleg câteva dintre funcţiile primare ale sistemu-
lui.

Încercă să îşi controleze mai atent gândurile.
Bănui că exagerase cerându-i fetei să-şi asume rolul
dificil în care ea intrase.

Dar, dacă totuşi răzbi o undă de neîncredere dinspre el, Laura nu dădu niciun semn că ar fi depistat-o.

— Dacă tatăl tău a reuşit să-l programeze, vom reuşi şi noi. Acum încerc să citesc codul maşină. Are mai multe *firewalls*.

— Poţi să treci de ele? o întrebă grav.

Încordarea lui Vlad nu i se transmise şi fetei care deja era foarte calmă.

— Dacă tatăl tău le-a depăşit... Protecţiile au fost făcute pentru cei care încearcă să intre din afară în computer, or, noi suntem în interior. N-ar trebui să fie o problemă. Uite de-aia se spune că matematica binară este cea mai răspândită din Univers.

— Ai face bine să te grăbeşti. Portavionul a fost lovit.

— Ştiu, ştiu. De asta m-am şi conectat, să-ncerc să te-ajut. Nu cred că tatăl tău este cel care a blocat apărarea portavionului. Se pare că nu s-a extins mai mult decât i s-a aprobat, totuşi nu pot să-mi dau seama, ar fi nevoie de o analiză mai profundă. Celelalte două computere AEGIS ar fi trebuit să poată riposta atacului fără probleme. Sistemul a fost conceput pentru redundanţă multiplă. Ar fi fost suficient şi unul singur. Bănuiesc că iranienii au reuşit să strecoare un cod de virus care încetineşte totul. La fel cum au făcut şi cu drona de care spunea Nicu.

— Poţi să-l ştergi? Ar fi bine să te grăbeşti.

— Lucrez la asta. În primul rând, o să opresc nava, ca să reduc presiunea asupra provei. Este nevoie să inversez sensul de rotire al elicelor. A cam luat apă, dar au intrat în funcţiune sistemele automate împotriva inundaţiilor, s-au închis mai multe compartimente cu uşi etanşe, nava încă face faţă. Iată că mai sunt şi câteva chestii pe aici care merg fără să fie controlate de computere.

— Portavionul a încasat multe lovituri, nu am idee cât poate să mai reziste.

— Se spune că asemenea nave sunt indestructibile. Uite, am găsit calea către sistemele de armament. Virusul a introdus o temporizare a răspunsului, aha, cred că aşa a făcut ca să treacă neobservat. Numai că, fiind conectată, şi eu am devenit mai deşteaptă. Şi mai rapidă. Să ştii, când m-am cuplat, nu trecuseră nici zece minute de când ai intrat tu. Până scap de virus, chiar şi supraîncărcate cum au devenit, încă mai pot fi folosite câte ceva din resursele computerelor AEGIS. Aşa, gata, ţi-am validat chiar acum conexiunile. Poţi să le încerci.

Vlad intui imediat ce avea de făcut. Semăna izbitor cu un joc video. Baleie camerele exterioare de luat vederi. Le adună în matrice pe un ecran imaginar.

— Mi-aţi dus lipsa, copii? auziră vocea virtuală a lui Ştefan. Acum c-am venit şi eu, echipa este completă.

— Ce cauţi aici? sări Laura.

— M-am gândit că aveţi nevoie de ajutor, se apără Ştefan. Mai aveau căşti, aşa că am cerut şi eu una. Doctorul Chang s-a gândit că, dacă tot se scufundă nava, oricum nu mai are nicio importanţă dacă mă aflu în mediul virtual sau tremur alături de el.

— Numai să nu ne stai în cale, mai spuse fata. Vin acum şi radarele. Ai imediat şi semnalul sonarului.

Vocea Laurei părea tot mai îndepărtată, însă

fata îşi alungase orice urmă de teamă. Vlad îşi admiră iubita şi puterea ei de concentrare.

Într-un colţ al minţii, creă alte două ecrane şi puse pe unul din ele ping-urile dese ale sonarului, iar pe celălalt, harta radar a potenţialelor ţinte. Se concentră şi dădu o primă comandă mitralierelor Gaitling, lansând o perdea densă de gloanţe în întâmpinarea rachetelor inamice detectate de radar.

— Vai, aici chiar că am treabă! îl auzi pe Ştefan. E mai tare ca *Half Life*, *Quake*, *Deus Ex* şi toate celelalte la un loc. Lăsaţi pe mine, că ştiu ce-am de făcut!

Tot armamentul irupse cu violenţă şi punţile ex-terioare se acoperiră cu norii alburii rămaşi de la lansarea rachetelor şi proiectilelor. Portavionul angajă navele inamice de suprafaţă, venind în ajutorul escortei sale copleşite. În imaginile trimise de la înălţime de avionul AWACS, uriaşa navă încetinise mult. Echipe de marinari ieşiseră pe funii, prin sasurile de avarii, ignorând focul inamic, în încercarea de a izola spărturile cu panouri metalice.

Vlad preluă apărarea, dar, cum Ştefan trecu la ofensivă, în scurtă vreme atacul împotriva portavionului scăzu în intensitate şi apoi încetă complet. Ajutat de computere, analiză la rece situaţiile tactice, i le transmise lui Ştefan şi sări în ajutorul echipelor care încercau să localizeze şi să repare avariile.

Prietenul său monopolizase sistemele de armament şi părea că se simte în largul lui. Trimitea proiectile şi rachete împotriva aviaţiei şi marinei iraniene, reuşind să preia iniţiativa. La un moment dat, atât Vlad, cât şi Laura se opriră să-l urmărească pentru câteva momente având impresia că, de fapt, bătălia îl conducea pe el, şi nu invers.

Ştefan expedie în grabă zeci de grenade an-tisubmarin, iar sonarul înregistră două explozii subacvatice violente. Soarta bătăliei se schimbă pe măsură ce soseau avioanele F22 de la baza aeriană *Al Dhafra Air* din Abu Dhabi. De nedetectat de către radar, acestea căzură ca un roi de îngeri răzbunători peste flota iraniană reuşind, încă din primele cinci minute ale contraatacului, să cureţe cerul de drone-le şi de avioanele inamice şi să scufunde sau să ava-rieze grav zeci de nave iraniene. Celelalte se retrase-ră grăbite, ca un stol speriat de pescăruşi, căutând adăpost în baza navală de la *Bandar Abbas*.

— Cred că am izolat virusul care a cauzat înce-tinirea sistemelor, rosti Laura. A provocat mai multe daune, dar de ele se pot ocupa cei de la Tehnic. Nu pot să pricep cum anume a fost introdus, pentru că nu a lăsat niciun fel de urme. Şi nu îmi este deloc clar de ce nu a fost eliminat de programele antivirus re-zidente. O să cerceteze asta experţii marinarilor. Eu trebuie să ies acum, timpul meu de cuplare a expirat.

Funcţiile computerelor sistemului AEGIS reve-niră şi acesta preluă imediat controlul apărării pe care Ştefan îl cedă fără tragere de inimă, după care părăsi şi el mediul virtual. Odată cu AEGIS se reac-tivă şi Sistemul de control automat al avariilor care preluă treaba lui Vlad. Tânărul se deconectă de la sistemele de senzori externi, de la canalele audio şi video ale navei şi redeveni orb şi surd.

— Gata, auzi ca din neant vocea tatălui său. Am rezolvat.

— Ce ai rezolvat? articulă în gând Vlad.

Se simţea ameţit şi mai epuizat decât fusese vreodată. Nu îşi imaginase vreo clipă că va fi nevoit să se substituie computerului de luptă al unui porta-vion. Se gândi la iureșul complicat în care se trans-formase viața lui tihnită, în doar câteva zile.

— Predicția. Totul. Este timpul să ne decuplăm. Oh, așteptam de multă vreme să pot face și eu asta.

— Ai aflat ce urmează să se întâmple?

Dar nu mai reuși să afle răspunsul.

CAPITOLUL 20

„Dezbrăcat de trup, ca o crisalidă ce se preface în fluture, Aspirantul se transformă în Călugăr al Timpului și merse cu bucurie să li se alăture celor asemenea lui, care îl întâmpinară, oferindu-i prima lui tăbliță netedă din lut împreună cu primul stilus. Le luă și desenă cu fermitate cum trupul lui, golit, după ce se prăbușise în neant și se sfărâmase de stânci, era dezmembrat de mulțimea furibundă a oamenilor care se năpustiseră, dornici să înșface o bucată de os sau de carne, pe care să le adore și la care să se roage pentru împlinirea nimicniciilor din care le era alcătuită viața, asta pentru că nu știau sau nu voiau să știe că, de fapt, cineva care nu îi mai auzea și căruia nu îi mai păsa, le desena fiecare moment pe care ei îl credeau important în viața lor. Mai află totodată că doar câteva tăblițe atent puse pe banda care trecea prin prezent și lega trecutul cu viitorul puteau schimba destinul tuturor."

Panglica Timpului

Când își reveni, Vlad dădu cu ochii de chipul îngrijorat al Laurei. Simți cum degetele ei delicate îi strâng cu putere mâna. Fata oftă ușurată și desfăcu în grabă benzile care îl fixau de scaun. Vlad își scoase singur plasa de cuplaj de pe cap și se săltă în capul oaselor. Privi în jur cu ochi tulburi. Toți ceilalți urmăreau cu atenție evenimentele care se desfășurau pe monitor. Scutură din cap, nevenindu-i să creadă:

printre ei, aşezat într-un scaun cu rotile, învelit în-tr-o pătură bleu, marcată *US Navy*, se afla tatăl său. Chipul pământiu, barba surǎ şi obrajii scofâlciţi îi dădeau un aer de cǎlugǎr aflat aproape de sfinţenie.

— Bine ai venit înapoi, spuse fata, desprinzân-du-i legăturile. Ştefan ţi-a dat o dozǎ cam mare şi m-am temut puţin pentru tine. Dar doctorul Chang m-a asigurat cǎ eroarea n-a fost chiar atât de gravǎ.

Vocea fetei destrǎmǎ micul grup aflat în faţa monitorului. Se adunarǎ cu toţii lângǎ Vlad. Acesta îi privi pe rând, încercând sǎ înţeleagǎ de pe expresiile lor ce se petrecuse. Nu îl vǎzu pe Nicu. Se auzi zdrǎn-gǎnitul unei uşi metalice şi apǎru şi acesta, gâfâind şi îmbujorat de efort.

Bǎtrânul Dan Pintea îşi lǎsǎ palma pe umǎrul fiului sǎu. Câteva lacrimi pornirǎ prin ridurile de pe obraji.

— Vlad! N-am crezut c-o sǎ trǎiesc clipa în care sǎ te cunosc.

— Dar lupta? Bǎtǎlia?

— S-a terminat, îl asigurǎ Nicu. Şi, crede-mǎ, voi toţi aţi avut o contribuţie decisivǎ.

— Am contribuit la scufundarea flotei iraniene! exclamǎ Ştefan entuziast, îmbrǎţişându-l. Suntem eroi de rǎzboi. O sǎ primim Purple Heart, Victoria Cross, Red Cross, mǎ rog, toate inimile şi crucile din NATO şi America.

— Şi predicţia? întrebǎ, din ce în ce mai nelǎ-murit, Vlad.

— S-a împlinit, dragul meu, şopti îngânduratǎ Laura.

— S-a împlinit ce? Îmi spune şi mie cineva ce s-a întâmplat?

— Am rămas fără petrol, spuse simplu Ştefan. Iranienii au bombardat zăcământul de la Ghawar, din Arabia Saudită. Au folosit bomba atomică. Iar israelienii au bombardat exploatările iraniene de la Azadegan şi Yadavaran. Şi ei au folosit tot bomba atomică. Mai mult de un sfert din rezervele de ţiţei ale lumii au devenit radioactive şi nu vor mai fi disponibile vreme de sute de ani. Au fost afectate şi exploatările de gaz natural. Arabia Saudită deţinea a patra rezervă din lume.

Vlad înghiţi în sec. Îi privi descumpănit pe cei din jur.

— În cazul acesta o să-şi mărească producţia Rusia şi cei care mai au încă ţiţei.

— Exclus, rosti vehement Nicu. Naţionaliştii ucraineni au detonat o încărcătură nucleară în Siberia de Vest, în zona exploatărilor. Cine ştie cum au ascuns-o de ruşi, după ce au renunţat la statutul de putere nucleară, în 1994. Au atacat şi ei după ce au aflat şi au înţeles ce s-a petrecut în Golf.

— Asta era predicţia, rosti cu greutate tatăl lui. Acum totul este limpede.

— Războiul atomic?

— Nu, aceste lovituri au fost strict limitate şi au provocat un număr minim de victime. Va urma peste puţină vreme, la presiunea comunităţii internaţionale, eliminarea totală a armelor nucleare. Se va schimba modul nostru de viaţă. Pe termen scurt, preţul petrolului va exploda. Chiar de mâine, cotaţiile pe burse vor sări la ceruri.

— Şi ce? Preţul benzinei creşte încontinuu de când a fost descoperit motorul cu ardere internă. Iar acum a fost afectată doar un sfert din rezerva de petrol a lumii. Cum ar putea asta schimba totul?

— Petrolul arab era foarte pur şi uşor de extras, prin urmare, cel mai ieftin şi mai jinduit de vecinii mai săraci. Iar cel siberian permitea finanţarea ambiţiilor expansi-oniste ruseşti. Acum, aceste potenţiale surse care ar fi putut alimenta un conflict planetar au dispărut. Însă mai important este impactul emoţional, care va fi uriaş. Carburanţii la pompă se vor vinde de trei sau patru ori mai scump. Iar acesta este numai începutul. Presiunea de consum se va muta pe gazele naturale, depăşind cu mult capacitatea de transport a infrastructurii, fără a mai vorbi despre deficitul provocat de încetarea principalelor exploatări din Peninsula Arabă. Iar problema principală este că mai mult de o treime din energia electrică a lumii se obţine arzând gaz natural şi petrol, răspunse netulburat Dan Pintea, în engleză. În noile condiţii, nu va mai fi posibil. Asta va face ca tehnologii care au fost considerate prea scumpe până acum să devină rentabile.

— Vor suferi oamenii, îndrăzni Laura. Va fi cumplit.

— Da, vor suferi pentru că vor trebui să economisească electricitatea pentru o vreme. Nu vor mai avea telefoane mobile. Şi nici laptopuri. Dar, dacă omenirea a supravieţuit mii de ani fără aceste gadgeturi, ei bine, cred că se va mai descurca un timp. Aveam nevoie de un alt fel de existenţă.

— Nu numai. Consecinţele sunt incalculabile. Se vor prăbuşi băncile, sisteme economice, companii de asigurări, totul. De fapt, este posibil ca însuşi capitalismul să înceteze să mai existe.

— Şi? Până la urmă cui îi pasă de asta? interveni Vlad. Nu se vor mai fabrica lucruri mărunte şi inutile. Consumerismul acesta frenetic, în care ne-am complăcut în ultimul secol, va dispărea. Bogaţii îşi vor pierde banii, adică vor avea de suferit avuţii lumii. O lume a iluziilor va apune.

— Va fi un fel de haos pentru o perioadă, spuse hotărât Dan Pintea. Vor fi războaie regionale pentru acapararea resurselor rămase. Până la urmă, de voie sau de nevoie, oamenii vor învăţa să trăiască altfel. Vor renunţa la autoturismele actuale şi vor folosi transportul în comun până când vor apărea modele noi şi performante, electrice. Vor dispărea sacoşele din plastic şi pet-urile, alături de multe altele. Se va folosi iar lâna de oaie şi bumbacul, în detrimentul fibrelor din polimeri proveniţi din hidrocarburi. Petrolul va fi folosit cu stricteţe, numai pentru nevoile stringente ale oamenilor, cum ar fi: agricultură, medicamente, transport în comun, telecomunicaţii. Va înceta foarte repede orice fel de risipă. Paradoxal, chiar dacă a fost afectată un sfert din rezerva lumii, ceea ce a mai rămas va ajunge pentru mult mai mult timp. Suficient pentru a fi dezvoltate noile tehnologii energetice. În următorul deceniu se va descoperi fuziunea la rece, iar în următorii cincizeci de ani această tehnologie va deveni singura utilizată pe Pământ pentru a produce energie.

— Totuşi, pentru ce a fost nevoie de acest conflict? întrebă Chang care urmărise atent ultima parte din conversaţia care se purtase în engleză. Dacă l-ai fi prevăzut din timp, poate că lucrurile s-ar fi desfăşurat la fel, dar cu mult mai puţină suferinţă pentru oameni.

Dan Pintea zâmbi cu amărăciune.

— Oamenii aveau nevoie de un astfel de şoc. Consumul de hidrocarburi atinsese o valoare maximă fără precedent şi ar fi continuat aşa până la epuizarea completă a resurselor. În momentul de faţă, toate marile exploatări petrolifere au trecut de faza de platou, iar producţia lor este în declin. Câmpurile nou descoperite nu satisfac nici pe departe cererea, care este în continuă creştere. De o parte se află companiile petroliere care încurajează consumul, iar de cealaltă sunt miliardele de clienţi captivi, tributari, practic, unei singure surse de energie. Extracţia ţiţeiului ar fi continuat până în ultima clipă. Abia atunci oamenii n-ar mai fi avut alternativă. Aşa, cel puţin au mai rămas aproape trei sferturi din hidrocarburi. Vom învăţa să le folosim mult mai eficient. În plus, lumea islamică şi-a pierdut principala sursă de bani. Finanţarea terorismului va deveni tot mai dificilă şi va înceta peste câţiva ani. Rusia îşi va domoli ambiţiile expansioniste şi, cel puţin o vreme, va accepta că nu are cum să supravieţuiască dacă nu respectă regulile internaţionale. Urmează ca popoarele să adopte măsuri stricte privind controlul populaţiei pentru a se adapta la noua stare de fapt. Peste douăzeci de ani vom fi mai puţini cu un sfert, iar peste o sută de ani populaţia lumii va scădea la mai puţin de jumătate din cea de acum. Sunt paşi dificili, dureroşi, dar absolut necesari. În acest fel, omenirea va supravieţui. Am văzut clar asta.

— Aţi prevăzut toate astea? se miră Laura. Controlul populaţiei sună... cum să zic... a doctrină de sorginte nazistă.

— Nu este nimic nazist în asta, sări Chang. Naziştii voiau să aplice o selecţie bazată pe criterii etnice. Programele de control ale populaţiei au tot fost încercate, în special în Africa şi Asia, dar rezultatele au fost nesemnificative. Presupun că aţi auzit de teoria catastrofică a lui Malthus.

— A cui? întrebă Ştefan.

— A fost un statistician englez, care a trăit între sfârşitul secolului al XVIII-lea şi începutul secolului al XIX-lea. A susţinut că o populaţie creşte exponenţial dacă are suficiente mijloace de subzistenţă, numai că sfârşeşte prin a le epuiza după care se împuţinează accelerat până la atingerea următorului prag de echilibru. Scăderea rapidă a populaţiei, în viziunea lui, se face cu mari suferinţe: foamete, război, pandemii. Presupun că ţi-ai bazat predicţia şi pe teoria asta, Dan.

— Asta şi multe altele. Dar, în acest caz, din cauza dimensiunii sistemului, ecuaţia a fost mult prea complexă pentru a extrage o predicţie cu probabilitate ridicată până aproape în ultimul moment.

— Vasăzică, de această dată nu ai făcut o predicţie, insistă Vlad.

— Da şi nu. Da, pentru că a existat o predicţie şi nu, pentru că a fost făcută într-o marjă de timp prea mică pentru a mai putea fi luate decizii. Aşa că are doar valoare pur academică. Am însă o predicţie foarte clară pentru următorii ani, acum, deoarece lucrurile s-au simplificat suficient prin disparitia majorităţii variabilelor. Ceea ce pot să spun este că echilibrul planetar a fost grav tulburat de oameni. Desigur, asta o ştie toată lumea.

— Mama Gaia, murmură Ştefan.

Dan Pintea ridică din umeri. Ochii, larg deschişi, îi sclipeau ca şi cum ar fi fost posedat.

— Nu am idee dacă tot ce se va petrece are vreo legătură cu chestiuni teleologice. Dar ipoteza Gaia, a planetei vii în care toate organismele interacţionează, este cât se poate de reală. Simplificând foarte mult, un sistem de complexitatea celui terestru încearcă să atingă starea de echilibru. Nu s-au găsit niciun fel de explicaţii plauzibile pentru ciuma din secolul al XIV-lea, care a ucis, conform istoricilor, un sfert din populaţia Europei. După cum nici virusul gripei spaniole, de la începutul secolului XX, care a ucis câteva procente din populaţia lumii, nu se ştie cum a apărut. Poate au fost manifestările unui sistem de apărare încă neînţeles al planetei, pe care noi îl numim generic: „cauze naturale". Poate a fost altceva. Dar ceea ce ar fi urmat în lipsa acestui conflict este evident: războaiele pentru resursele rămase. Asta era una dintre posibilele predicţii pe care le-am analizat în toţi aceşti ani. Însă, ceea ce s-a întâmplat aici seamănă cu intervenţiile pompierilor care, atunci când luptă cu un incendiu ce a cuprins o pădure, dau ei înşişi foc unei mici fâşii din faţa direcţiei de propagare, pentru ca flăcările, când ajung acolo, să fie lipsite de combustibil. Adică opresc răul cel mare, folosindu-se de un rău mai mic. În acest caz, războaiele pot fi înlăturate în primul rând eliminând cauza care le produce, adică petrolul.

— Dar ai spus că au mai rămas rezerve foarte mari, rosti Vlad.

— Acestea sunt dispersate, iar a duce războaie pentru ele ar fi mai costisitor, în termeni energetici, decât resursele astfel cucerite, eventual. Rusia şi America deţin încă o mare parte din ţiţei, dar, în condiţiile actuale, este cu totul improbabil să se încaiere pentru asta. Dimpotrivă, vor coopera împreună cu europenii pentru dezvoltarea fuziunii la rece.

— Reducerea populației într-un timp atât de scurt, de numai o sută de ani, oricum va provoca multă suferință, spuse Laura.

— Este adevărat, însă nici pe departe la fel de multă ca un război mondial devastator. Resursele rămase vor fi gospodărite în mod judicios. În cinci ani se vor legifera căsătoriile între persoane de același sex în aproape toată lumea. Peste cincizeci de ani cel puțin jumătate din familii vor fi formate din astfel de cupluri, iar Biserica, atât cât va mai rămâne din ea, cu excepția câtorva secte tradiționaliste, va accepta asta. Va deveni la fel de firesc să nu ai copii precum este astăzi să îi ai.

— Dar asta nu va duce la extincție? întrebă Ștefan.

— Nu. Populația lumii se va stabiliza peste două secole la circa un miliard de locuitori care vor fi învățați să consume doar atât cât poate să le dea planeta. Aici nu pot fi foarte precis, intervalul de prognoză este deja foarte mare, iar abaterea poate fi și de zeci de ani. Dar, până atunci, în următorul deceniu, toate țările vor avea o lege a evaluării periodice, în baza căreia se va decide eutanasierea ființelor umane.

— Asta este o barbarie! izbucni tânărul. Nu se poate așa ceva!

— În acest moment, nu, răspunse calm Dan Pintea. Cu toate că și acum există țări care permit bolnavilor incurabili să recurgă la această soluție. Însă lucrurile se vor schimba pretutindeni, pentru că primele afectate de această criză vor fi fragilele sisteme de pensii și de asigurări sociale din întreaga lume. Pur şi simplu, nu ne vor mai permite să alocăm resurse pentru persoanele cu boli incurabile sau prea bătrâne pentru a mai fi de folos. Eutanasia va deveni, oricum, facultativă după împlinirea vârstei de şaptezeci de ani.

— Aşa ceva este împotriva a tot ceea ce noi am învăţat despre valorile umane, insistă Ştefan. Şi total împotriva jurământului lui Hipocrat, pe care îl voi depune atunci când voi deveni medic.

— Se vor întâmpla multe lucruri care acum sunt de neconceput, însă ele vor salva întregul, adică omenirea. Valorile se vor schimba şi ele, aşa cum s-a tot întâmplat de când există oameni. Spartanii îşi ucideau pruncii cu diformităţi. Noi îi instituţionalizăm. Dacă ar fi să ne aflăm faţă în faţă, lor li s-ar părea absurd modul în care procedăm, iar noi i-am socoti fără de milă. Va deveni un act de curaj şi ceva firesc să îţi scuteşti copiii şi semenii de povara în care bătrâneţea sau boala te pot transforma. Până la eutanasie, chiar din anul acesta, cele mai multe ţări vor reintroduce pedeapsa cu moartea pentru faptele grave, deoarece numărul răufăcătorilor va creşte foarte mult. Şi, din nou, încarcerarea lor ar consuma prea multe resurse. Va fi o lume diferită. Dar măcar va continua să existe.

— Nu ştiu dacă îmi va plăcea să trăiesc în ea, murmură Vlad, deloc convins, după ce urmărise uluit conversaţia.

Tatăl lui nu apucă să-i răspundă pentru că se deschise uşa blindată de acces în zona lor. În laborator intră un ofiţer de Marină cu figură impasibilă. În mâna stângă, legată cu o cătuşă, ţinea o servietă elegantă din piele. Schimbă în şoaptă câteva cuvinte cu Nicu. Acesta scoase o cheie, descuie cătuşa şi luă servieta. Ofiţerul salută, se răsuci pe călcâie şi plecă.

— Situaţia este fără precedent, spuse Nicu. Am pornit un război înainte să îl declare cineva. Culmea e că s-a şi terminat. Va rămâne în istorie ca războiul de o oră. Iranienii au cerut pace, dar asta s-a întâmplat abia după ce aviaţia şi rachetele noastre le-au nimicit regimentele de blindate, aeroporturile, sistemele radar, bazele militare şi centrele de comandă.

— Dar portavionul? întrebă Ştefan.

— Dacă s-ar fi scufundat, ai fi aflat, nu-i aşa? încercă Nicu o glumă, însă nu zâmbi nimeni. Nu le este clar ce a păţit sistemul AEGIS şi nici nu par dornici să intre în detalii. Informaţia cu virusul iranian rămâne strict secretă. Oficial, un antivirus instalat pe computerele navei l-a anihilat. Nici noi nu dorim să dăm mai multe detalii, sper că asta este clar tuturor. Acum marinarii sunt ocupaţi să-şi cârpească nava. I-au astupat spărturile mai mari şi au trecut la evacuarea apei. Speră ca în câteva ore să fie oarecum operaţională, adică măcar capabilă să se mişte. Au pornit spre Kuweit. Speră s-o strecoare în portul Shuaiba şi s-o repare suficient cât s-o ducă înapoi în State.

— Iar cu noi ce urmează să se întâmple? întrebă Laura.

— Veţi fi duşi acasă, răspunse firesc Nicu. Am vorbit cu superiorii mei care vă rămân recunoscători pentru predicţie, chiar dacă a sosit cam târziu. Neoficial, Unchiul Sam vă este dator cel puţin cu un portavion. Desigur, înţelegeţi că trebuie să păstraţi secretul absolut asupra celor întâmplate aici. De altfel, o să avem şi noi grijă de asta.

— Şi tata?

— Va veni cu voi, dacă asta doreşte. Evident, şi el va păstra secretul acestei operaţiuni. Tehnologia şi software-ul rămân aici. Cred că vom reuşi destul de repede să ne antrenăm proprii oameni ca să facă predicţii. Senatul ne-a mărit de zece ori bugetul şi au lăsat să se înţeleagă că, dacă mai avem nevoie, n-avem decât să mai cerem. Apropo, asta este pentru voi. Împreună cu recunoştinţa Unchiului Sam.

Ştefan deschise curios servieta. Era plină cu teancuri de bancnote de câte o sută de dolari.

— Dar sunt milioane aici... rosti el.

— Nu te bucura prea tare, urmează un puseu inflaţionist fără precedent în istorie. În locul vostru i-aş investi repede. Ia-i, sunt pentru voi, îi meritaţi până la ultimul.

—V-am spus eu că se pot scoate bani frumoşi din vânzarea de fier vechi! strigă Ştefan în hohotele de râs ale tuturor.

***

Peste o oră, Nicu îi conduse pe punte şi îi îmbrăţişă pe rând. Avionul LearJet cu care veniseră îi aştepta, cu motoarele pornite. Ştefan şi Laura urcară primii.

— Are ordin să vă lase de unde v-am luat, le zise Nicu. Probabil, acesta este printre ultimele zboruri private din noua lume. Drum bun, Dan, prietene! Mă bucur că te-am cunoscut, Vlad. A fost o onoare.

Le întoarse spatele, porni hotărât spre turnul de comandă al navei şi intră acolo. Dan Pintea se ridică atunci cu greutate din scaunul mobil, se sprijini puţin de fiul său şi privi mulţumit în jur. În momentul în care tatăl său îl atinse, Vlad îşi aminti visul pe care îl avea în fiecare noapte, încă din copilărie. Acolo, în vis, părintele lui era cel care imprimase ceva pe panglica uriaşă a Timpului. Se simţi copleşit de viziune, dar mai ales de revelaţia pe care aceasta i-o adusese.

— Ai văzut toate aceste lucruri pe care ni le-ai descris cu programul tău de predicţii? Sau ai aflat din vreme ceea ce urma să se petreacă atunci când omenirea avea să rămână fără carburanţi şi, în toţi aceşti ani, n-ai făcut altceva decât să cauţi, de fapt, soluţia care a modificat viitorul, înscriindu-l pe linia pe care tu ai crezut-o viabilă? Recunoaşte: *tu* ai fost cel care a aranjat totul. N-a fost niciun virus iranian, *tu* ai blocat apărarea portavionului, nu-i aşa? Tot *tu* ai declanşat şi atacul iranienilor, i-ai făcut cumva să se simtă ameninţaţi. Şi bombele atomice, tot *tu*...?

De această dată, Dan Pintea nu îi mai răspunse. Privi doar, enigmatic, în zare, către marea ce se unea la orizont cu cerul. Respiră adânc de câteva ori, trăgând cu nesaţ în piept aerul mării, tare şi sărat, care mai purta încă mirosurile fumului şi gazelor arse ale conflictului. Îşi prinse fiul de braţ şi porniră spre scara avionului.

— E timpul să mergem acasă! Ne aşteaptă mama.

Mulțumiri

Acest roman a pornit inițial ca o nuvelă ce ar fi trebuit să facă parte din antologia Călătorii în Timp, apărută la editura Nemira sub coordonarea Antuzei Genescu și a Societății Române de Science-Fiction & Fantasy (SRSFF). Numai că, spre mirarea mea, povestea a tot crescut și s-a dezvoltat de parcă ar fi căpătat viață proprie. Prin urmare, nu am avut de ales și am scris-o până la capăt, iar la antologie a ajuns o altă povestire.

După cuvenita perioadă de hibernare, în care s-au cristalizat ideile, am recitit romanul, dar i-am rugat și pe alții, mai pricepuți decât mine în ale scrisului, să-l parcurgă. Datorită lor, manuscrisul a căpătat această formă.

Mulțumirile mele sunt adresate Alinei Sârbu, care s-a ocupat cu minuțiozitate de redactarea romanului, lui dr. ing. Bogdan Moroșanu, ce și-a găsit timp să îmi ofere consultanță tehnică, precum și inimosului editor Mugur Cornilă care, după ce a citit, și-a dorit, cred, mai mult decât mine, să vadă tipărită această carte.

Evident, acțiunea romanului este ficțiune. Dar, ca orice ficțiune, ea devine mult mai plauzibilă când este amestecată cu elemente din lumea reală. Și, din acest motiv, multe dintre personaje poartă numele unor prieteni, cărora le mulțumesc pentru că au acceptat acest lucru. Aici am procedat asemenea autorilor americani care își promovează romanele scoțând la licitație numele personajelor, banii adunați astfel donându-i organizațiilor de caritate.

Mulţumiri

Aşa că am adoptat şi eu această practică. Cei care şi-au împrumutat numele personajelor din Panglica timpului au susţinut şi susţin financiar acţiunea Scrisoare pentru Moş Crăciun a asociaţiei non profit InfoProEuropa, în urma căreia o sută de copii din cei aproape o mie care îi scriu Moşului pe adresa redacţiei ziarului Monitorul din Botoşani primesc, an de an, frumoase cadouri. Şi pentru acest lucru le mulţumesc soţilor Mioara şi Gelu Ciubotaru, proprietarii grupului de firme ElectroAlfa (care a dezvoltat o secţie de cercetare foarte asemănătoare cu cea descrisă în roman), soţilor Corina şi Viorel Dănuţa, proprietarii restaurantului şi hotelului Tex, precum şi copiilor lor, Laura şi Ştefan, cărora le doresc o viaţă frumoasă şi plină de împliniri.

Am lăsat ce este mai important la urmă, anume pe Carmen, cea care a încurajat şi susţinut proiectul aşa cum numai soţiile adevărate ştiu să o facă pentru soţii lor.

După cum este firesc, greşelile îmi aparţin în totalitate.

Panglica Timpului / George Lazăr
Timișoara: Stylished 2018
ISBN: 978-606-94670-9-1

Editura STYLISHED
Timișoara, Județul Timiș
Calea Martirilor 1989, nr. 51/27
Tel.: (+40)727.07.49.48
www.stylishedbooks.ro

Servicii editoriale: EDITURA VIRTUALĂ
www.edituravirtuala.ro